KB206408

파이 게임

PIE GAME

5

게임 3부작

배진수 만화

일러두기 만화적 표현을 재미있게 살리기 위해 저자가 일부러 틀리게 사용한 맞춤법 및 띄어쓰기가 있습니다.

PIE GAME 5

PIE GAME

PIE GAME

파이게임
PIE GAME

#61

"이중거래"

잘 떠올려 보세요.
그날 1층이 무슨 말을
했었는지.

일단 들어보죠 5층 님.
궁금하네요.

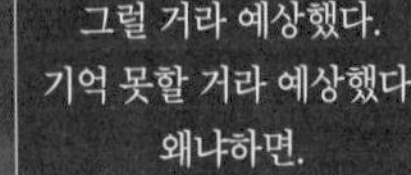

너희는 절박하지 않았으니까.
너희는 5일 동안
암흑 속에 있지 않았으니까.
너희는 90일 내내
고통받지 않았으니까.

4층이 방화를 기획하고
실패했던 그날.

그저, 게임 끝나면 십수억 상금 챙기고
플렉스 할 생각만 가득했을 테니까.

살아남기 위해, 필사적으로,
지나간 장면 하나하나 쪼개보며
분투할 이유 따위 없었으니까.

1층은, 실수를
저질렀어요.

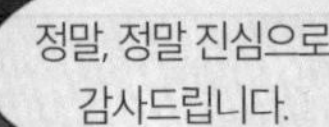
정말, 정말 진심으로
감사드립니다.
4층 님 덕에 100시간이나
늘어났어요. 주최 측 분들,
대만족하셨다구요.
323:27
벌칙게임으로
벌어준 시간까지 합치면
160시간이나 돼요.
4층 님, 무려 1억이나
벌어주신 거예요.

그날 한 1층의 대사를
오늘 나의 입으로 들은 7층은

비로소 깨달았다.
이……

처음으로
도도하기만 했던 그 표정이
일그러졌다.

개X같은
새끼가…

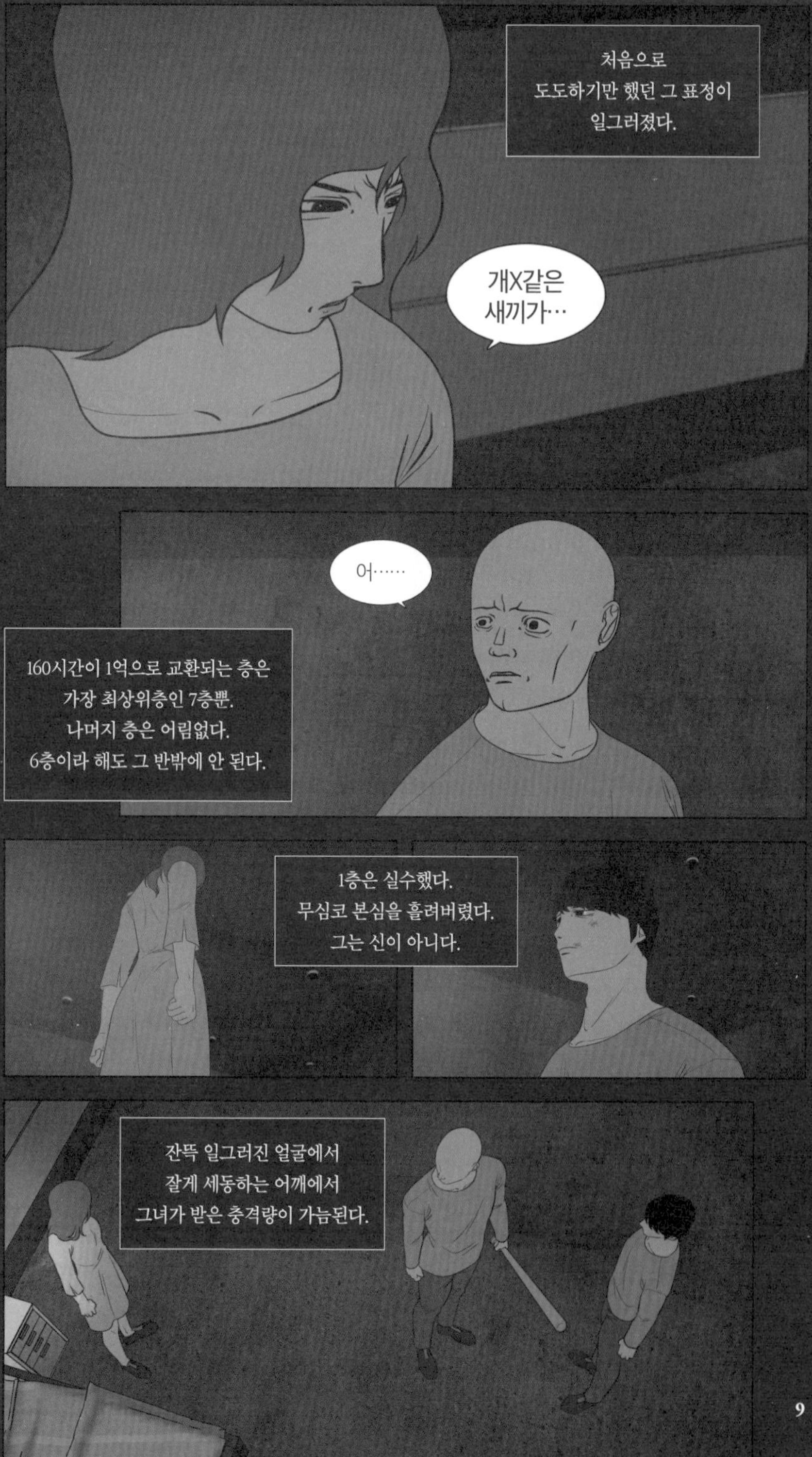

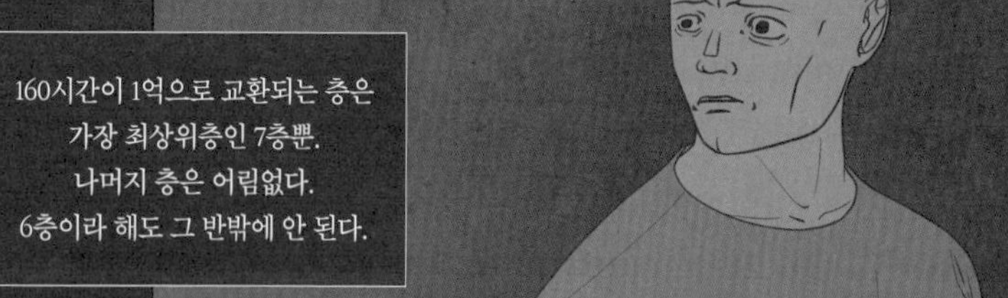
어……
160시간이 1억으로 교환되는 층은
가장 최상위층인 7층뿐.
나머지 층은 어림없다.
6층이라 해도 그 반밖에 안 된다.

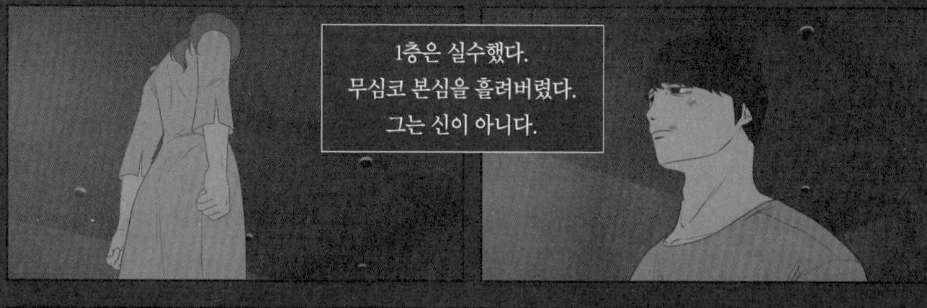
1층은 실수했다.
무심코 본심을 흘려버렸다.
그는 신이 아니다.

잔뜩 일그러진 얼굴에서
잘게 세동하는 어깨에서
그녀가 받은 충격량이 가늠된다.

게임 내내, 이 90일 내내, 그녀는.

7F
6F
5F
4F
가장 높은 자리에서
도시락, 제가 안 나눠
드리면 어떻게 될까요?
가장 막대한 권력과
7F
6F
5F
4F
3F
2F
1F
가장 거대한 상금과

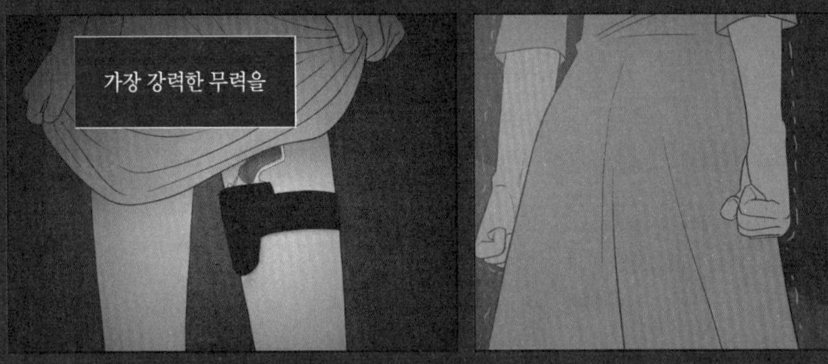
가장 강력한 무력을

휘두르며, 누리며, 행사하며,
하층민들의 발버둥을 감상하는 입장이었으니.

벌칙이요?
나는 안 받을 건데.
그 무소불위의 권력이,
실은 1층이 빌려준 거짓 왕좌일 뿐이었단 걸
깨달은 충격이란, 실로 어마어마한 것이겠지.

저 상금 또한, 처음부터 1층의 소유를 벗어난 적 없었단 걸 깨달은 충격 역시, 견딜 수 없이 고통스럽겠지.

하나 더 말씀 드릴까요?

산산이 무너져 내린다. 단호히 쐐기를 박는다.

제가 1층의 실수를 떠올릴 수 있었던 트리거가 되었던 대사 또한

몸을 내던질 각오가 있다면 누구나 최하층에서 최상층이 될 수 있다구요!

공교롭게도 1층이 한 것이었어요.

확대해석일 수도 있겠지만 여전히 의심스러웠죠. 그가 기거했던 1층이 최하층인 건 맞지만, 차지한 6층이 최상층인 건 아니니까요.

그 대사들과, 그가 최상층을
포기할 리 없다는 의심이 합쳐…

됐어요. 충분히
들었어요.

우리 걱정해서 알려준 건 아닐
테고, 원하는 걸 말해봐요. 괜찮은
조건이면 거래해줄 테니.

끝까지 '내가 허락하는 입장이야'라는 태도를
견지하지만, 이젠 안다. 우리 둘 다 알고 있다.

위엄있게 쓰고 있던 왕관도
우아하게 쥐고 있던 왕홀도
조잡한 장난감에 불과했단 걸.

요청 드릴 건
세 가지입니다.

하지만 이런 상황일수록 쉬운 거래를 제안한다.
나는 당신의 상금과 안위에 위협되는 존재가
아니란 걸, 믿을 만한 동맹임을, 어필한다.

1,323,450,000
첫 번째, 5층을 제게 주세요.
5층 님은 6층으로 올라가시면 되니.
두 번째, 제게도 구매 권한을
주세요. 담배 정도는 마음
대로 살 수 있도록.
그리고 마지막,
세 번째는……
확 끈-
?

이건 7층 님이랑 단 둘이
얘기하고 싶은데…5층 님 잠깐
내보내주실 수 있을까요.

그리고 이 작은 요구들이 모여
언제가 거대한 균열을 불러일으킬 것이다.

알겠어요. 대신 다섯 발
뒤로, 문쪽 보고 서세요.

1,323,450,000

아하핫! 정말요?#*@
그건#^너무(@$%&!

$@*!로*^%&묶은 다음
위에서@*)&^# 안심

아하하하핫. $%*#게
못참겠#*? 아핫!

거짓 정보를 끝까지 따라간 곳에
진짜 정보가 파묻혀 있었다.

7층이 카드를 찢었다는 정보를
듣지 못했다면
1층의 기만을 떠올리지 못했을 것이다.

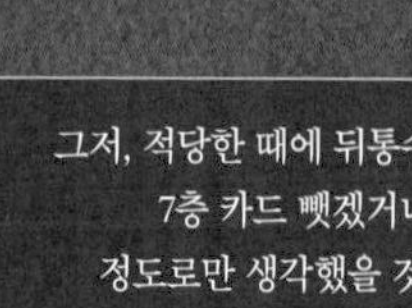

그저, 적당한 때에 뒤통수 후리고
7층 카드 뺏겠거니.
정도로만 생각했을 것이다.

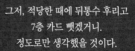

내놔.

드, 드리겠습니다.

하지만 아니다,
생각해보면 그 방법은 너무나
리스크가 크다.

카드를 소지하고 있다면 절대로
1층에 대한 경계를 풀지 않을 테니.

아니, 오히려…

당하기 전에 해치운다 마인드로
적당한 타이밍에 제거해버렸을 테니.

카드가 없는데 방을
어떻게 바꾸죠? 저, 그 정도도
생각 안 해본 건 아녜요
틀렸다.
생각했을 뿐
깨닫지 못했다.
그 차이는
매우 크다.
그 정도면 괜찮은 조건 같네요.
자, 이제 들어볼게요.
당연히 확실한 근거가
있으니 그렇게 자신있게
제안한 거겠죠?
7층 님도 아시겠지만.

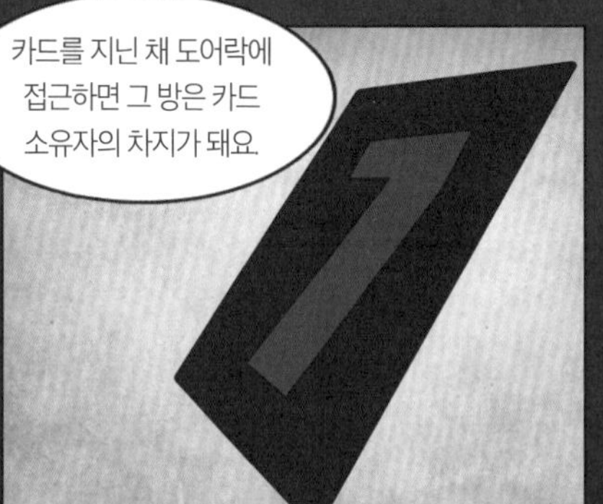
카드를 지닌 채 도어락에
접근하면 그 방은 카드
소유자의 차지가 돼요.

7F
도어락에 카드의 정보를 스캔해
반영하는 근거리 무선통신장치
같은 게 장착돼 있는 거겠죠.

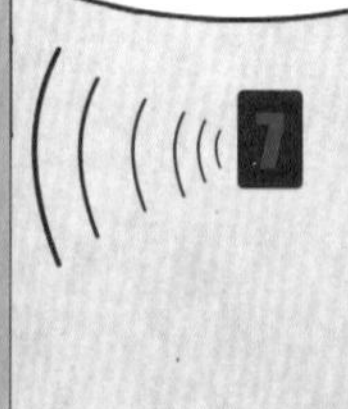

CREDIT CARD
문제는, 우리가 일상에서 사용하는
카드. 그러니까 카드라고 인식하고 있는
네모난 '틀' 은. 그야말로 모양잡기용
껍데기에 불과하단 거죠.

T-CARD

지갑에 넣기 좋은 사이즈로, 키홀더에 걸기
좋은 사이즈로, 아니면 그보다 훨씬 더 작은
형태로도, 어떻게 변형되든 상관없어요.
틀 안에 내장된 칩. 코드만
온전하다면 기능에는 아무런
문제가 없다는 말입니다.

처음 이 방에 왔을 때 제가
했던 말, 기억하세요?
1,323,460,000
깨끗하고 좋은 방이네요.
쓰레기 한톨 안 보이는.
다시 한번
물어볼게요.

7층 님 카드는
어디에 있습니까?

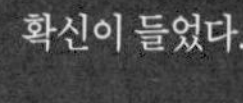

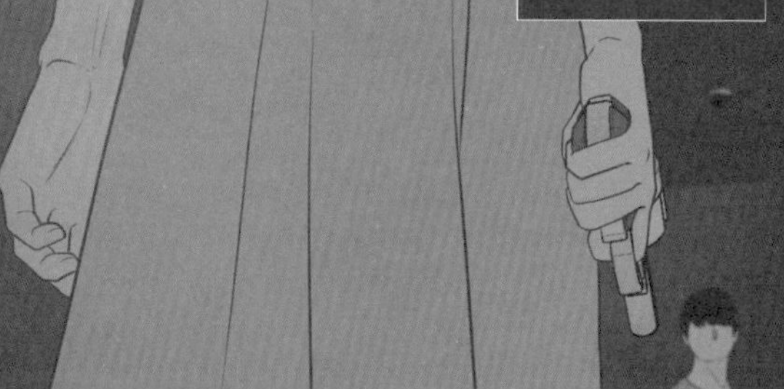

개돼지는 마침내

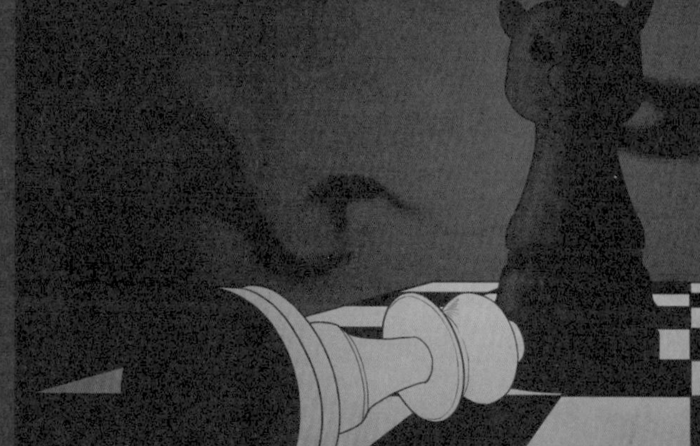

퀸을 쓰러뜨렸다.

게임은 잠시 멈춰섰다.
이 요청은 7층이 1층에게 직접 한 것.

잠시만 쉴까요? 괜찮은 게임
아이디어 떠오를 것 같아서.

1층을 어떻게 처리 처치 할지

생각할 시간이 필요한 것이겠지.

후우-

극한까지 공포를 자극한 게 유효했다.
처음 겪는 신변의 위협에, 강탈의 위기에,
7층은 발작하듯 리액션을 보였다.

결론은, 카드의 비밀을 알려준 것도, 총을 준 것도,
방심을 유도하기 위한 눈속임이었단 거죠.

모두를 이용해 최대치까지 상금을 끌어올린 후,
마지막에 7층 님 제거하고 차지해버리면 그만이니.

방법이요? 차고 넘치죠. 2층 님이 당한 것처럼 식음료에 독을 탈 수도 있고, 유독가스를 쓴다든가, 그것도 아니면 독침 같은 건 또 어때요?
뭔들 못하겠어요? 원할 때 언제든 따고 들어갈 수 있는 '카드'를 갖고 있는데.
이것저것 다 귀찮으면 그냥.
몰래 잠입해 찔러 버려도 그만이구요.
지금까지는 모든 게 예측대로.
그리고 아마. 이후로도 틀림없이.

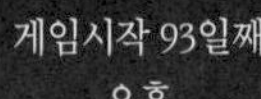
게임시작 93일째.
오후.

7층이
방으로 찾아왔다.

조바심 나겠지.
당장이라도 1층이 문을 따고 들어올 것만 같겠지.
들어와 엽기적인 짓거릴 해댈 것만 같겠지.

오늘 밤, 6층으로 갈 거예요.
좋죠. 공격이 최선의 방어니까. 당하기 전에 해치우는 게 최선이죠.

게다가 3:1이라면 아무리 대비 철저한 1층이라도 어떻게든 제압할 수 있을 거구요.

무기 하나만 줘요. 아무거나. 각목 같은 거라도 좋아요.

……3층 님, 뭔가 착각하고 계신 것 같은데.

상대하는 건 5층 님과
저 둘 만이에요.
3층 님은 필요 없어요.
님을 믿을 이유가 없잖아요?
심지어 무기까지 줄 이유는 더더욱.
우리, 그 정도로 친한
사이는 아니잖아요.
그, 그럼… 약속은
아직 유효한 거죠?
그렇게 거래했잖아요. 1층
속셈 알려주는 대신 5층 나한테
주는 걸로. 이건 유효하죠?
…거래는 했죠. 그런데
3층 님, 선불거래 하셨잖아요.

저는 필요한 이야기 이미 다
들었거든요. 이제 이해 가시죠?
3층 님 왜 필요 없는지.
마지막의 마지막까지 와서도 배신이라니.
놀랍다. 너무 놀라 소름이 돋을 지경이다.
소름 돋을 정도로
'그'가 예측한 그대로
흘러가는 바람에
하마터면
소리내 웃어버릴 뻔했다.

파이게임
PIE GAME

#62

"돌파구"

그래도.

너무 매몰차게 굴면
섭섭하실 테니까.

쓰담-

좋은 정보 주신 데
대한 감사 의미로 달콤한
휴식을 드릴게요.

아, 짐 같은 거 있으면
미리 챙겨두세요.

빠앙~

게임, 오늘 밤에
끝날 거니까.

그럼, 좋은 휴일
되세요. 3층 님♥

철컹-

7층이 퇴장하고

채 한 시간도 지나지 않아
문은 다시 열렸다.

끼이이익-

열린 문으로 들어온 사람은
당연히.

오늘 밤 실행이겠네요.
굳이 알리러 온 걸 보니.

세팅 잘 하셨어요.
덕분에 재밌게 풀리네요.
그럼 고생하신 데
대한 치하의 의미로
4층 확보, 축하
드립니다!

처음부터
아무런 상관없는 이야기였다.

거래를 왜 선불로
하셨을까요? 정보 다 얻었으니
3층 님은 필요 없어요.

저 뻔한 기만도, 뻔뻔한 배신도,
내 계획에는 영향 없는 이야기였다.

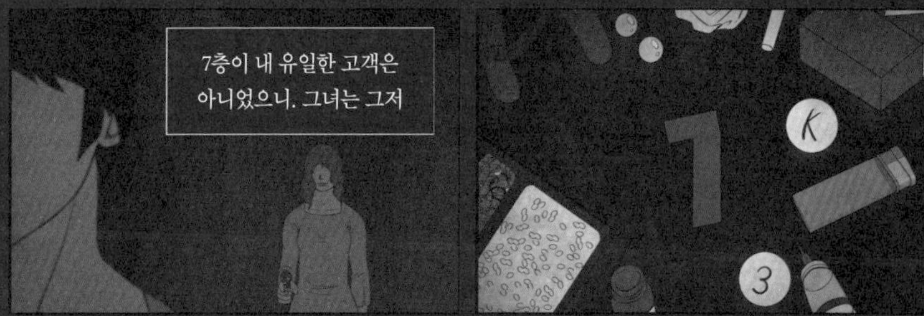
7층이 내 유일한 고객은
아니었으니. 그녀는 그저

거래 테이블에 올려놓은
여러 교환상품 중 하나였을 뿐이니.

훅-

그날 메시지를 전달받은 사람은
두 명.

비틀-

6층,
나한테 줘요.

짧지만
모든 게 함축된 메시지.

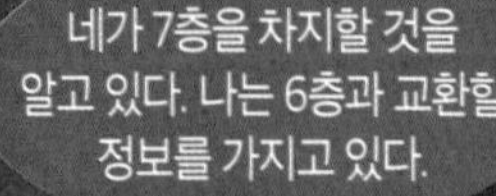

메시지는 잘 전달됐다.
해산 후 얼마 지나지 않아 1층이 찾아왔으니.
심지어 7층보다도 먼저.

제가 언제부터, 3층 님이
돌파구를 찾아낼 거라
확신했는지 아시냐구요.

모른다.
하지만 1층은 알고 있었다.
보고 있었다.

파이게임 내내, 3층 님은
한결같이 이런 태도였거든요.

회피하고 싶다, 외면하고
싶다, 열외되고 싶다는 오라를
온몸으로 내뿜고 있었죠.

내 의지와는 상관없이 게임이 흘러
가니 나와는 관계없는 사건으로 게임이
끝났으면 좋겠다는 도피의 의지.

게임 내 어떤 부도
창출해낼 수 없다고
말하고 싶은 거겠지.

전형적인 방관자의 스탠스였죠.
알고 있겠지만, 그런 사람에겐 아무것도
기대할 수 없어요. 삶의 어떤 변수도
창출해낼 수 없어요.

그런데 말이에요, 언제부터인가
자세가 달라졌단 말이죠.

아니, 자세뿐 아니라 표정도
눈빛도 모든 게 달라졌어요.

드디어 돈 될 짓거리 하겠구나.
라고 기대했던 거겠지.

그 각오의 결과가 이거죠?
저랑 거래해 7층 유폐시키고
신분상승 하겠다. 맞죠?

1층의 짐작은 '꽤' 맞다. 난 이 게임을
내 손으로 직접 끝낼 각오를 하고 있었다. 하지만,
각오만으로 모든 게 해결되진 않는단 것도 안다.

그 추리, 반만
맞았아요 1층 님.

이 대사… 언젠가
한번 해보고 싶었는데, 마침
적당한 때가 왔네요.

정보는 1층 님뿐
아니라 7층에게도 줬어요.

7층이 유폐되든
1층 님이 빠개지든 나와는
상관 없으니까.

와! 정말요?! 거기까진
예상 못했는데!

권한도 정보도 힘도 가지지 못한 내가
그 전부를 독점한 위층(들)을 극복하기 위해서는
그들과 같은 위치로 올라서는 게 먼저라 판단했다.

나로선 당연한 선택이죠.
의리고 신의고 다 의미 없는 헛소리다.
오로지 이익만 좇는 사람이 이긴다. 이거,
당신들이 가르쳐준 방법 아닌가요?

하지만 그걸 저한테
다 오픈하신 이유는…

아, 경우의 수가 다르네요.
어느 쪽이 살아남느냐에 따라
이후의 양상이 달라지니까.

역시 똑똑한 인간.
한마디를 꺼내면 열 마디를 이해한다.
꺼내지 않은 말까지도 파헤쳐 간파한다.

1층의 말대로, 이 싸움은
어느 쪽이 승리하느냐에
따라 진행 방향이 달라진다.

BANG!

7층이 이겼을 경우엔 그대로 게임 종료.
1층이 즉사하지 않는다 하더라도 결과는 동일.

하아, 이 새끼고 저 새끼고
믿을 새끼 하나도 없네요.

1층의 배신으로 안전지대 따위 없다는 걸
실감한 7층은, 게임을 지속하는
리스크를 지려 하진 않을 테니.

남은 시간으로
빽이나 하나 사고.
게임 끝!
수고하셨습니다아~!
하지만 1층이 장악할 경우
양상은 완전히 달라진다.

기쁜 맘으로 NEW GAME+를 클릭할 것이다.
예측도 가정도 아니다. 필연이며 확정이다.

신선한 재료가 '두 개'
나 생겼네요.

이걸로 뭘 요리하면
좋을까요 3층 님?

아이러니하지만,
그렇기에 나는 안전해진 거다.
그에게 줄 '아이디어'를 쥐고 있으니.

좋은 아이디어 주시면 '제 쪽'에
들어올 수 있을지도 모르죠.

물론 이 안전은 한시적.
돌고돌아 언젠가 또
내(가 해체될) 차례가 올 테니.

그렇기에 7층이 이기는 게
내겐 최상의 시나리오지만.

바람과는 별개로,
기대는 하지 않는다.
이유는 간단하다.

7층 님 혼자 다녀가신 것 같은데…
하긴, '그날♥' 이후로 둘 사이에
기류 어색하긴 하더라구요.

이거, 우리한테 너무 좋은 소식인 걸요? 잘 하셨어요 3층 님.

정보를 취급한 기간에 아득한 차이가 있기 때문.
7층은 최근에 얻은 정보로
며칠에 걸쳐 대비책을 세웠을 테지만

네,1층 님에겐 좋은 소식 같네요.

1층은, 게임의 시작부터 지금까지
온 시간을 들여
그 대비책의 대비책을 준비했을 테니.

그렇다면… 좀 더 재밌는 연출 가능할 것 같네요…

그럼에도 여전히 남아있는 변수는
저 대사에서 엿볼 수 있다.

상금을 벌기 위해서라면
상상 이상의 미친 짓도
서슴없이 행하는 그의 스타일.

오히려 상금보단 쓰릴을 더 즐기는 변태새끼가
아닐까 생각될 정도로 무모하게 판을 벌이는
그의 성격이.

부디. 이번 한번만 발목을 잡기를.
그래서. 이번 한번만 발목이 잘리기를.
바랄 뿐.

늘 고요했던 스튜디오지만
이 고요함은 인상이 다르다.

폭풍은 예고됐다. 카르텔은 찢어질 것이다.
지각은 뒤틀릴 것이다. 찢어지고 뒤틀리는
굉음이 곧 온 스튜디오를 뒤덮을 것이다.

그러니 이 고요함은
폭풍전야의 그것과도 같은
시한부의 침묵.

무슨 수를 써서든 더 올라가야 한다.
위로. 위로. 더 위로.

시간 추가할 아이디어가 있어요.
물론 그냥은 드리지 않겠습니다.

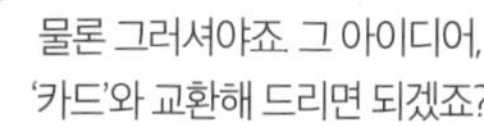
물론 그러셔야죠. 그 아이디어,
'카드'와 교환해 드리면 되겠죠?

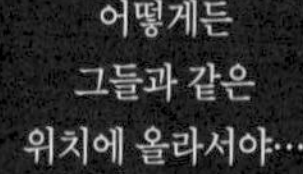
어떻게든
그들과 같은
위치에 올라서야…

자요. 맨몸으로 싸우실 건 아니잖아요. 아, 혹시 힘을 숨긴 무투가 같은 거세요? 그럼 든든하겠는데.

전혀 예상하지 못했던 루트 발생.
나랑 같이 가겠다고?
누가 이겨도 상관없다 공언까지 한 나와?

그럼 갈까요? 기습이면 반 이상 먹고 들어가니까요.

게다가 무방비(한 척)하게 등까지 내어준다.
여전히 속이 들여다보이지 않는 인간이다.
하지만 나쁘지 않다.

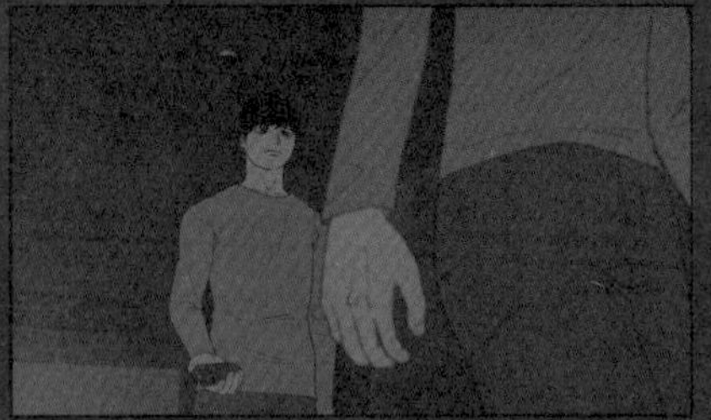
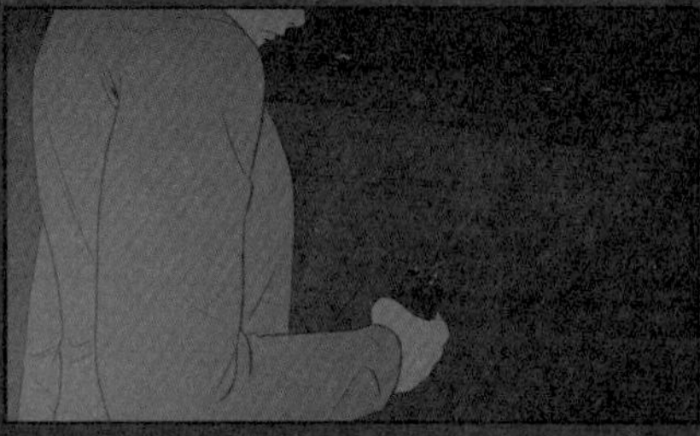

손에 쥔 옵션이 더 늘어났다는 건
전혀 나쁘지 않은 소식이다.

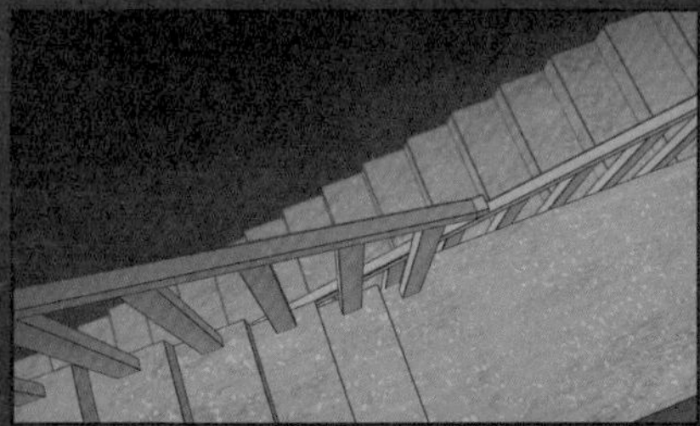
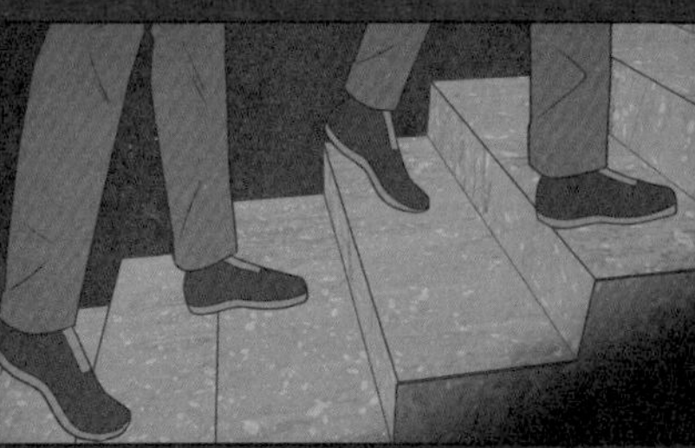
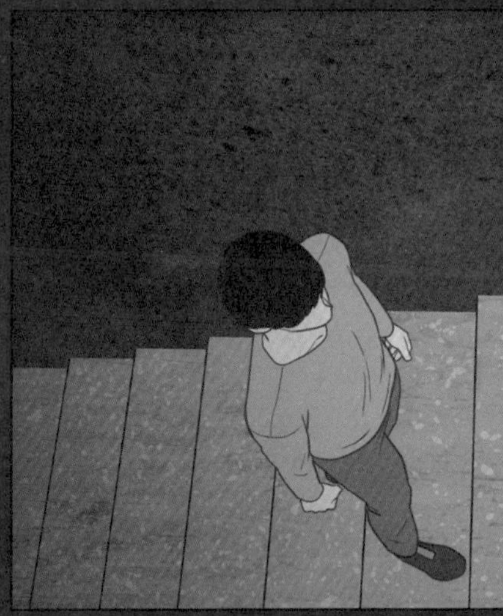
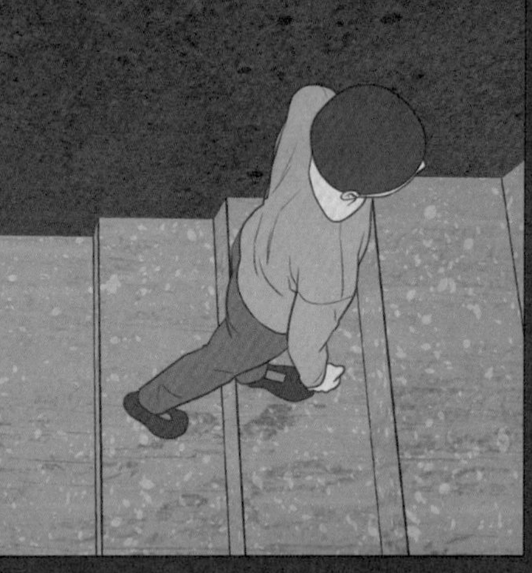
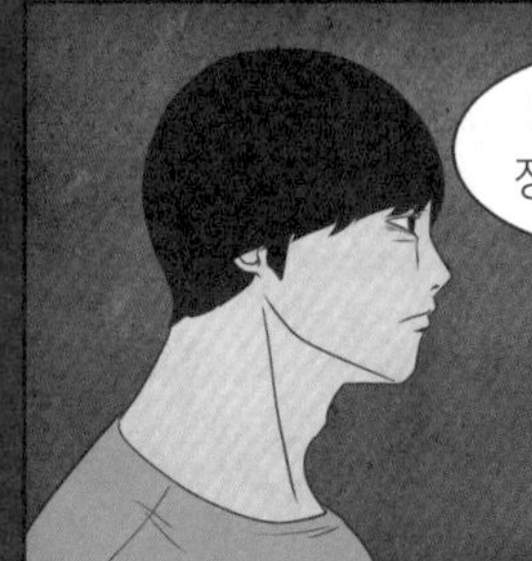
3층 님 선택, 정답이었어요.
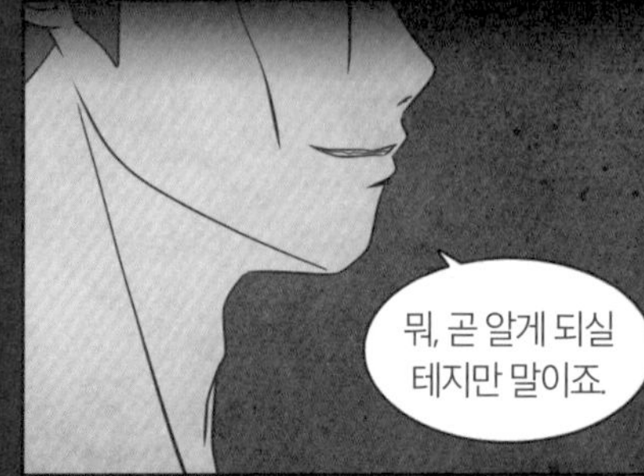
뭐, 곧 알게 되실 테지만 말이죠.

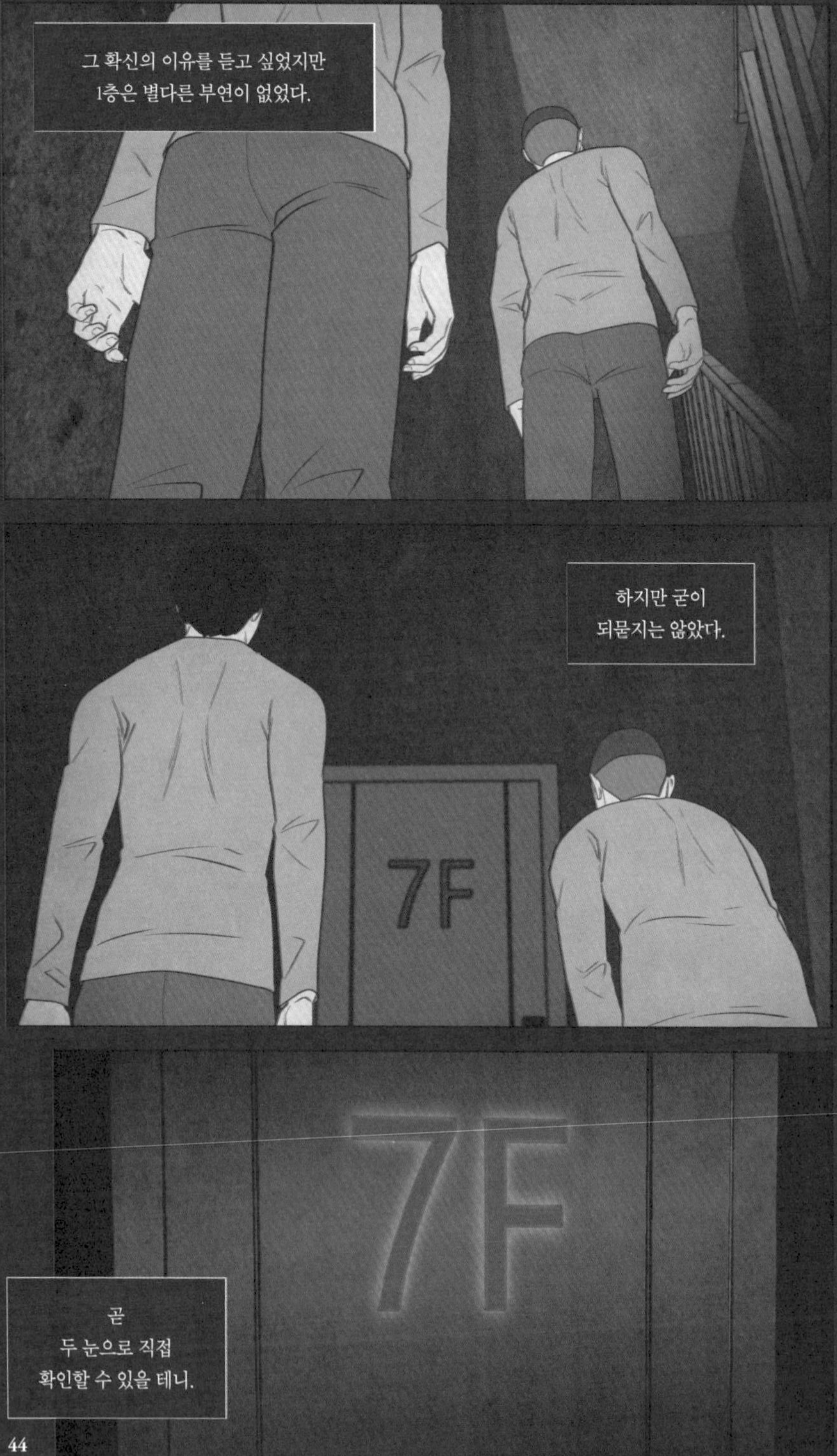

그 확신의 이유를 듣고 싶었지만
1층은 별다른 부연이 없었다.

하지만 굳이
되묻지는 않았다.

7F

7F

곧
두 눈으로 직접
확인할 수 있을 테니.

파이게임

PIE GAME

#63

"속는 자와 속이는 자"

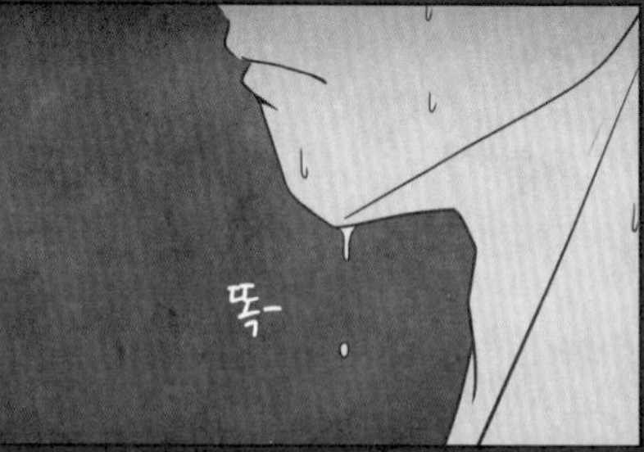

똑-

후둑-
땀 많이 흘리시네요.

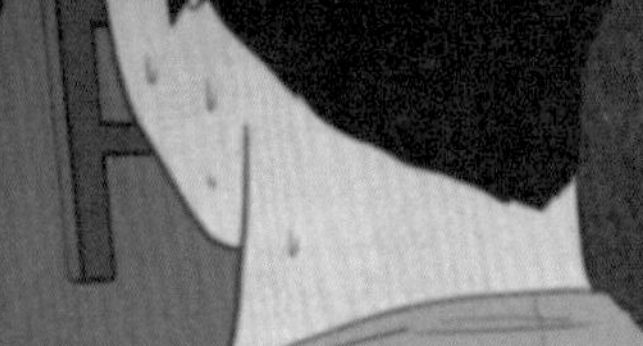

긴장하실 필요 없어요.
맘 편히 가시죠.

오히려 되묻고 싶다.
어떤게 긴장하지 않을 수 있지?
필승전략이라도 있단 건가?

어쩌면 가지고 있을지도.
1층이라면.
1층이니까.

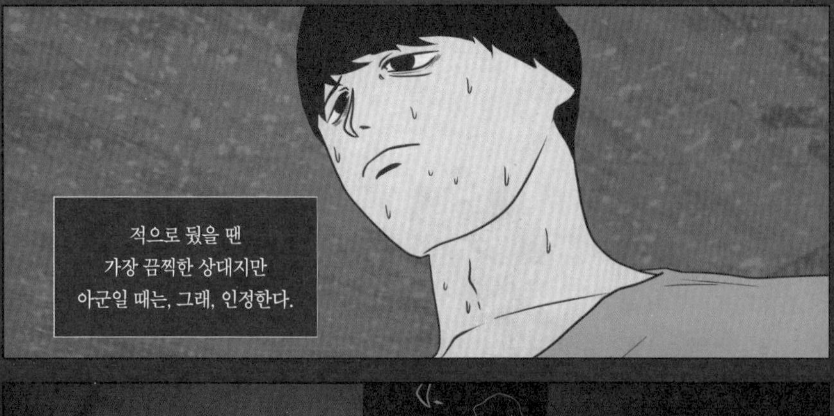
적으로 뒀을 땐
가장 끔찍한 상대지만
아군일 때는, 그래, 인정한다.

death
선물을 준비했어요.
일생 단 한 번만 받으실 수
있는 거죠.
이만큼 든든한 아군은
세상 어디에도 없을 것이다.

아, 잊을 뻔했네요.
좋은 정보 하나 드릴게요.

엉덩이에 조그마한
화상 흉터가 있어요.
잘 기억해 두세요.

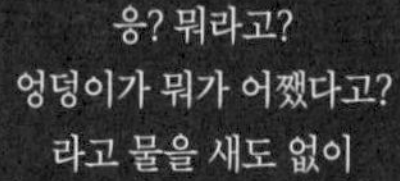
응? 뭐라고?
엉덩이가 뭐가 어쨌다고?
라고 물을 새도 없이

7층 님! 문 좀 열어 주세요!
드릴 이야기 있는데!

쾅쾅-

생각을 정리할 시간도 없이.
작전을 주고받을 시간도 없이.
그야말로 느닷없이.

개전(開戰)

각오해라.
기억해라.
명심해라.

꿀꺽-

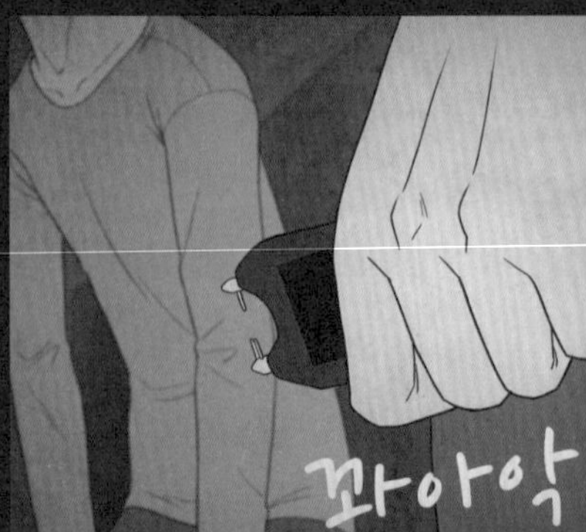

메인 목표는
7층(들)과 1층 둘 중 하나를 무력화 시키는 것.

서브 목표는
상황이 갖춰진다면
둘을 동시에 무력화 시키는것.

이번만큼은 실패해선 안 된다. 가진 걸 싹 다
내건 판이니, 실패한다면 더는 재기가 불가능하다.

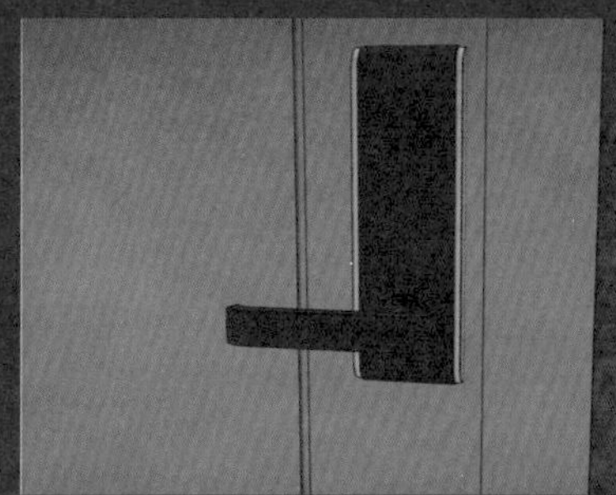
그러니, 반드시.
필승의 각오로.

끼이이익-
아니, 필사의 각오로

싸움에 임ㅎ…

큭…

덜컥-

뭐죠?

아.

첨부터 둘이 한편
이었군요… 하긴, 그렇게
쉽게 풀릴 리가 없지.
X 됐 다.

X 됐 다.

스으-

X 됐 다.

는 건

알겠다고! 누가봐도 그렇게 됐다고!
그니까 감상 좀 그만 씨불이고 생각을 하라고!

왜 말이 없으세요?
인정하시는 건가요? 첨부터
둘이 한편이었어요?
생각! 생각을 하라고 X신아!
여기서 입 잘못 놀리면
더는 생각 못할 거니까!
시체는 생각 같은 거 못하니까!

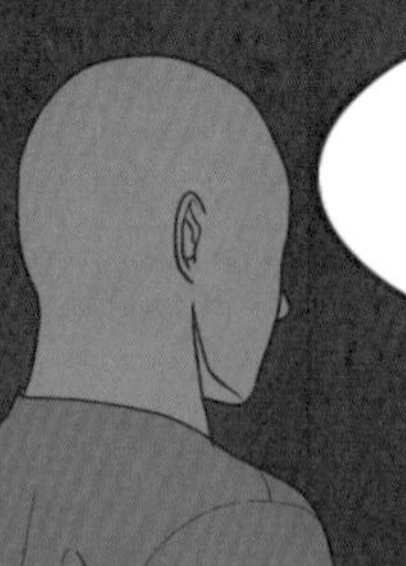
아뇨.
아닙니다 그런 게.
1층 그 새끼랑 팀이라니요.

모르겠고 일단 아니시에이팅 부터 들어간다.
더이상의 침묵은 동의에 다름 아니니.

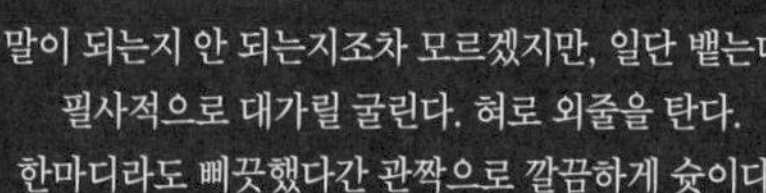
1층이 자기 쪽에 붙으라고 꼬드긴 건 맞아요.
대가로 6층 주겠다고. 아래층한텐 고문이란
고문 다 해서 단물 싹 빠졌으니 이젠 7, 5층 님
타겟으로 하자고. 그렇게 시간 더 벌자고.
말이 되는지 안 되는지조차 모르겠지만, 일단 뱉는다.
필사적으로 대가릴 굴린다. 혀로 외줄을 탄다.
한마디라도 삐끗했다간 관짝으로 깔끔하게 숏이다.

거절할 수가 없었어요. 무서웠으니까.
하지만 본심은 7층 님이 1층 제거해주길 바랐어요.
왜냐구요? 그 새끼가 이기면 게임 안 끝나니까. 계속
할 테니까. 그럼 언젠가 또 내 차례가 올 테니까.

걱정과는 달리, 놀랍게도.
전원 오프 위기에 빠진
뇌는 리미트를 풀고 폭주했다.

찰나의 순간에
그럴듯한 구라 논리를 만들어냈다.

구오오오오오!!!

맡겨달라구우우웃!!!!

그래서 7층 님에게 보낸 거라구요!
그 수신호! 1층 기만 싹 다 폭로한 거라구요!
힘 합쳐서 저 미친 개사이코개패스 물리쳐야
하니까! 그래야 이 X같은 게임 끝나니까!

그럴듯하다.
뱉고 보니 딱히 틀린 말도 아니다.
저게 진짜 내 본심이었던 듯도 하다.
라고. 내가 내게 속을 정도로 그럴듯하다.

돼다. 믿는 것 같다. 87.32% 정도 믿는 것 같다.
더 몰아붙인다. 하소연한다. 목표는 방 탈출.
일단 트랩을 빠져나가 총구 앞에서 벗어난다.
그걸 눈치챈 1층이 우리 셋 모두 이 방에 가둔 거라구요. 모르겠어요? 지금 당장 1층 잡으러 가야 된다구요!
1,344,480,000
밖에서 또 뭔 개수작 부리고 있을지 몰라요! 시간이 없다구요!! 빨리!! 어서둘러!!!!
즈으아암시이므아안요오오오 스암초으응뉘임 므알쓰으으음…

엉? 뭐야 뭔 말을 저렇게 늘어지게…

아니. 아니다. 7층의 말이 느려진 게 아니다.
내가 빨라진 거다. 뇌폭주 중이라 느린 배속으로
들리는 거다. 싱크를 맞춘다.

조오오옴 이사앙한데요?
3층 님 주장이 진짜라면.
전엔 왜 그런 이야기
한 마디도 안 하셨나요?
읍?!
그렇잖아요? 진작 저 얘기
해주셨음 훨씬 더 설득력 있었을
텐데. 왜 한마디도 없다가 상황
이렇게 되니 급 고백이냐구요.
그, 그건…
그건…
그러니까……
90일을 준비한 1층을 7층이 못 이기듯,
90초를 준비한 내가 7층을 못 이기는 건.
당연한 건가?

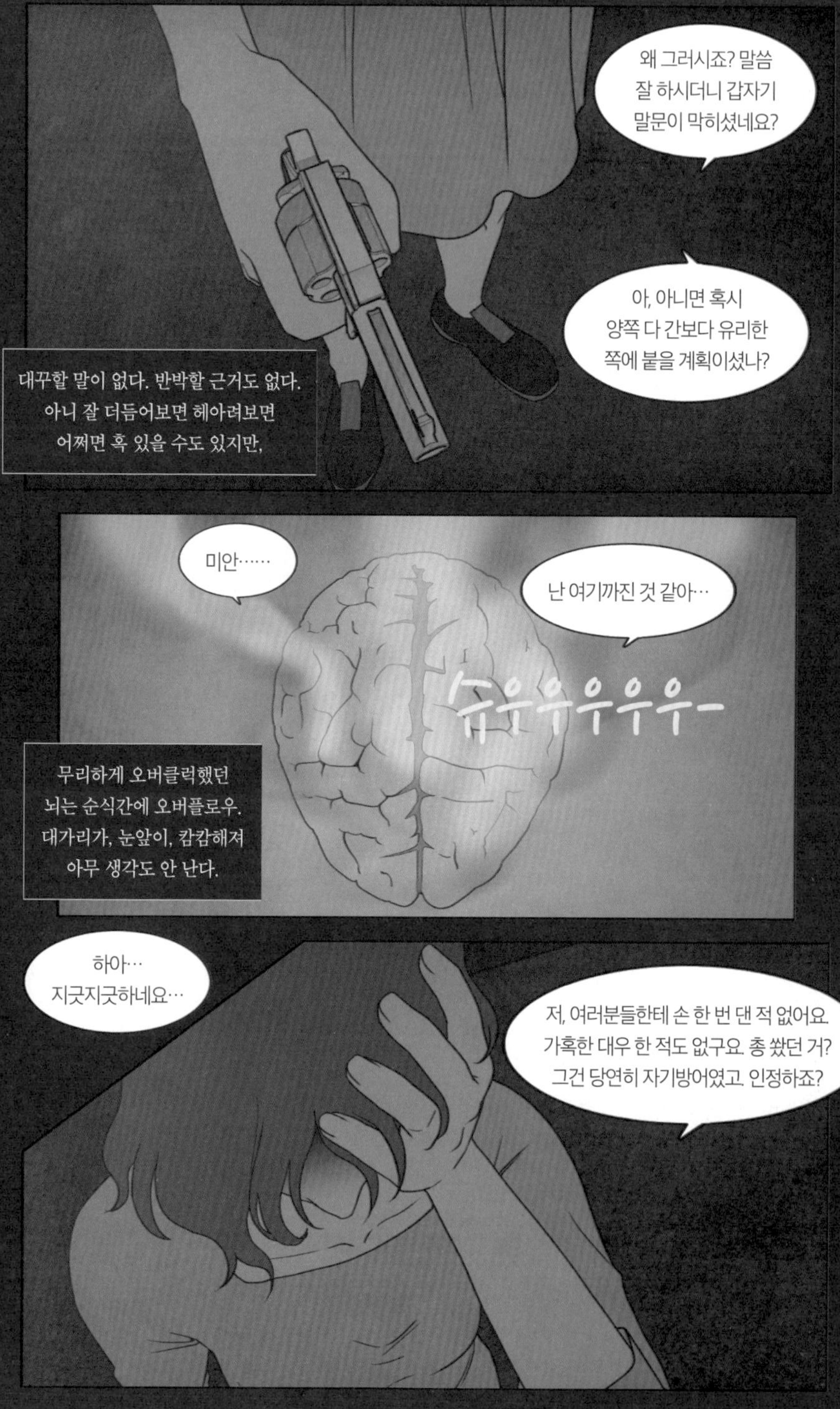

왜 그러시죠? 말씀 잘 하시더니 갑자기 말문이 막히셨네요?

아, 아니면 혹시 양쪽 다 간보다 유리한 쪽에 붙을 계획이셨나?

대꾸할 말이 없다. 반박할 근거도 없다. 아니 잘 더듬어보면 헤아려보면 어쩌면 혹 있을 수도 있지만,

미안……

난 여기까진 것 같아…

슈우우우우우-

무리하게 오버클럭했던 뇌는 순식간에 오버플로우. 대가리가, 눈앞이, 캄캄해져 아무 생각도 안 난다.

하아… 지긋지긋하네요…

저, 여러분들한테 손 한 번 댄 적 없어요. 가혹한 대우 한 적도 없구요. 총 쐈던 거? 그건 당연히 자기방어였고. 인정하죠?

그런데, 감사는 못할 망정
이런 식으로 돌려준다구요?
조용히 게임 끝내고
싶었는데 안 되겠네요.

끝인가. 여기까진가.
둘 모두를 배신하려다
둘 모두에게 당한 건가.
속성 인과응보 같은 건가.

꽈악-
남은 유일한 방법은
육탄전뿐인가.

자요.
(근접)무기.

아니, 그게 무슨 의미가 있나.
운 좋게 빠따를 제압한다 해도 총이 남아 있는데.

아, 잊을 뻔.
좋은 정보 '드릴게요.'

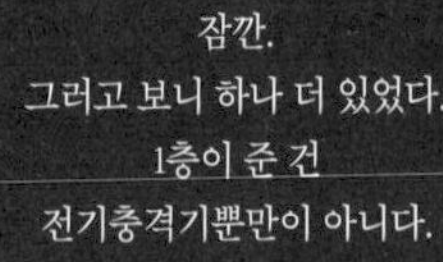
잠깐.
그러고 보니 하나 더 있었다.
1층이 준 건
전기충격기뿐만이 아니다.

이거.
그래 어쩌면.
이게.

궁디.

어?

그 둘 어색해진 것
같던데, 우리한텐
좋은 소식이네요

먹힐지도?!

정신 없었으니까요.

둘이 있을 때 얘기 드릴랬는데,
바빴잖아요. 그거…하느라. 급해
죽겠는데 말할 정신이 어딨어요.

?!

또 금방 들통날
거짓말을…

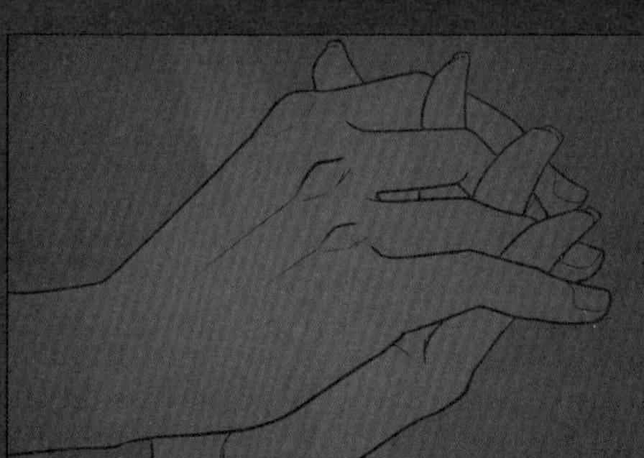
밀실에서, 단둘이,
옷 하나 안 걸치고 무방비로
밀착해 있었다?
손씻겨주는중
말이 안 되잖아요. 왜 제가
그런 위험을 감수하면서까지
3층 님이랑 세수 하겠어요?

나도 안다. 말이 안되는 거.
하지만 내 소지품창엔
말이 되게 해주는 아이템이 들어있다.

봤는데요 저, 7층 님
엉덩이에 화상 자국 있는 것도.
이것도 거짓말인가요?

말도 안 되는 이야기지만
굳건한 증거가 있으면
말이 되게 만들 수 있다.

저,정말…이에요?
진짜… 그랬어요?

진짜 3층님이랑 그랬어요?
진짜? 정말요? 진짜로요?
예?!!

그런 말도 했잖아요.
5층 님 두 번이나 영 좋지 않은 곳
당해서 영 시들해졌다고.

그야말로 외통수.
맞다고도 아니라고도 못할. 깔끔한 공명의 함정.

하아…

X같네 진짜…

으아아아아아아!!!

목줄은 풀렸다.
배트의 방향은 돌아갔다.
운이 따라 준다면
혼란을 틈타 싸그리 제압……

빠각

시X. 미워도 주인 이라 이건가. 아니면 역시, 개빡치지만 개몽둥이(총) 앞에서는 못 개긴다 이건가? 부러진 것 같다. 고자지만 분노만은 단단했다. 그래도 총에 맞는 것보단 낫다.

플랜 B로 급선회한다.

정줄 놓고 달려들게 하는 데까진 성공했으니
이걸로 5층을 무력화시키고 덩어리를
엄폐물 삼아 탈출을 시도한다.

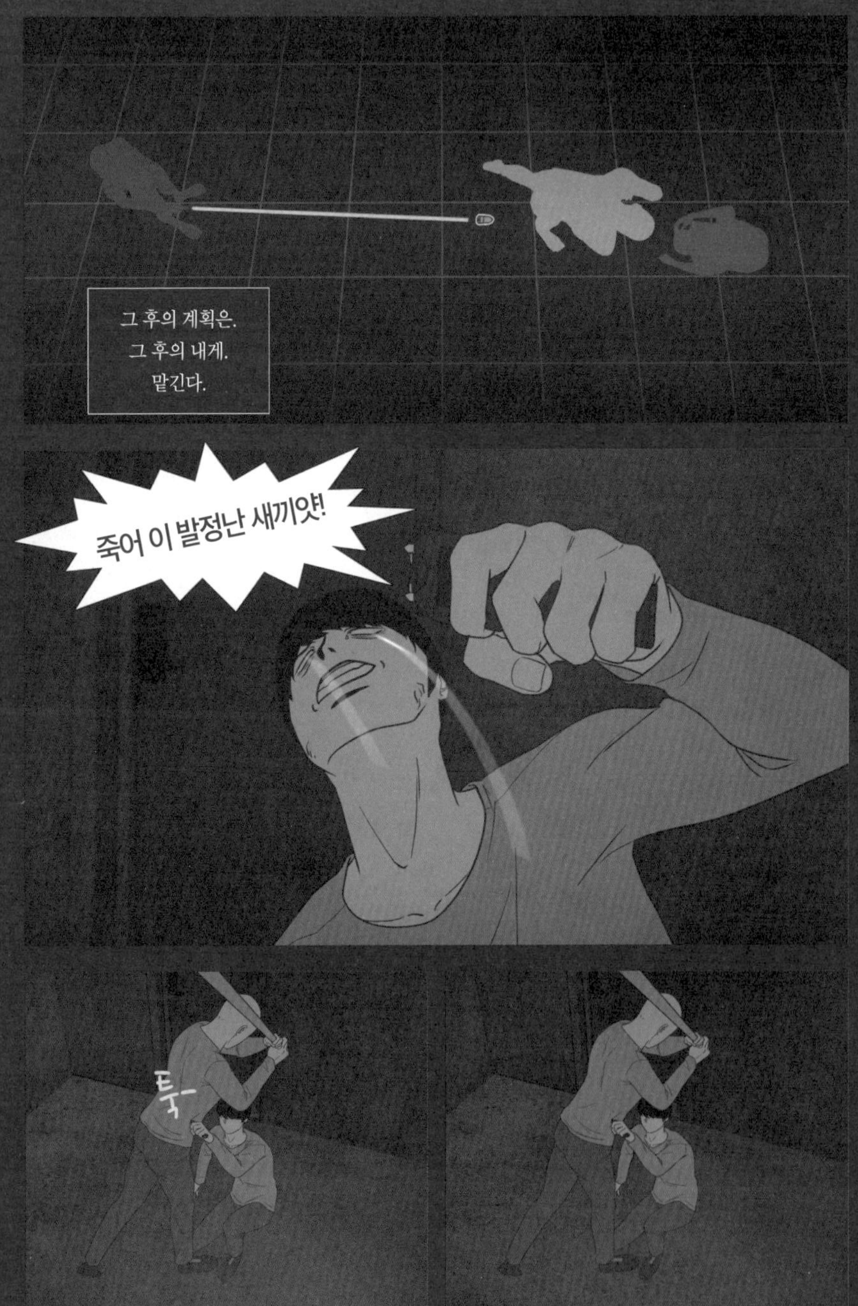
그 후의 계획은.
그 후의 내게.
맡긴다.
죽어 이 발정난 새끼잇!
툭-

안 되잖아?!

속았다. 여지없이 또 속았다.
삽시간에 연속으로 연달아 속았다.

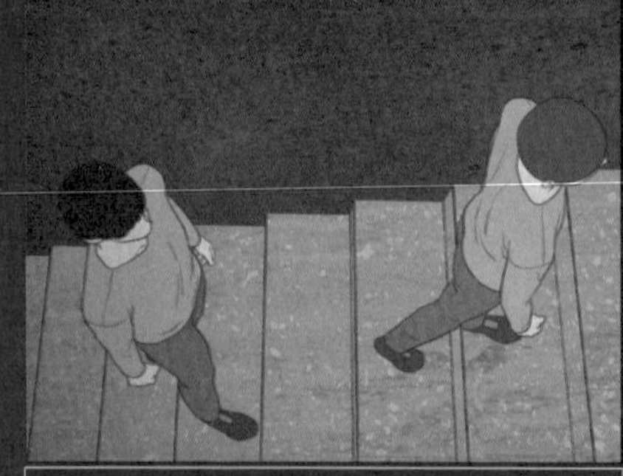

당당하게 등을 보인 이유가 이거였나.
처음부터 장난감으로 장난질이었나.

죽는다.
돈까스처럼 마구 처맞아 부드럽게 다져져 뒈진다.

플랜ABCD E고 나발이고
이젠 무지성 RUN밖에 방법이 없다.

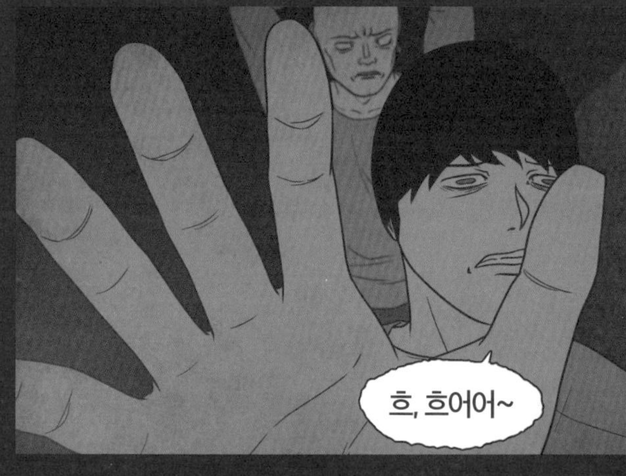

저 문.
혼신의 힘을 다해
몸통박치기 날리면 열릴지도.

제발, 그렇게 되기를.
제발, 아니라면,
진짜로 돈까스 패티가……

끼이이이이—

……라는
내 간절한 기도가 통했는지.

열렸다.
문이.

열린 문 뒤로
나타난 사람은.
3층 님.
숙이세요.

파이게임
PIE GAME

#64

"반란과 제압"

나는
보았다.

끼이이이이익-

빛을.

검게 빛나는 눈부신 빛.
말도 안 되는 표현이지만,
내 눈에는 분명 그렇게 보였다.

저, 누구도 죽게 내버려두지 않아요.

또한 말도 안 되는 표현이지만
한순간 그가 진짜 구세주로 보였다.

숙이세요 3층 님.
!
으아아아아아아!!
촤악-

해냈다아아아아아!!!

드디어 끝났어!
100일! 버텨냈다구요!!

한 사람당 7억!!
무려 7억!!!!

5,682,700,000

대박났다구요
우리 진짜로!!!!

고마워요 형님. 형님 덕에
무사히 끝마칠 수 있었어요.

예? 아, 아니에요…
나 암것도 안 했는데…
에이, 사람들도 다 알아요. 형님이 몸싸움 잘 막아준 덕에 사고 없이 끝낼 수 있었단 거.
8명 전원 생존이라니. 이건 기획자도 예상 못 했을 걸요? 한방 제대로 먹인 거죠. 저, 쌍욕 나올 만큼 통쾌해요.
헤헤… 나, 나두요…
맞다 형님, 상금 타면 어머니 드릴 거랬죠? 혼자 자식들 키우느라 고생 많으셨다고.
예… 아빠 나 어릴 때 미국 가서… 혼자 우리 키웠어요 계속……

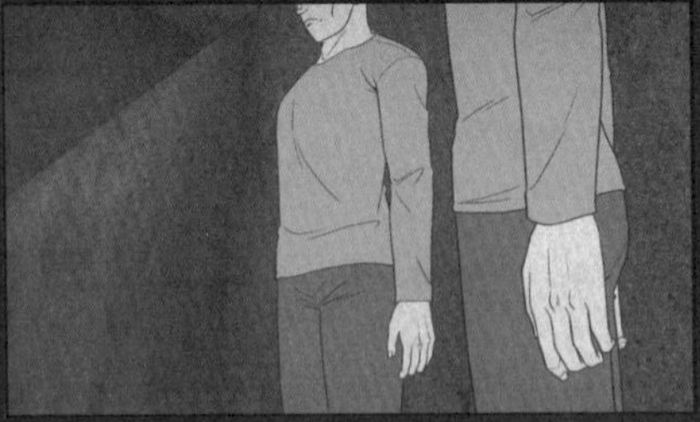
휴…이건 원래
말하면 안 되는 건데…
이거 제 연락처예요. 은혜 갚고
싶어서 그러니까 나가면 꼭 연락 주세요.
저 어릴 때 미국 살았다 했죠?
울 아빠가 거기 한인회 회장이거든요.
미국 전체 다 통틀어. 총회장.

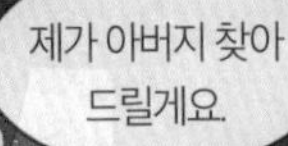
제가 아버지 찾아
드릴게요.
울 아빠한테 그거,
일도 아녜요.

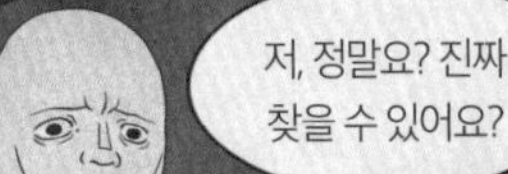
저, 정말요? 진짜
찾을 수 있어요?

당연하죠. 책임지고
찾아드릴게요.

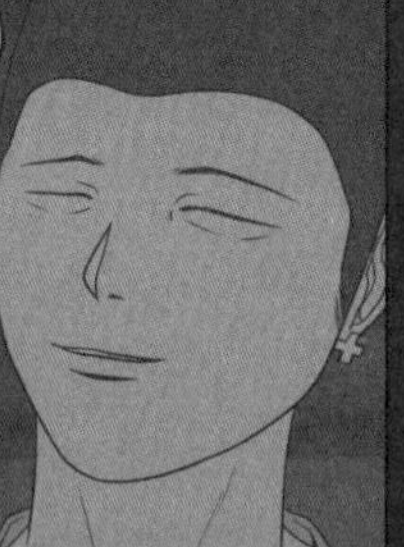
맞다. 일단 어머니한테는
비밀로 해둘래요 형?

몰래 찾아서 깜짝
놀래켜 드리자구요.

아하, 아하하하하!

하하하하!

하하!

아

아아!

아아아아!!

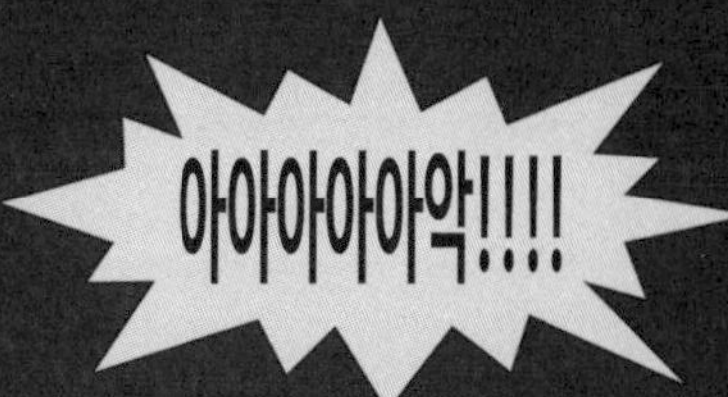
아아아아아악!!!!!

아아아아아아아아아악!!!

이게 심플하고 효과적이더라구요.
저도 눈에 흙 들어갔을 땐 아찔했거든요.

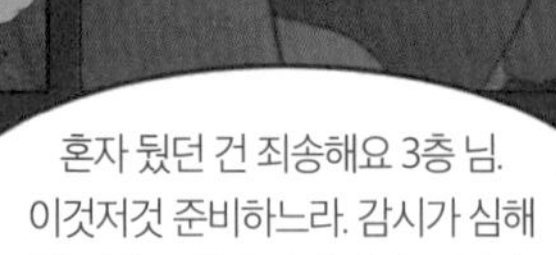
혼자 뒀던 건 죄송해요 3층 님.
이것저것 준비하느라. 감시가 심해
뭘 맘대로 살 수가 있어야죠. 하하.

번뜩. 제정신이 돌아왔다.
당연하지만 그는 영웅도 구세주도 아니다.

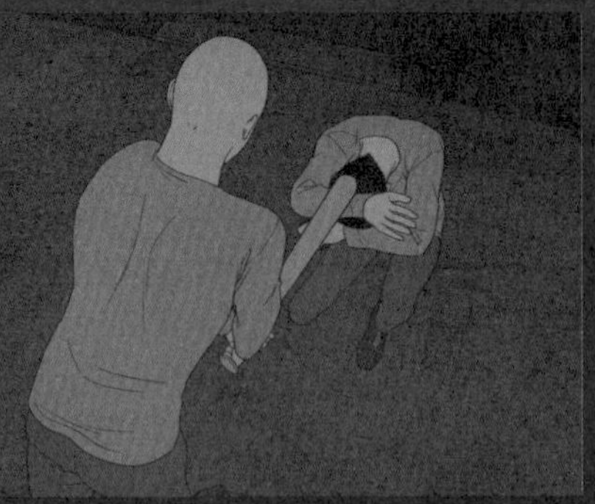

태연하게 사람을 사지에 몰아넣고 즐기는
사이코일 뿐이다.
철저히 영웅의 반대극에 위치한 인간이다.

아앍아아아아아악!!!
엄마아아아!!!!!

사람 얼굴에
유독성 물질을 뿌리고도
태연한 악마일 뿐이다.

덕분에 재밌는 연출
나왔네요. 역시 출연진이 많아야
극이 풍부해진다니까요.

그리고 저 대사에서
그가 얼마나 인간의 상식을
벗어나 있는지
또 한번 실감한다.

그에게 이 모든 행위들은 다만 시간벌이용 쇼.
혼자서도 쉽게 7, 5층을 제압할 수 있었지만
나라는 새로운 보조 쉐프를 영입한 이유는

주최 측에게 좀 더
새로운 풍미의 퀴진을 대접하겠다는,
그래서 더 많은 팁을 얻어내겠다는,
오로지 그것만을 목적으로 한 섭외.

자, 그럼…
나머지 하나도…

목이라도 졸린듯 숨이 막혀온다.
비로소 실감이 난다. 7층마저 제압당한다면,
그렇게 된다면

이 스튜디오에는 저 악마와 나.
둘만이 남게 될 것이다.

흠.
이 방, 언제봐도
아늑해 보인단 말이죠.

고마워요 7층 님.
남은 시간은 여기서 잘
지내도록 할게요.

7층의 손이 떨리고 있었다.
아니다.
온 몸이 떨리고 있었다.

그 떨림이 대신 말해주고 있었다.
이 승부, 이미 균형추는 기울어졌다고.

그건 알죠
7층 님?

반란이란 거, 성공하면
모든 걸 다 얻지만 실패하면
싸그리 다 토해내야 한단 거.

그래도 오래 함께한
정이 있으니, 순순히 총 건네
주시면 양형에 선처를……

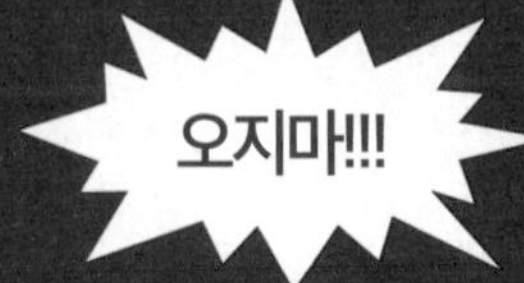
오지마!!!

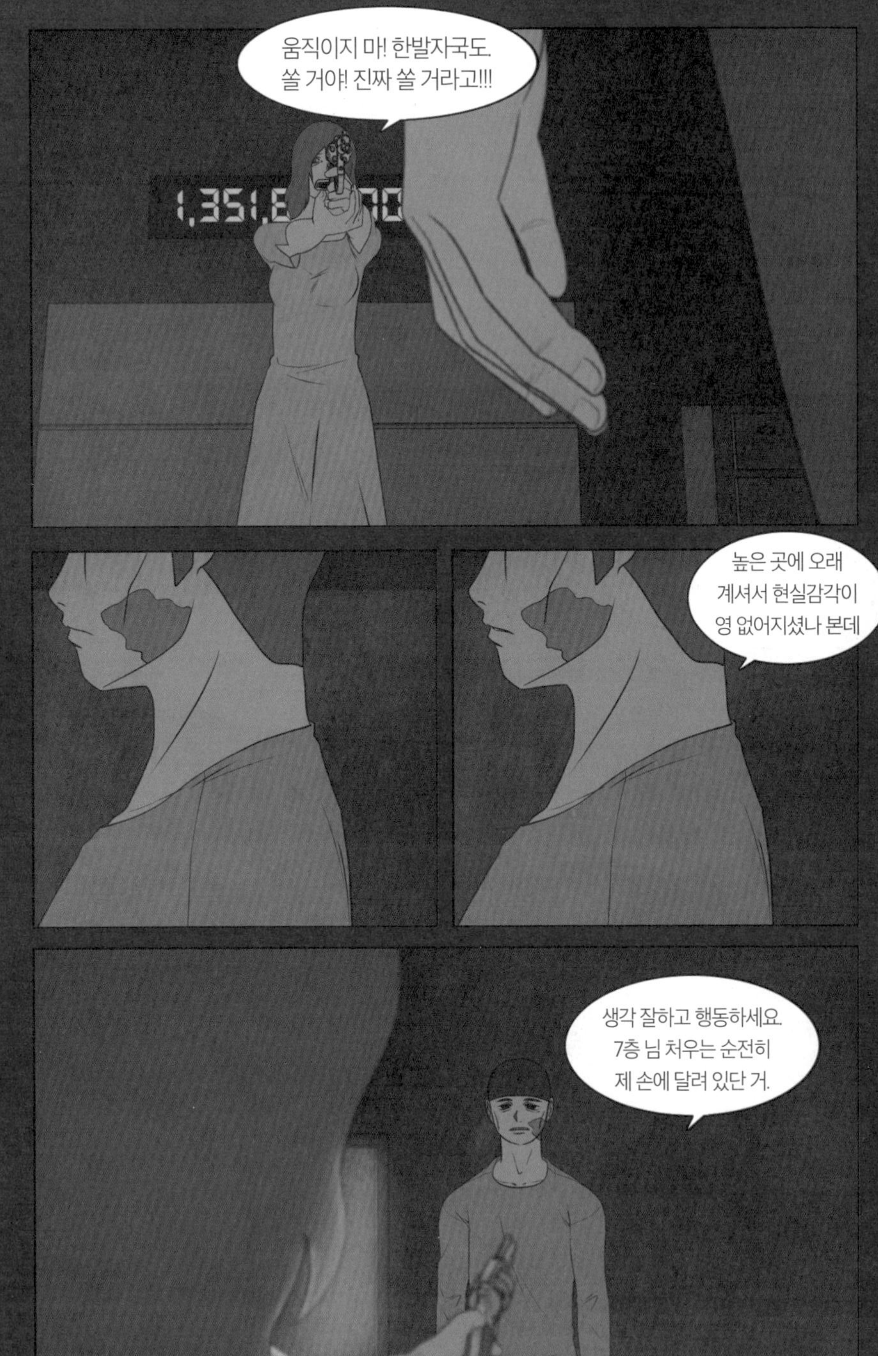
움직이지 마! 한발자국도.
쏠 거야! 진짜 쏠 거라고!!!
1,351,8
높은 곳에 오래
계셔서 현실감각이
영 없어지셨나 본데
생각 잘하고 행동하세요.
7층 님 처우는 순전히
제 손에 달려 있단 거.

라는 1층의 대사가
채 끝나기도 전에

1층의 머리와 몸과 검은 심장을 향해.
필사적인 발포.

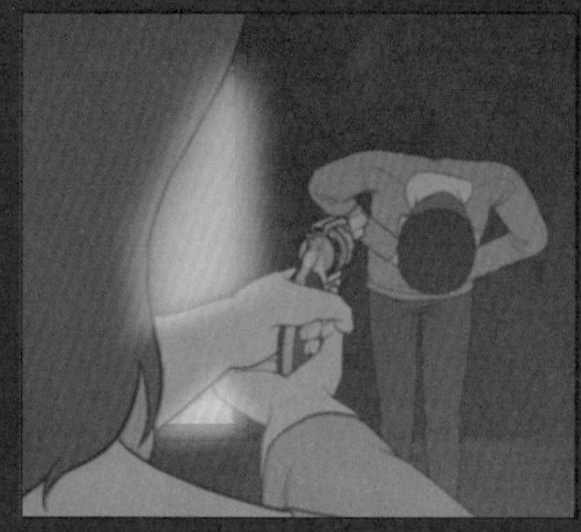

하지만 1층은
그 총성이 마치 자신의 승리를
선언하는 축포라도 되는 듯

크하하핫! 아핫!

와하하하하하핫!!!

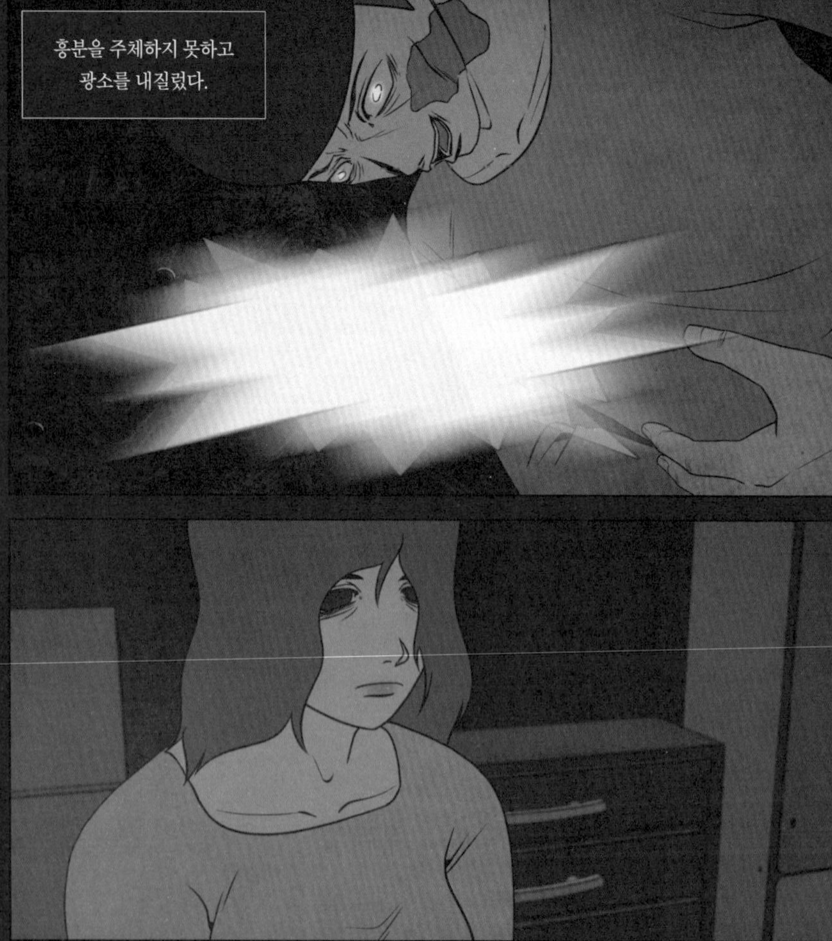

아하하하핫!!!!! 재밌지
않나요? 재밌으셨죠?!
기대하셨잖아요 이거!
7층이 총 쏘기만!!!
다 보고 계셨잖아요!
총 구매 장면부터 지금
까지 쭉! 모두 다!
기만했다고 한다.
기만의 수가 마술처럼 교묘하고도 대담해
누구라도 당할 수밖에 없었을 거란 생각이 들었다.
삐이익-
권총 사겠습니다. 경찰보급용 리볼버면 돼요.
불렛블랭크도 넉넉히 주세요.

그럼 약속대로, 수령은 7층 님이 직접 하세요.
우오~~
짝짝짝짝짝~

불렛(총알)과 블랭크(공포탄)를 교묘히
붙여 말했다. 7층은 듣고도 몰랐을 것이다.
총기에 관심 있을 만한 사람이 아니니.

소름 돋는 점은

권총 사겠습니다. 경찰보급용 리볼버면 돼요.
불렛블랭크도 넉넉히 주세요.

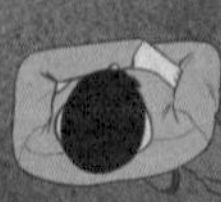

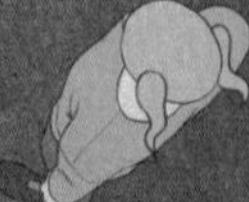

그럼 약속대로, 수령은
3층 님이 직접 하세요.
우오빠~~
짜작짜작짜작-

그 자리에 있는 사람이 7층이 아닌 나였다 해도
꼼짝없이 속았을 것이란 사실.

이 촌극을 표현하는 말은
예전부터 있었다.
공갈포라 했다.

쏠 거예욧!

빵야!

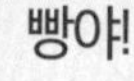
호롱~

하지만 공갈(블러핑)이란 건
상대가 내 패를
모를 때만 유효한 것.

죽으시는 게 좋을 걸요?
저 끝내주는 패 들어왔는데.
이 둘의 승부는
처음부터 이런 꼴이었다.

심지어.
그 패를 골라 직접 쥐여 준 것도
테이블 반대편에 앉아 있는 1층.

언제…
대체… 언제…

그러니 '언제'라는 물음만큼 공허한 건 없다.
1층은, 원할 땐 언제든 그녀의 방으로 잠입할 수 있으니.

안타깝네요. 전 분명
기회 드렸는데.

역모의 형은 무거워요.
예전이라면 당사자뿐 아니라
딸린 삼족을 멸했을 정도로.

그러니.

7층 님도 무거운
벌을 받으셔야
할 것 같네요.

그 때.

아아아ㅏ앙아!!!

응?

켁!
파앗
그로기라 생각했던 5층이.
그래서 지우고 있었던 5층이.

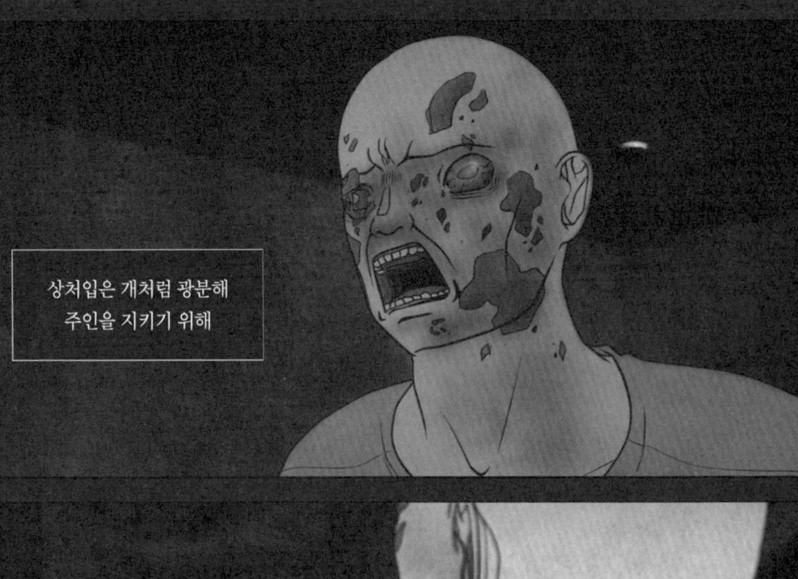
상처입은 개처럼 광분해
주인을 지키기 위해

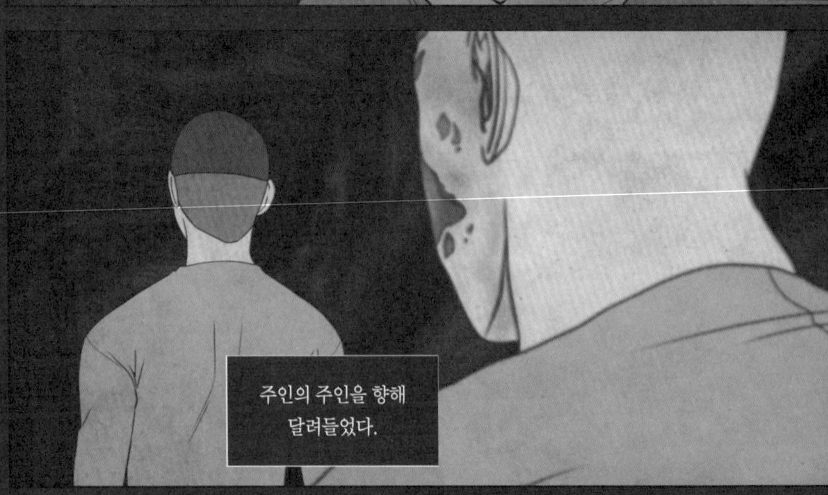
주인의 주인을 향해
달려들었다.

파이게임
PIE GAME

#65

"포식자"

한순간, 몸이 떨렸다.
하지만 이건, 두려움 때문이 아니다.

이건 흥분이다.
어쩌면, 지금이 바로 그때인지도 모른다.
마침내 3:1 구도를 완성할.

깨달은 몸이 먼저 반응한 거다.
동물적 감각이, 생존의 본능이,
외친 거다. 기회는 지금이라고.

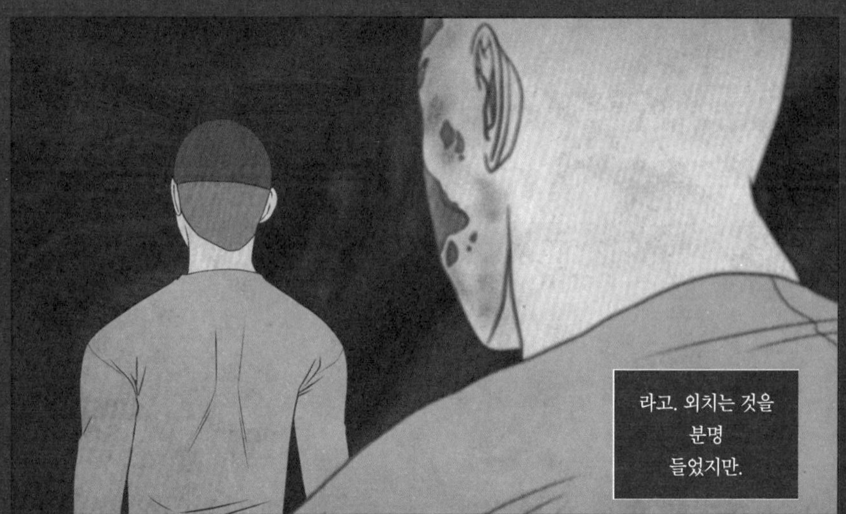
라고. 외치는 것을
분명
들었지만.

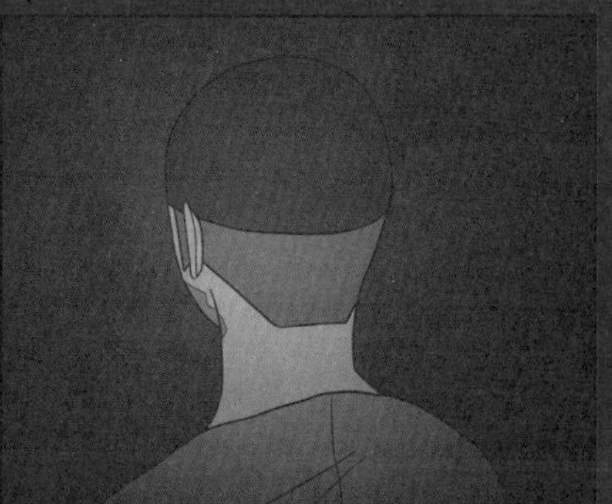

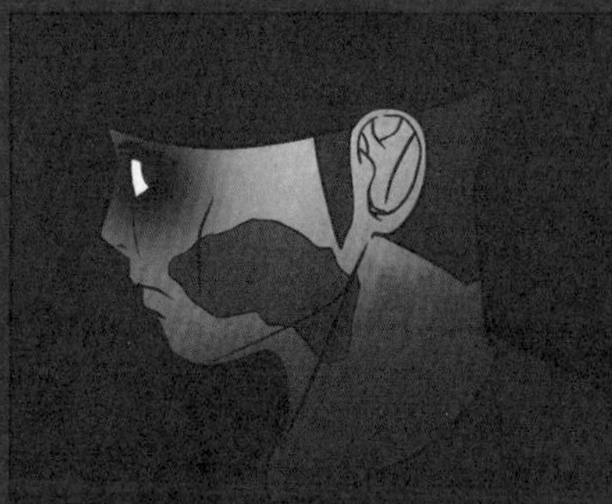

1층의 눈빛을 본 순간
워크라이를 내짖던 동물적 감각, 생존의 본능은
순식간에 상황 파악을 끝내고 태세를 전환했다.

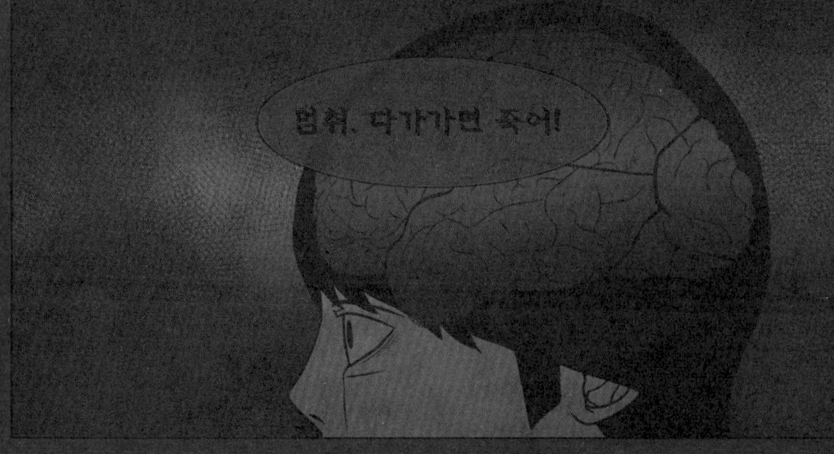
멈춰. 다가가면 죽어!

움찔-

하지만
눈이 흐려 1층의 눈을 보지 못한 5층은.
분노와 색정에 뇌가 잠식당한 5층은.

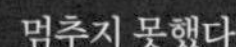
멈추지 못했다.

콰악-

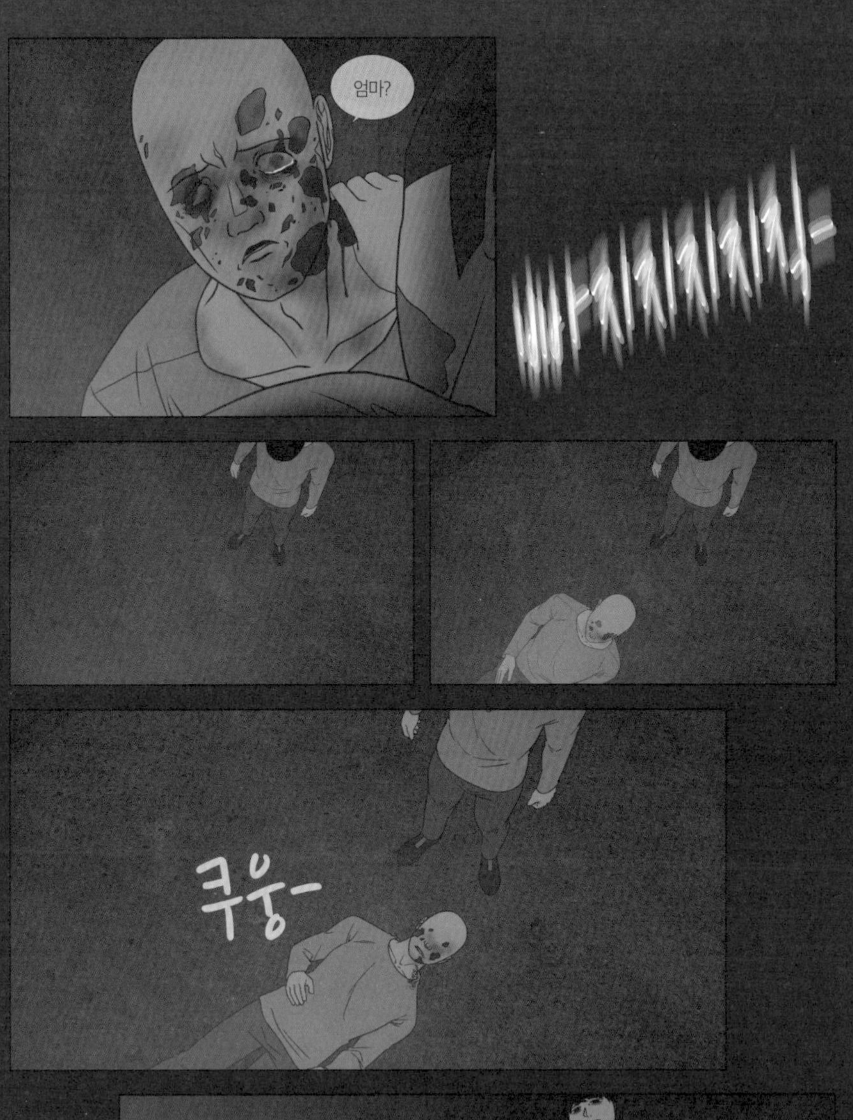

덜 덜 덜 덜 덜 덜 덜

그리고
그 혼란을 틈타

덤벼들까말까 멈춘 나와 달리
그만 덤벼들어버린 5층과 달리
7층은
아!

좀 더 현명한
선택을 했다.

기이이이이이이잉-

철컹-

1,351,940,000

술래잡기라……

생각보다 재밌게
흘러가는데요?

술래잡기.
몽글한 어린시절 추억을 떠올리게 하는 이름.
하지만 어릴 적 까불며 즐겼던 그것과 다른 건.

카드 드릴 테니 한층씩
수색해 주시겠어요?

술래에게 잡히면 웃음꽃이 피는 게 아닌
피의꽃이 활짝 피어나는
술래잡기.

전 광장을
지키고 있을게요.

그래야겠지.
거기만 점령하면
더이상의 (무기)구매는 불가하니.

찾으시면 이 말 전해주세요.
발버둥칠수록 고통만 더 커질 거라고.
그럴수록……저는 더 좋다고.

7층의 순발력 있는 대처와는 별개로
사후처리에 대한 의문이 들었다.

스튜디오는 닫힌 공간.
영원히 도망칠 순 없다는 건
본인도 잘 알고 있을 거다.
그렇다면 오히려

6F

1층의 제안을 받아들여 투항하는 게
더 옳은 선택이 아니었을까?
라는 의문이 들었다.

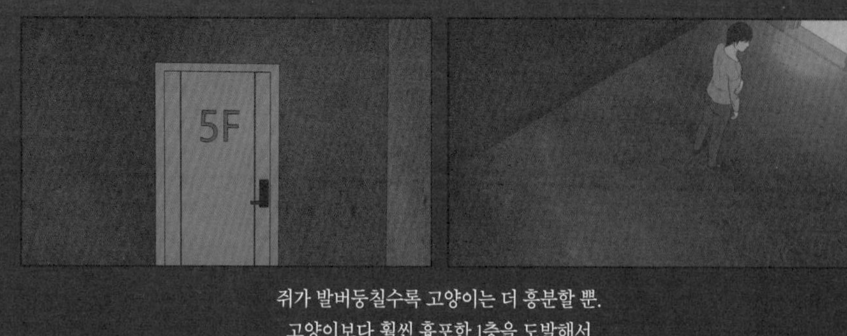
5F

쥐가 발버둥칠수록 고양이는 더 흥분할 뿐.
고양이보다 훨씬 흉포한 1층을 도발해서
얻는 게 있을까? 하는 의문이 들었다.

4F

초, 총소리 맞죠?
몇 번씩이나 들리던데.

뭔 일 생긴 거죠? 네?
어떻게 된 거예요?

혹시……
죽었나요 누구?

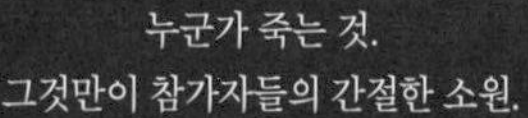
누군가 죽는 것.
그것만이 참가자들의 간절한 소원.

아닙니다.

인간의 죽음만이.
인간의 유일한 소원.

뭐가 어떻게 돌아가는
거예요? 네? 3층 님 말좀!

간절히 애걸했지만 말해줄 게 없었다.
시작의 1일부터 현재의 93일까지
달라진 건 하나도 없으니.

우리는 여전히 1층이 지휘하는 광시곡의
파트를 연주하는 꼭두각시들일 뿐이니.

노이즈가 필요하다.
멈추기 위해선 누군가
노이즈가 되어야 하고

그걸 할 수 있는 사람은,
이제 나밖에 남지 않았다.

7층이 발견된 곳은

최상층인 7층에서 게임을 시작한 그녀가
끝끝내 도달한 곳은 스튜디오의 바닥인, 1층.

이 추락은 그저
상징적 의미에
그치진 않을 것이다.

1층의 최후통첩을 저버린 죄로.
그녀는 실제 1층의 거주민이
될 예정이니.
전 진짜… 억울해요…
이런 대우는… 이 상황도…
이래선 안 돼요…
저, 사람들한테 아무 짓도
안 했잖아요. 그, 그냥 1층이 하겠다는
대로 놔뒀을 뿐이잖아요.
네? 3층 님도 아시잖아요. 1층이
다 했단 거. 속이고 농락하고 고문한 거
전부 1층 혼자 한 거란 거!

그래. 넌 하지 않았지.
하지만 하지 않길 바란 적도 없었지.

그저 손에 피를 묻히기 싫었을 뿐.
권력자는, 힘도 돈도 모든 걸 다 가진 권력자는,
가증스럽게도 도덕적 우위마저 가지고 싶어 하니.

이, 이거요.

숨겨뒀었어요.
권총집에. 1층이 썼던 거.

힘 합치면 이길 수 있어요.
우린 세 명이고 1층은 한 명이잖아요.
할 수 있어요. 네?

결국 이 정도였나.
7층이 준비한 최후의 카드란 게, 겨우 이딴 것이었나.
오직 타인의 손을 빌려 부를 축적해온 그녀는

잘 지내봐요 아저씨.
괜찮게 생겼네요.

와 손 개부드럽네.

스스로 어떤 노력도 들이지 않고
모두의 머리 위에 군림해 즐겼던 그녀는.

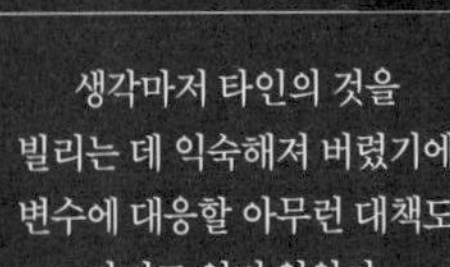
생각마저 타인의 것을
빌리는 데 익숙해져 버렸기에
변수에 대응할 아무런 대책도
가지고 있지 않았다.

7F

3,140,000

돈도 다 드릴게요! 여러분들이
위층 가지세요! 전 5층이면 돼요!
돈 피, 필요하시잖아요!

다른 것도! 원하는 건
어떤 거든 다 드릴게요!
그러니까 네? 제발!!!!

패닉에 빠진 그녀는
상황조차 제대로
인지하지 못하고 있었다.

제발… 제발… 제발요…
제발…제발…

제발… 3층 님…
제발……

1층이 준비한 수만가지 수를 이빠진 메스 몇개로
파훼할 수 없다는 건 누구나 아는 사실이지만

제발!!!!

그걸 모르는 건
아니, 모르고 싶은 건
오직 7층뿐.

여기 계셨어요
7층 님?

끼이이이이이이—

마침내 왔다.
이 술래잡기의 끝을 맺으러. 술래가 왔다.

아, 아아…
아아아……
쯧쯧.
7층 님.
절뚝-
어쩌다 이
누추한 곳까지.
절뚝-
7층을 차지한 게 그녀가 아닌
2층이나 6층이었으면
많은 게 달라지지 않았을까?
옛 집에 돌아오니 정겹네요.
이 냄새는 도저히 익숙해지지
않지만. 하하

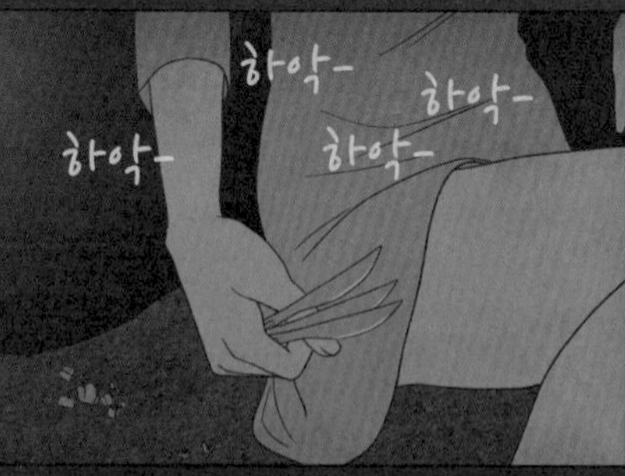

그들은 1층의 제안을 거절하고
심지어 그를 억제하고, 이 게임,
무사히 엔딩까지 잘 이끌수 있지 않았을까?

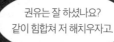

권유는 잘 하셨나요?
같이 힘합쳐 저 해치우자고.

하지만 이제는 무의미해진 회한.
7층 역시 이 93일 동안
수많은 기회가 있었겠지만

단 한번도 '그렇게 하지 않은' 죄에 대한
벌을 받을 시간.

안타깝지만 그렇겐
안 될 거예요.

6층 님은 거동이 많이
불편하시고, 3층 님은 제안
승낙할 정도로 어리석은
사람이 아니니까.

아… 아아…
흐끅… 아아아…
에이, 뚝. 그래도 우리 스튜디오 여왕이셨는데 추한 모습 보이시면 안 되죠.
기회 드릴 테니 울지 마세요.
이대로 끝내면 윗분들도 흥 안 나실 것 같아 나름 계승식도 준비했거든요.
자, 덤비세요. 7층 님은 그거 사용하시고 전 맨몸으로. 게다가 장애인. 이 정도면 공정하지 않나요?
아니다. 저 제안은, 애초에 공정도 뭣도 아니다. 왜냐하면 거짓말이니까.

흐끅-
흑-
흐윽-

하지만 7층은 모르고 있겠지.
우리 역시, 계속 몰랐었으니.

하지만 이제는 안다. 애초에 주최 측이 섭외한 건
7명의 참가자가 아니었다는 걸.

어서요 7층 님, 이러다 마음 바뀌면 그냥 총으로 쏴버릴…

아아아아아!!!

7층 님. 그거
찌르는 용도가 아니라.

주최 측이 섭외한 건
여섯 명의 참가자와

한 명의 포식자.

베는 겁니다.

주최 측의 설계는, 처음부터,
한 명의 악마와
여섯 마리의 먹이였다는 걸
이제 우리는 안다.

파이게임
PIE GAME

#66

"뒤바뀐 운명"

하아- 하아- 하아-

하아- 하아- 하아- 하아-

하아- 하악- 하아- 하아-

하아- 하아- 하아-

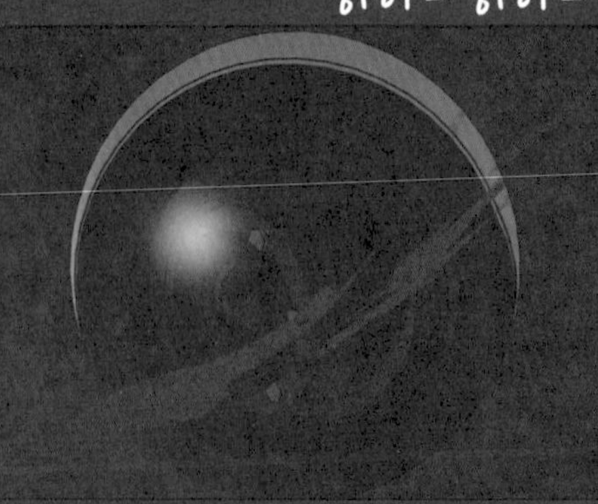

하아- 하아- 하아- 하아-

적막과 정적만 가득한 방에서
귀를 파고드는 하나의 선명한 소리는
7층의 얇고 가쁜 숨소리.

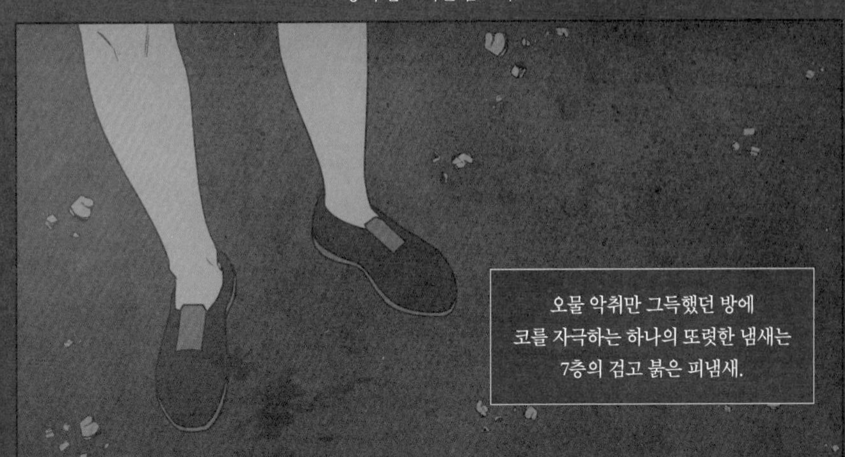
오물 악취만 그득했던 방에
코를 자극하는 하나의 또렷한 냄새는
7층의 검고 붉은 피냄새.

한때 같은 목적으로 손잡고
같은 목표를 향해 걸었던 두 사람의
결착의 흔적은.
결별의 유산은.

비산하는 거친 숨과
뿌려진 붉은 피뿐.

그렇게 둘은
악수 대신 서로에게 날붙이를 휘두르는 걸로
담담한 작별인사를 끝냈다.

가능한 '신선한' 상태로 두고 싶었는데, 이 정도 해두지 않으면 못 깨어 나실 것 같아서요.
그렇잖아요? 7층 님도 6층 님도 한때 이곳을 지배한다 생각했었잖아요. 마치 왕처럼 굴었잖아요.
그 권력의 관성이란 게 생각보다 질기더라구요. 뭐, 그 편이 더 씹는 맛이 좋긴 하지만.

동의한다. 그게 인간의 관성이다.
1에서 1을 벌어 2를 가진 사람보다 10에서 1을 잃어 9를 가진 사람이
더 큰 고통을 느끼도록 설계된 욕망의 관성이다.

자 그럼…방 배정 다시 할게요.

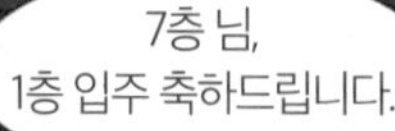
7층 님,
1층 입주 축하드립니다.

1,352,100,000

그러니
13억에서 2억이 된 사람이 느끼는 고통은
그보다 훨씬 더 크겠지.

193,150,000

집들이 행사는 이
이벤트로 대신한 걸로 칠게요,
오늘은 푹 쉬세요 7층 님.

방 재배치 끝나면
다시 뵙죠.

고통은 아직 끝나지 않았다.
어쩌면 이제부터가 시작일 것이다.

가장 마지막 재료인 만큼
가장 공들인 요리가 될 예정이니.

90일 넘는 시간 동안 갈고닦은
쉐프의 쿠킹 노하우를 총 집합한……

시간, 많이 늘었죠?

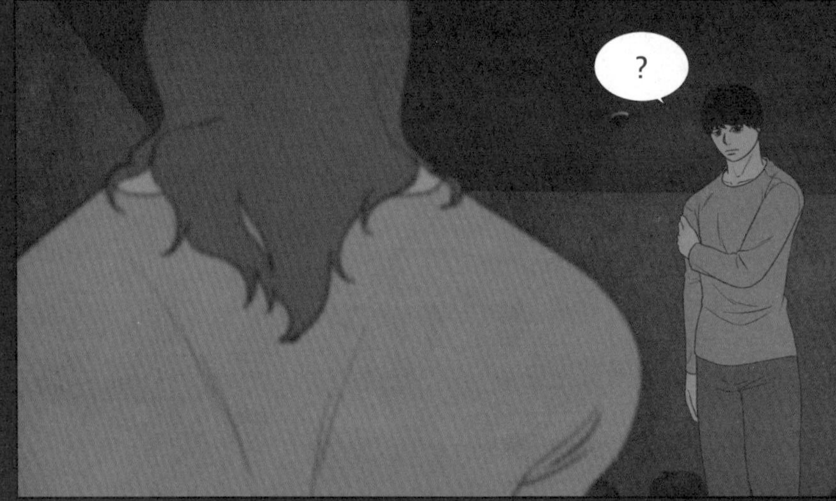
?

확인은 못 했지만 아마
그럴 거예요. 제일 공들여
준비하신 쇼니까.

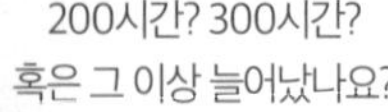
200시간? 300시간?
혹은 그 이상 늘어났나요?

1층 님은 확인하셨잖아요.
어때요? 몇 시간 늘었나요?

제가 마지막으로 확인했을 때
200시간 정도 남아있었으니, 지금은
못해도 500시간은 됐겠죠?

500시간, 7층 환율로
계산하면 3억이에요.
무려 3억원이라구요.

꺼내들었다.
7층은, 1층에게 쉬운 트로피를 안겨줄 생각은
없어 보인다. 숨겨놨던 마지막 카드를 꺼내든다.

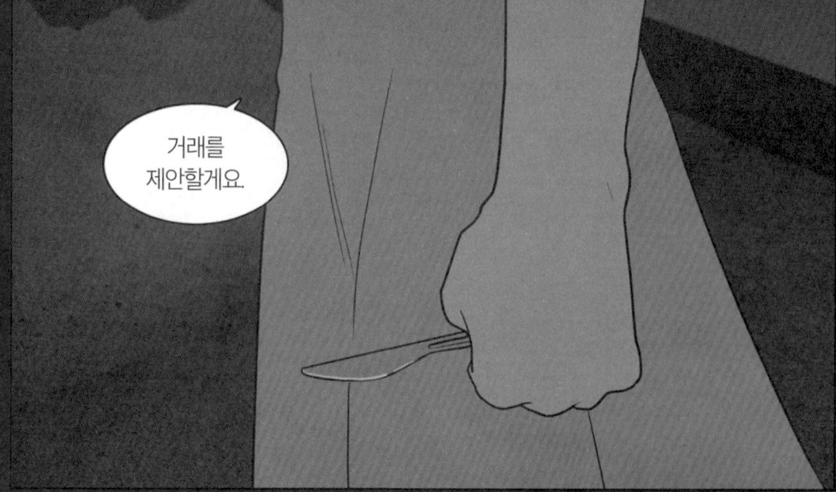
거래를
제안할게요.

그 3억으로

제 목숨을 살게요.

말과 행동이 일치하지 않는다.
아니, 일치하지 않는 정도가 아니라 정반대다.
목숨을 산다며 목에 칼을 들이댔으니.

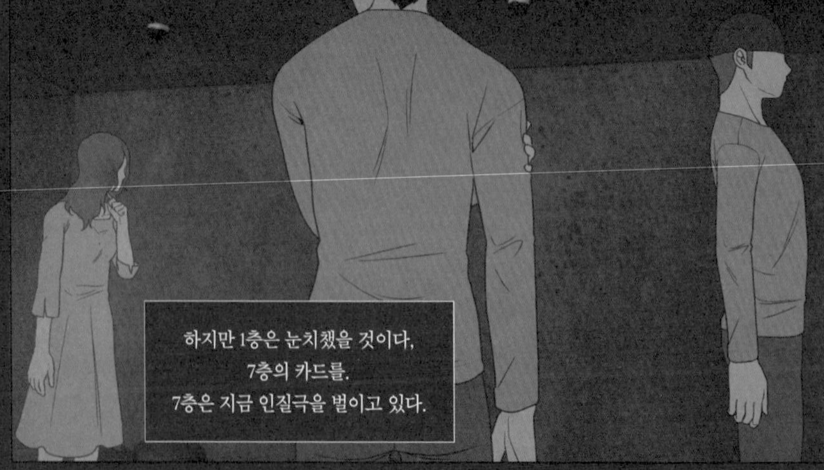
하지만 1층은 눈치챘을 것이다,
7층의 카드를.
7층은 지금 인질극을 벌이고 있다.

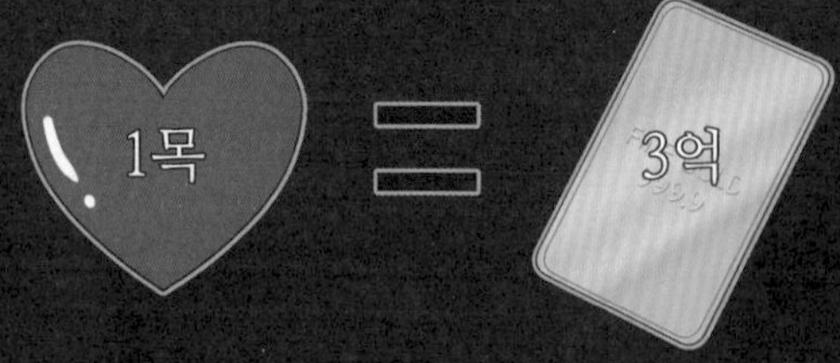
1목
3억

협상 금액은 3억.
인질로 잡은 건 스스로의 목숨. 세상에 다시 없을 기괴한 인질극.

유일한 장사수단도 망가졌고,
남은 일정이라곤 고문당하고
실험당하다 폐기되는 것뿐인데
그렇게까지 해서 살고
싶은 생각은 없어요.
그러니까 거래하죠. 내 몸에
손대지 않겠단 약속만 해주면 500시간
소진 시까지 얌전히 있겠어요.

싫으시다면 끝낼게요.
여기서 바로. 말씀 드렸듯
미련 같은 건 없으니까.

너무나 상식 밖의 협상안이지만,
이 인질극이 성립되는 이유는
협상의 대상자 역시 상식 밖의 인간이기 때문.

목숨 앞에 무가치한 돈이란 공식이 아닌
돈 앞에 무가치한 목숨. 이란 공식을 따르는
뒤틀린 인간을 상대로 한 뒤틀린 인질극.

대답하세요. 3억을 포기
할 건지 나를 포기할 건지.

실권했지만 그래도
로얄블러드 적당량 함유란 건가.
구차한 연명보단 깔끔한
죽음을 택하겠단 건가.

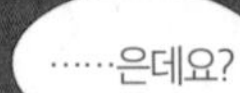

귀찮다구요. 그거 들어주면
안전책도 마련해드려야 하고
대비책도 준비해야 하고 등등…

그러니까.

그냥 죽으시는 게
어때요?

한순간에 갈린다.

메스 위치가 좋아요. 그쯤 경동맥
있으니 깊숙히 가르면 닿을 거예요.

경동맥 잘리면 순식간에 뇌허혈
오니 큰 고통 없이 가실 수 있어요.

진심인 자와 진심이 아닌 자가.
여기서 갈리고 판명된다.

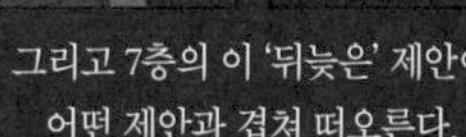
그리고 7층의 이 '뒤늦은' 제안이
어떤 제안과 겹쳐 떠오른다.

1층이 우리 다 배신한 거라구요! 모르겠어요? 저 진짜 7층 님이 이기길 바라고 있는 거!
7층 님, 진작 하셨어야죠.
그 말을 왜 이제 와서 하세요? 상황 이렇게 되기 전에 하셨으면 더 설득력 있었을 텐데.
그런 제안 하시려면, 그게 진심이라면, 도망치기 전에 하셨어야죠.
지금 와서 그런 말 하셔도
통할리 없잖아요?

선명히 갈렸다.
진심인 자와 진심이 아닌 자가.
난… 나는…
난……
판명됐다.
난……
죽어선 안 돼……

게임 시작 95일 차.

7층의 짐작은 정확했다. 왕족의 실각 이벤트는
주최 측에게 큰 감동을 준 듯했다.

게임 시작 이래
가장 많은 잔여시간이 확보됐으니.

그리고 나 또한 게임 시작 이래
가장 높은 층을 확보하게 됐다.
7층 제압 이벤트의 공로를 인정받아
한층 높은 곳으로 올라섰다.

충분히 받으실 자격 있어요.

이젠 아시겠죠 3층 님?
그게 바로 신뢰란 걸.

바로 그것. 카드, 층, 시간, 돈.
이런 것들만이 진실의 유일한
담보물로 기능한다는 걸.

우정이니 의리니 사랑이니 하는 실체
없는 가치들을 믿어선 안 돼요. 그런 것들은
너무 쉽게 변색하고 썩으니까요.

어째선지 그런 무형의 가치에
과잉찬사를 보내는 경향이 있는데
조금만 생각해봐도 그런
올려치기는 말이 안 되거든요.
우정도 의리도 사랑도
상황에 따라 언제든
형편에 따라 얼마든 변해요.
어쩔땐 믿기지 않을 정도로
쉽고 허무하게. 살면서 누구나
한번쯤 겪는 일이잖아요?
하지만 돈은 말예요. 변하지도
상하지도 않아요. 심지어 상하면 새
돈으로 교환까지 해주죠.
배신도 하지 않고 의견도 내세우지
않고 언제나 가진 자의 안전과
행복을 충실히 보장해 주죠.
너무 냉정하다 생각하세요?
비약이 심하다 생각되세요?
그럼 이런 예는 어떨까요?

나와 아무리 친했던 친구라도
내 전재산을 사기쳐 훔쳐간다면,
그 사람 끔찍히도 싫어지겠죠.
반대로, 아무리 싫어했던 친구라도
내게 수억원을 벌어다 준다면, 그 사람
좋아하지 않을 수 있을까요?
그래서 드린 거예요.
제 신용의 증표. 우리 협약의
증거를. 유일하게 믿을 수 있는 건 실체
있는 재화. 돈밖에 없으니까.

458,960,000

삐빅-

458,970,000

그의 말을 해석해 보자면 이런 거다.

내가 그에게 이득을 가져다주는 한은
나를 건드리지 않겠다는 회유인 동시에
그에게 돈을 벌어다주지 못하는 순간
나를 '퇴사' 시키겠다는 협박.

골든타임이
얼마 남지 않았다.

방 재배치가 끝났다.
참가자들의 기여도와 충성도를 반영했다 했다.

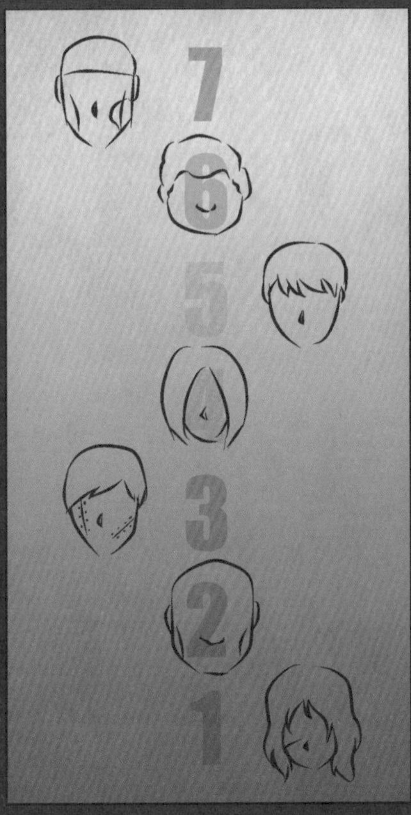
7
6
5
4
3
2
1

기획승인의 의사결정은 1층이 했고
기타 잡무는 내 업무가 됐다.

각 층을 돌며 참가자들의 건강과 위생을 살피고
몸이나 정신이 망가진 참가자들을 대신해
식사를 배분하고 내려주는 허드렛일을 맡았다.

부탁 드릴게요.
저는 광장에 있어야 해서.

말 그대로 유지보수.
인간을, 죽지 않게 유지보수하는 업무.

4F
3F
2F

카드를 찍고 들어가 케어하고,
방이 섞이지 않도록 돌아가 내 방을 찍고,
다시 다른 층 방문을 반복하는
초단순 업무.

하지만 이 단순업무에 주어지는 보상은
하루 480만 원의 일당.

참가자들이 보이는 반응은 천차만별이었다.

5층은 늘 바보(라서 바보)스런 웃음을 머금고 있던
5층은, 더 이상 웃지 않았다.

어쩌면
전기에 신경이 망가지고 산에 근육이 녹아
웃고 싶어도 그러지 못하는 걸지도.

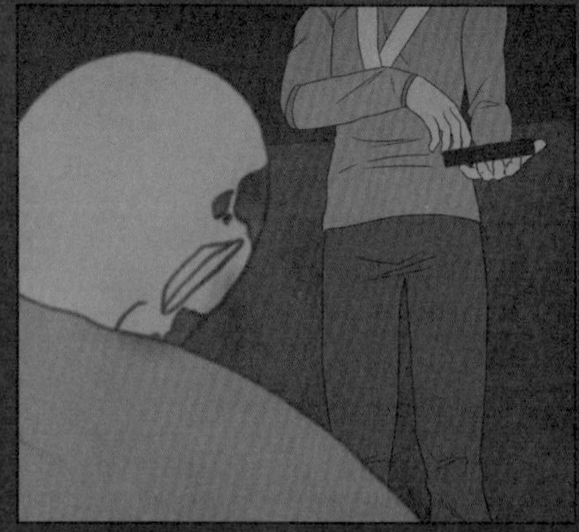

왕성하던 식욕도 색욕도 다 타버린 듯
껍데기만 남은 인간이 됐다.
그 껍데기조차 녹아붙어 흉측한. 인간이.

4층의 경우에는.

3층 님… 아직 방법이…
희망이 있어요…
이대로 포기해선 안 돼요…

여전히 포기하지 않고 있었다.
맹렬히 희망을 설파했다.

저 기막힌 작전 있는데
드,들어보실래요? 이거 진짜
먹힐 거예요, 장담할게요!

하지만 그 희망의 방향은 조금,
아니, 많이 어긋나 있었다.

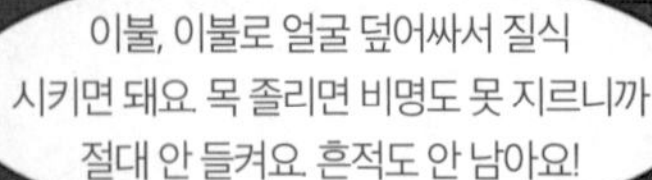
이불, 이불로 얼굴 덮어싸서 질식
시키면 돼요. 목 졸리면 비명도 못 지르니까
절대 안 들켜요. 흔적도 안 남아요!

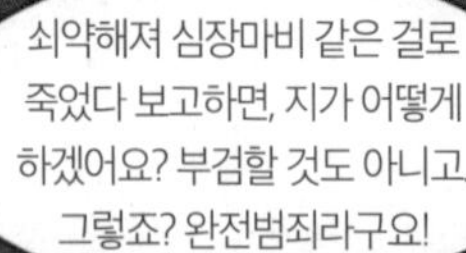
쇠약해져 심장마비 같은 걸로
죽었다 보고하면, 지가 어떻게
하겠어요? 부검할 것도 아니고.
그렇죠? 완전범죄라구요!

여전히 타인의 죽음을 희망하고 있었다.
그 희망이 너무 간절했던 나머지
심지어 타인의 죽음을 교사하고 있었다.

아. 그래! 그렇지!

7층. 7층으로 해요. 네?
죽이기도 쉽고 죽어도 싼ㄴ 이니까.
맞죠? 네? 맞죠? 네? 맞죠? 네?!!

그리고 2층은.
그러나 2층은.

그녀의 경우에는
전혀 뜻밖의 반응을 보였다.

3층……
어제 내가 알던 2층과는 다른
낯선 2층이 오늘 거기 있었다.
내 부탁…
하나만 들어줄래?

파이게임
PIE GAME

#67

"기로에 서다"

지난 수업에서 언더도그마(underdogma)
의 함정에 대해 배워보았죠.

약자를 '선(good)' 이라고 단정 짓는 것
또한 편견의 한 종류일 뿐이라고.

그렇다면 그 반대의 질문은 어떨까요?
강자는 '악(evil)'일까요? 자본주의하의 강자라면
흔히 부자나 재벌로 상징되니,
부자는 '악'일까요?

자, 이렇게 한번 도식화 해보죠.

부자였던 A는 투자에 크게 실패해
전 재산을 잃었어요. 반대로, 가난했던 B는 복권
1등이 당첨돼 수십억의 상금을 받게 됐죠.

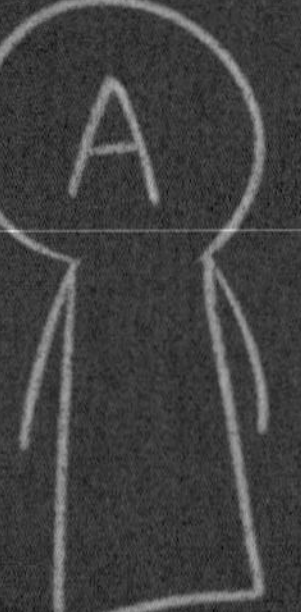

그럼, A는 악인에서 선인이 되었고,
B는 선인에서 악인이 된 것일까요?

말도 안 되는 주장이란 건 모두 아실 거예요.
두 번의 수업에 걸쳐, 빈부는 선악을 판단하는
근거가 되지 못한다는 걸 배웠으니까요.
Gesellhaft
하지만 생각할 점은 남아있죠, 부자나 재벌의
이미지가 전 세계 어디에서도 그다지 '선한' 이미지로
그려지진 않잖아요? 이는 또 어떻게 설명해야 할까?
세상 모든 가치있는 자원은 유한한지라,
소유의 불균형은 피할 수 없는 현상이고,
이에 지키려는 무리와 뺏으려는 무리의
갈등은 필연적으로 발생하는 것이죠.
저는 이 이슈를 선/악이 아니라
공/수의 개념으로 해석해요.
또한 아시다시피, 소유욕엔 상한선이 없어요.
심지어 자본주의에선 가진 자본이 클수록 더 많은
자본을 획득할 수 있는 기회를 제공하고 있구요.

이에 사람들은, 기득권의 상한 없는 욕망을
'악'이라 규정하고 규탄해요. 그들이 많이
가질수록 나의 몫이 작아지는 게 사실이니까.
이에 우리는 명확히 구분
해야 해요. 부의 축적 과정에서
발생한 비위는 '악'이 맞지만,
부 자체가 '악' 은 아니라는 걸.
또한 공/수의 개념이라 말했듯,
이 구도는 끊임없이 변하고 역전되기
마련입니다. 부를 악이라 규정했던 사람이
어느 날 그 위치에 올라설 수도 있단 거죠.
A
B
그럼 이 사람은, 아, 나는
악인이 되기 싫으니 가진 모든 걸
나눠 주겠어, 라고 결심할까요?
B
아니죠. 장담하는데, 이 사람 역시
부를 차지하는 순간 이를 지키기 위해
악착같은 수성전을 시작할 겁니다.

3층… 부탁
하나만 들어줄래?

…뭔데요? 부탁.

그렇게 짐작했다.
그간 봤던 2층의 성정상, 재탈환의 기회를
노려보자 권유할 것이라 짐작했다.

…이제 어떻게 할 생각이야?
준비한 계획이라도 있어?

대답하지 않았다.
누가 누구를 언제 어떻게
배신할지 알 수 없으니.
그 '누구'에 2층 역시 포함되어 있으니.

우정이니 의리니 하는 것들, 너무 과대평가된 경향이 있어요. 너무나도 쉽게 변하는. 그딴 걸.

눈에 보이지 않는 건, 눈으로 확인하지 않은 건,
이제 아무것도 믿지 않기로 했으니.

알았어. 말 못해주는 거겠지. 이해해. 그럼 듣기만 해줘 내 부탁.

느꼈겠지만. 1층은 정상이 아냐. 인간이라면 당연히 갖추고 있어야 할 여러 소양들이 결여돼 있어.

실수한 거지. 그, 인간이 아닌 것을 인간의 상식으로 대항하려 들었으니 이런 대가를 치르게 된 거라 생각해.

부숴지고, 잘리고, 찢기고…
육체도 또 정신도, 모든 걸 다 강탈
당한 거야. 걍 탈탈 털린 거라고.

하지만… 이 정도로 끝난 게
다행이라 생각해. 이 상황까지 오니
이제서야 비로소 안심이 돼.

의아한 동사선택이었다.
귀가 잘리고 다리가 부숴졌는데
팔이 부러지고 이가 박살났는데
안심이 된다고?

1층은 잔혹하고 냉정해.
하지만 그 말은 곧

7F

이익이 생기지 않는 일로는
움직이지는 않는단 거야.

그 말에는 동의한다. 그가 잔혹하고 냉정한
이유는 감정이 결여됐기 때문이다.
이를 바꿔 말하면, 아무 이득도 없는 일에
감정적으로 움직이지 않는단 말과도 같다.

게임은 곧 끝나.
그렇지?

짐작은
완전히 빗나갔다.

방 배정 다시 됐잖아.
내가 두 층 위로 올라갔단 건 최상위
두 층이 몰락했단 말이잖아.

그 두 명을 쥐어짜 시간을 빨아내면
그걸로 마지막이야. 더이상 주최 측에게
보여줄 쇼는 없으니까. 재방송 같은 건
허용하지 않을 테니까.

어쩌면 그보다 더 빨리 종
국에 다다를지도.
5층은 이미 리타이어 됐으니.
남은 재료는 7층뿐이니.

알아, 그럼에도 불구하고 1층은, 1분 1초라도 더 벌기 위해 우릴 고문할 수도 있단 거. 그게 이익이라 생각되면, 그걸 하는 인간이니까.

하지만 괜찮아, 얼마든지 해도 돼. 잘리고 부러진 건 나가서 치료 받으면 되니까.

그 고문이 너무 가혹해 누군가 죽는다 해도, 괜찮아. 죽는 순간 게임은 끝나니까.

물론 그게 내가 될 수도 있겠지, 하지만 그럴 확률은 1/6이야. 많이 쳐줘도 17%밖에 안 된다고.

그리고 이 확률, 너한텐
더 낮을 거야. 그렇지? 어떻게
1층의 환심을 산지는 모르
겠지만, 먹혀들었으니까.

그러니 너 자신을 위해서라도
하지 말아줘, 우리를 위해서라도,
더이상 1층을 자극하지 말아줘.

비겁하지만, 비굴하지만, 괜찮아.

340,530,000

비참함의 대가로 상금을 벌어
나갈 수 있다면, 다 괜찮아.

그러니까. 3층.

부탁이야…나는…
나는, 저 돈을 들고
돌아가야 해……

딸.

아픈 딸에게로
돌아가야 하니까.

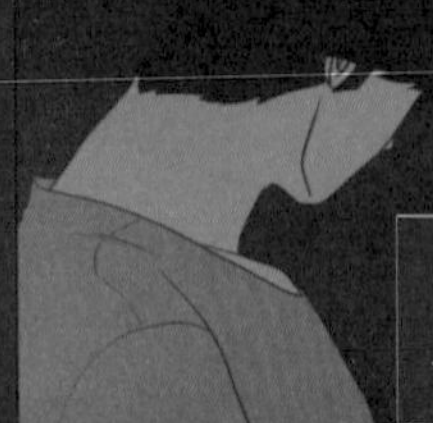

엄마인 그녀는
그 목적을 위해서라면

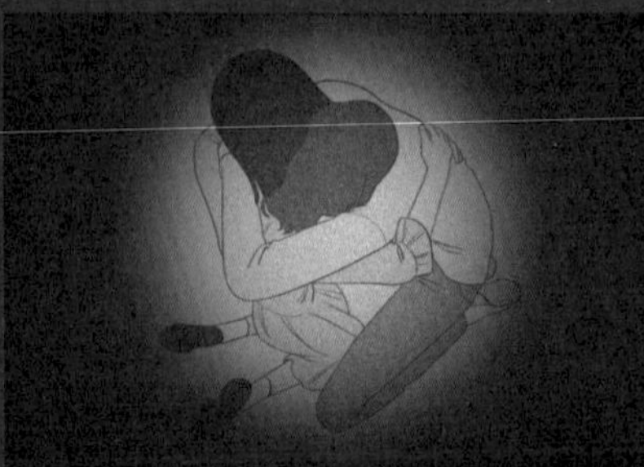

그 어떠한 치욕도 모욕도, 또 고통도
기꺼이 인내하기로 결심한 것이다.

5F

머리가 복잡해 정리되지 않는다.
마음이 혼란해 진정되지 않는다.

뭔가……숨겨놓은
카드라도 있어?

대답하지 않았지만, 가지고 있다.

1층이 야심차게 기획한
암실실험을 극복해낸 나는

빛이 있으라.

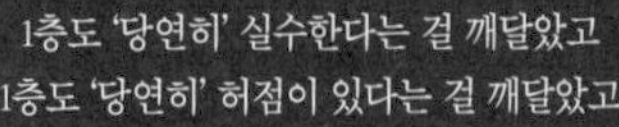
1층도 '당연히' 실수한다는 걸 깨달았고
1층도 '당연히' 허점이 있다는 걸 깨달았고

그 허점을 굳건히 한점돌파할
카드를 꼭꼭 숨겨 두었다.
하지만
하지만
이 게임의 패널티 룰은 시간에만 적용돼. 어떤 경우에도 상금은 차감되지 않아. 그러니까 많든 적든 상금은 가져갈 수 있어.
그러니까 이대로 끝내는 게, 그게 우리 모두에게 최선이야. 부탁할게, 더는 1층을 자극하지 말아줘.
분명한 건, 내 복수의 시도가 수포로 돌아가면 나뿐 아니라 모든 참가자, 특히 2층 님에게 돌이킬 수 없는 '실수'를 저지르게 된다는 것.

그러니, 모르겠다. 어떻게 해야 하는지.
어떤 판단이 옳은 건지, 어떤 행동이 현명한 건지.
알 수 없다. 결정할 수 없다.

아냐…

아니다.

거짓말……
사실은
안다.

459,470,000

거짓말이야…

모두 다. 싹. 모조리 다. 비겁한 변명이라는 걸.
내 변심의 이유에 2층의 부탁을 끌어다 붙인,
기워서 완성한, 허술한 자기변호일 뿐이란 걸
사실은 알고 있다.

459,470,000

459,480,000

내 각오가 희미해지는 이유는
내 복수심이 옅어져가는 이유는
내 분노가 사그라드는 이유는

그의 편이 되었기 때문이란 걸.
그의 곁에 섰기 때문이란 걸.
나는 알고 있다.

인간이라면 누구나.
예외 없이 거의 누구나.

노조 같은 소리 하고 자빠졌네. 주인정신이 없으니 그딴 생각이나 하지.

나 소싯적엔 이것보다 훨씬 더 힘들게 일했어!

사용인에서 사용자가 되면 누구나.

청년 소상공인들을 위한 커뮤앱을 만들었습니다. 친동생같은 애들인데 모른 척할 수가 없더군요.

홍보비요? 물론 받죠. 세상에 공짜는 없다는 걸 동생들도 알아야 하니까요.

하층민에서 상류층이 되면 누구나.

저 또한 빈민가 출신으로서 누구보다 불공정과 불균형 문제에 민감한 사람이었습니다.

비기득권에서 기득권이 되면 누구나.

오래 고민했고, 마침내 깨달았죠.
분배를 논하기 전에 파이를 먼저 키워야 한다는 걸.
그래야 모두 잘살 수 있다는 걸.

그리고 나 역시
그런 '누구' 들과 조금도 다를 바 없는
보통의 인간.

게임 시작 96일차.
오전.

여기요,
더 드세요 3층 님.

아니, 아닙니다.
괜찮습니다

사양할 필요 없어요. 하나씩
내려주고도 6개나 남으니까.
하루 세 개씩 먹을 수 있어요.

아침. 점심. 저녁. 하루 3끼의 정찬……
까지는 아니지만, 여튼 괜찮은 식사.

BREAKFAST / LUNCH / DINNER

게임 내내 꿈조차 못 꿔봤던 호사.
포만이라는 원초적이고 직관적인 유혹.

꿀꺽-
…이지만.
진짜 괜찮습니다. 배불러서…

애써 거절한 이유는 두려웠기 때문이다.

……알겠어요. 드시고 싶을 땐 언제든 말씀 주세요.

저 호의를, 그 편의를, 받아들인다면
1층과 같은 부류가 된 걸 인정하는 것 같아서.
두려웠기 때문이다.

하지만 그 부류는, 누구나 그렇게나 원하는
'상류층'이라는 부류.

오늘은 가까스로 거절했지만

1,389,130,000

내일의 내가 그럴 수 있을 거란
보장은……

공정하다 생각하지 않으세요?

네? 뭐가…

층 배정. 그러니까 상금 배분이요

제가 가장 많은 시간을
벌었으니 7층을 가진 것도.
7층이 가장 보탬 되지
않았으니 1층으로 가는 것도.
공정한 배분이지 않냐구요.
그래서 전
이 게임이 좋아요.
3층 님도 아시다시피, '밖'에서는
능력이나 기여도보다는 연고나 연줄.
혹은 그 외, 수익창출 능력과는
아무런 상관 없는 요소가
위치를 정하는 경우도 많잖아요?
하지만 아녜요. 이 게임은.
누구나 기여한 만큼 시간을
벌 수 있어요.
학벌, 외모, 성별, 출신지에 대한
그 어떤 편견도 없는 곳이에요.
저만 해도… 이 얼굴과 이
다리를 가졌단 이유로 얼마나
많은 차별과 거절을 받고 당했는지,
3층 님은 상상도 못하실 걸요?

1층의 기쁨 어린 표정에서 진심이 보였다.

진심으로 이 스튜디오를
세상에 없던 낙원으로 생각하는 것 같았다.

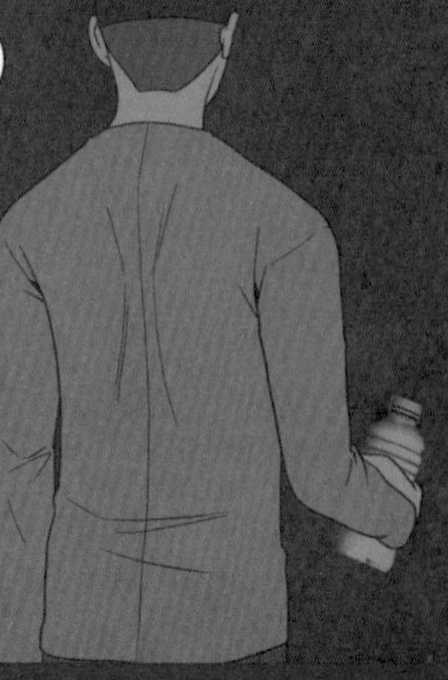

이제 슬슬
'사용'할 때가
온 것 같네요.

들어볼까요? 시간
늘일 수 있는 방법.

하지만 그와는 달리
내게 이 낙원은 도망친 끝에 도착한 거짓 낙원.

이 유사 낙원은
인간의 피로 유지되고
보수되는 곳.
1,389,220,0

1,389,220,000

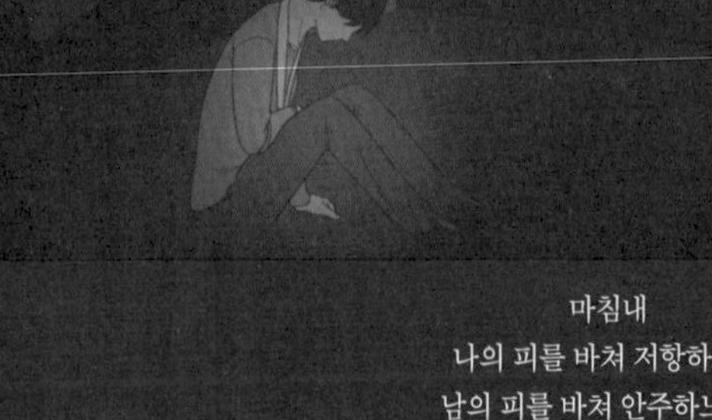

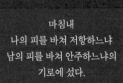

마침내
나의 피를 바쳐 저항하느냐
남의 피를 바쳐 안주하느냐의
기로에 섰다.

파이게임
PIE GAME

#68

"모든 인간의 삶은 입체다"

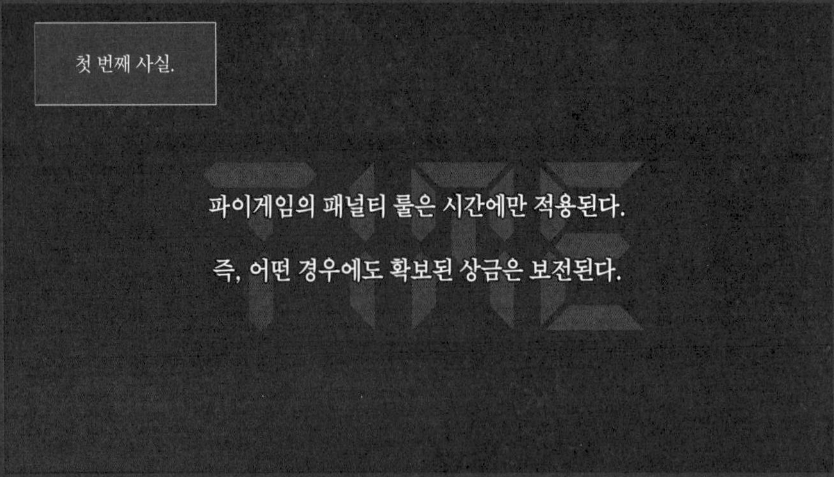

첫 번째 사실.

파이게임의 패널티 룰은 시간에만 적용된다.

즉, 어떤 경우에도 확보된 상금은 보전된다.

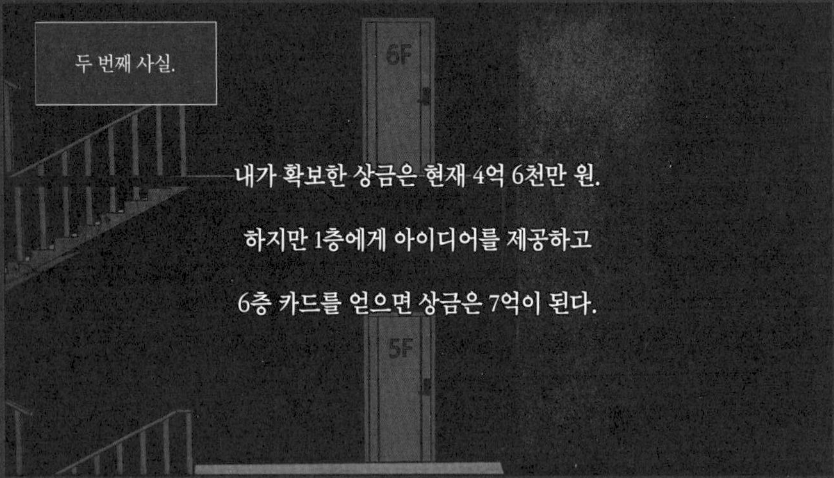

두 번째 사실.

내가 확보한 상금은 현재 4억 6천만 원.

하지만 1층에게 아이디어를 제공하고

6층 카드를 얻으면 상금은 7억이 된다.

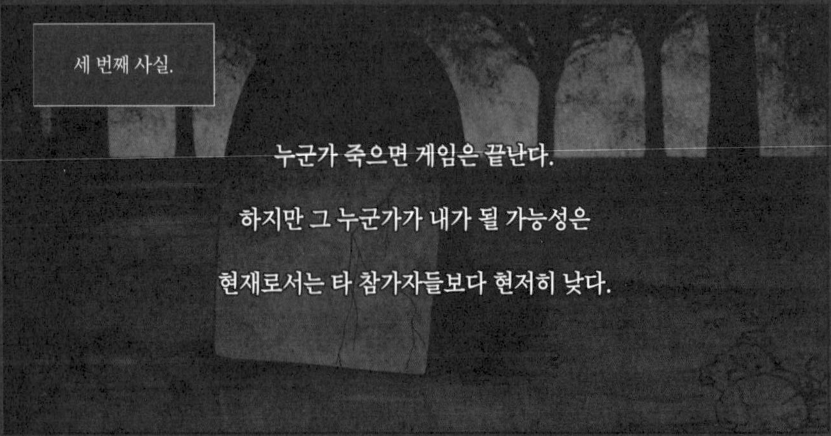

세 번째 사실.

누군가 죽으면 게임은 끝난다.

하지만 그 누군가가 내가 될 가능성은

현재로서는 타 참가자들보다 현저히 낮다.

이 팩트들을 종합해보면
내가 골라야 할 선택지는 명료하다.

그의 지시를 따르고, 그의 비위를 맞추고,
그의 기분을 흡족하게 하는 것. 그게 전부.
그다지 어려운 미션은 아니다.

알지만, 그럼에도 망설여지는 이유는.
쉽사리 그에게 조아릴 수 없는 이유는.

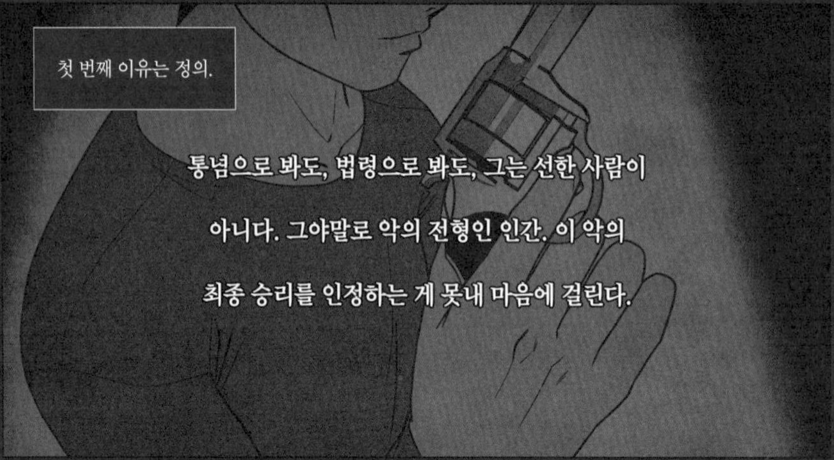

첫 번째 이유는 정의.

통념으로 봐도, 법령으로 봐도, 그는 선한 사람이 아니다. 그야말로 악의 전형인 인간. 이 악의 최종 승리를 인정하는 게 못내 마음에 걸린다.

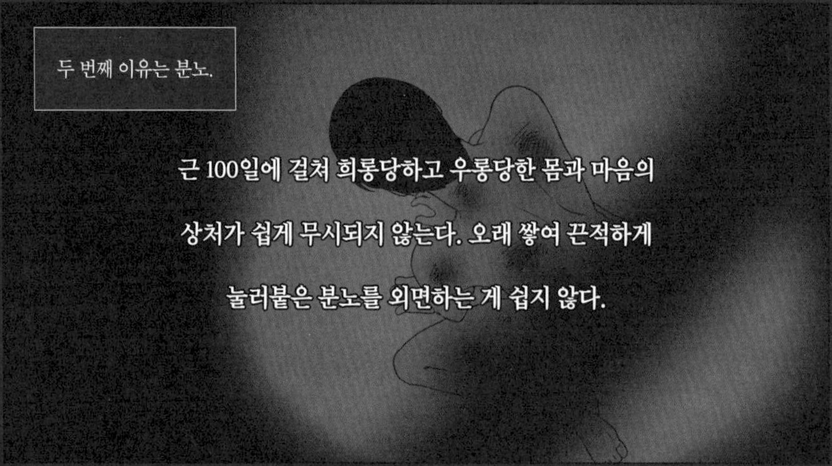

두 번째 이유는 분노.

근 100일에 걸쳐 희롱당하고 우롱당한 몸과 마음의 상처가 쉽게 무시되지 않는다. 오래 쌓여 끈적하게 눌러붙은 분노를 외면하는 게 쉽지 않다.

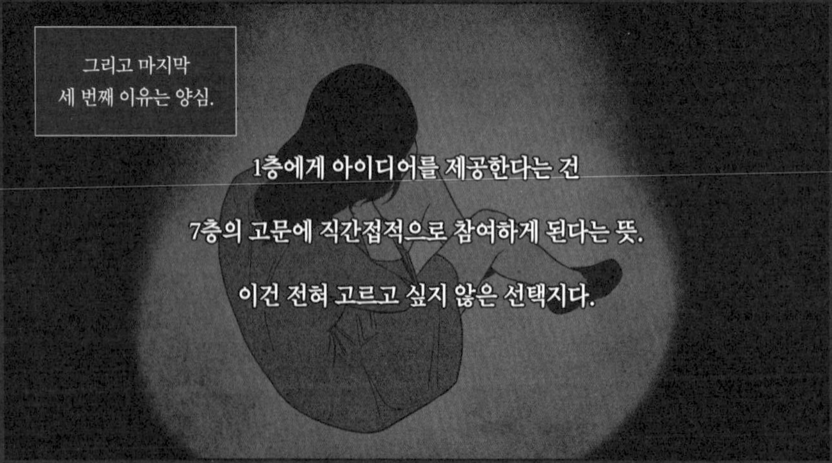

그리고 마지막
세 번째 이유는 양심.

1층에게 아이디어를 제공한다는 건 7층의 고문에 직간접적으로 참여하게 된다는 뜻. 이건 전혀 고르고 싶지 않은 선택지다.

이해해요.

망설이시는 거 이해한다구요.
3층 님은 '그런' 사람이 아니란 거
저도 잘 알고 있으니까.

그럼… 이렇게 할까요?
3층 님은 아이디어만 주세요.
실행 여부는 제가 결정할게요.
1,38 50,000

3층 님은 그냥 방법만 알려준 걸로.
그럼 3층 님 책임이 아닌 거잖아요.

초등학생에게도 통하지 않을 법한 회유.
하지만, 솔직하게 말하자면, 저 말.

……
저 말을 듣는 순간,
마음이 한층 편해졌음을
부정할 수가 없다.

1층 님…

저, 담배 좀 살 수
있을까요?

꼭대기층, 다 좋은데 왔다갔다
하는 게 큰일이라니까요. 하하.

정리를 끝내니 보였다.
실행해야 할 이유와 실행하지 말아야 할 이유.
이 둘의 성분엔 뚜렷한 차이가 있었다.

그 성분의 차이는
이성의 영역과 감성의 영역이라는 차이.

이성	감성
상금의 획득	악의 배척
안전의 확보	분노의 해소
게임에서의 생존	죄책감의 회피

1층은 저 선택지들 앞에서 언제나 '이성의 영역'
만을 선택했고, 그렇기에 승리할 수 있었다는 걸.
이제는 알기에.

원하시는 만큼 사셔도 돼요.
3층 님은 그럴 권리 있으니까.

네…
감사합니다…

그러니 나도.

그리고… 하나 더
살 게 있어요.

네? 어떤 걸…

그러니 나도.

7층의 '정보'를
사도록 하겠습니다.
462:53
승리하기 위해.
생존하기 위해.
그를 닮기로 했다.

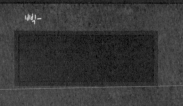

462:48

삐빅-

삐비릭-
442:31

한참의 시간 후 배송구로 배달된 것은

한갑의 담배와

엄청난 양의 서류들.

역시, 머릿수가
많을수록 더 좋은 아이디어가
나온다니까요.

이 방법, 전 생각도 못했어요.
훌륭한데요 3층 님?

내가 산 건, 사서 신용과 충성도를 올린 건.
7층에 대한 정보.
그녀에 대한 '모든' 정보가 담긴.
정보.

게임은 바야흐로 황혼기.
종영이 예고된 프로그램.

몸을 찢어발기는 고문도.
정신을 갉아먹는 실험도.
더는 신선하지 않은 쇼.
돈이 되지 않는 쇼.

그 사실을 1층도 잘 알고 있었기에
내 제안에 반색하며 응한 것이다.

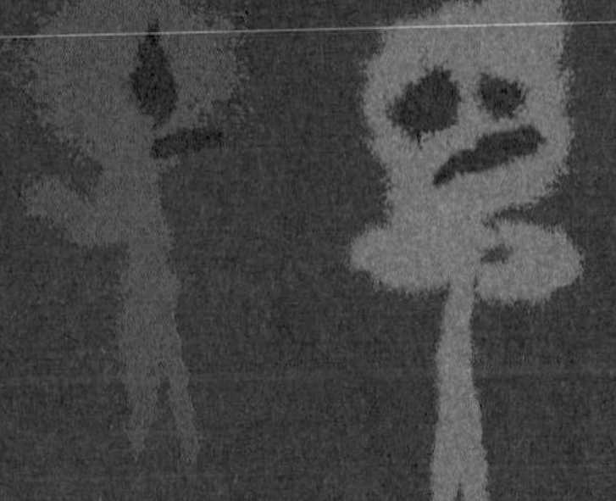

카드와 교환할
정보가 있습니다.

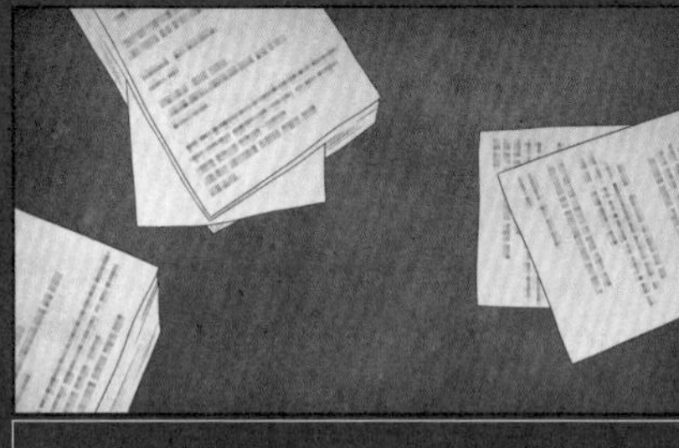

내가… 아니, 우리가 마지막으로 준비한 쇼는
오직 7층만을 위한 맞춤 쇼.

주최 측이라면 알고 있으리라 생각했다.
참가자들의 몸을, 정신을, 그리고 삶을.
모두 다 알고 있을 거라 확신하고 있었다.

흐음……
그러니 7층의 '삶'을 구매해 읽어보면
그녀를 위한 메뉴를 준비할 수
있을 거라 생각했고
이 생각은 그대로 맞아들어갔다.

이건 써먹을 수
있겠는데요?

7층 님 심한 갑각류 알레르기가 있네요.
게껍질 파우더 같은 거 사서 먹여볼까요?
항히스타민이랑 번갈아서. 재밌겠는데요?

그래서였나.
게임 초반.

어떤 도시락이 입에 맞는지
몰라 하나씩 맛보고 버렸다구요?
그게 말이나 되는 소립니까?

이건 단순한 도발이 아니라
알레르기 테스트를 위한 기미였나.

아! 또 찾았어요. 거미공포증도 심하
네요. 농발거미* 20마리쯤 사서 박스에 같이
넣어두면 어떤 반응 보이려나요?

아니지, 차라리 몇 마리
생으로 먹어볼까요?

* 검색금지

1층은 전에 없이 신나 보였다.
7층을 짓이겨 돈을 짜낼
생각에 한껏 들떠 있었다.
하지만 1층의 목소리가 높아질수록
내 마음은 조금씩 더 가라앉았다.
7층…
진짜로
공주였구나……

비유였지만, 그녀는 자본주의 시대의 공주가 맞았다.
아버지는 이름만 대면 알만한 유명 그룹의 회장이었고
그녀는 그 집안의 외동딸.
서민과는 동떨어진 삶을 살았으니.

하지만 그룹 이름을 듣자 바로 떠오른 건
뉴스에 크게 났던 사건. 악의적 인수합병에 희생돼
그룹 이름은 바뀌었고, 쫓겨난 회장은…
그러니까 7층의 아버지는, 투신해 생을 마감했다.

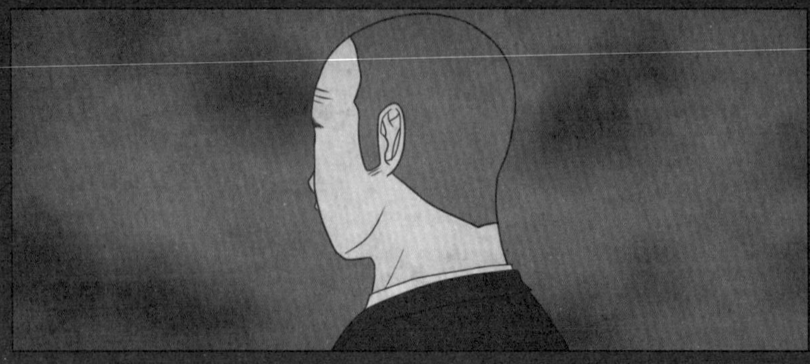

그리고 뉴스에도 나오지 않은 정보가 여기에 있었다.
아버지의 자살 후, 그녀의 법정후견인이 된 건
유일한 혈육인 외삼촌.
하지만 처음부터 이 사람의 기획이었다.

그룹의 이사로 재임했던 외삼촌은 애초에 회사를
넘기고 지분을 매각할 생각으로 뒷공작을 했던 거다.
그 때문에 아버지는 자살했지만, 그 사실을 알지 못한
7층은 끝까지 그를 믿고 따랐다.

하지만 곧, 이익실현에 성공한 외삼촌은 해외로 이민.
남은 7층은 수십억의 빚을 안고 팔렸다.
성인이 된 그녀의 소유권은 평소 아버지와
가장 가깝게 지내던 모 그룹 회장에게로……

괜히 읽었다. 는 생각이 들었다.
괜히 알았다. 는 후회가 들었다.

머니게임에서도, 파이게임에서도,
서로의 이름과 과거를
묻지도 말하지도 않기로
암묵적으로 합의한 이유는 이 때문.

서로에 대해 알수록 심리적 거리가 좁혀지기 때문이다.
암묵적 합의는 이를 회피하기 위함이었다.
알면, 불편하니까.
친해지면, 가책이 느껴지니까.

그리고 여기,
또 한 가지.

알고 싶지 않았던
사실 하나가 적혀 있었다.

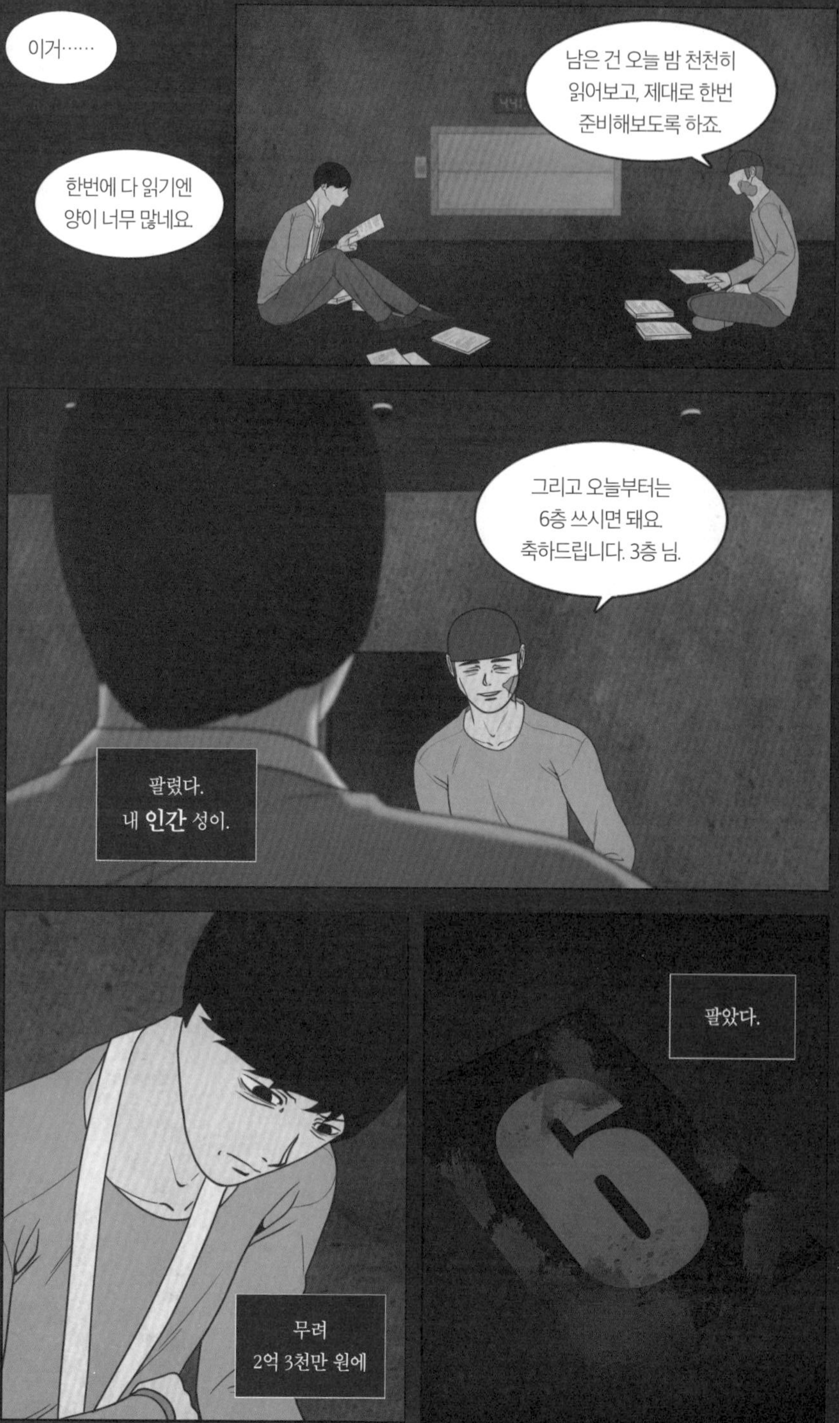

이거……

한번에 다 읽기엔
양이 너무 많네요.

남은 건 오늘 밤 천천히
읽어보고, 제대로 한번
준비해보도록 하죠.

그리고 오늘부터는
6층 쓰시면 돼요.
축하드립니다. 3층 님.

팔렸다.
내 **인간** 성이.

무려
2억 3천만 원에

팔았다.

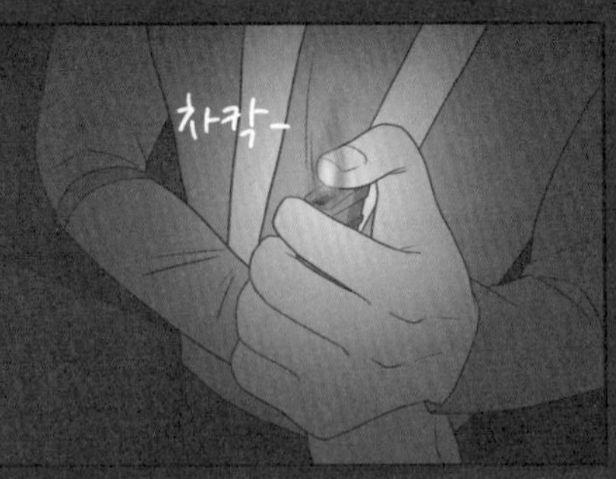
차칵-

695,120,000

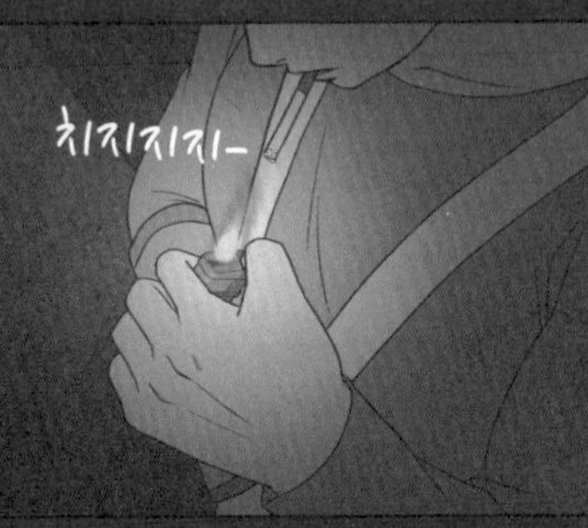
치지지지-

뚜렷한 의도와 악의가 보이는 설계.
참가자 중 세 명에겐 딸이 있었다.

딸에게 다시 자랑스런
아버지가 되고 싶습니다.

나… 딸이 있어…
몸이 아픈……

이미 알았던 건 이 둘.
몰랐던 나머지 한 명은.

떨어지세요.
님이 죽으면 안 되는 이유
'우린' 알잖아요?

엄마니까.

난, 나는…
난……

죽어선 안 돼……

후우우우-

그녀는 21살에 소실 신분으로 딸을 낳았다.
그 딸은 곧 중학생이 된다.

탁-
콰지직-

그냥, 소설 속 뻔한 악역 영애 같은.

바라자면 악인에 가까운 사람이길 바랐다.
그래야만, 그랬어야만 내 마음이 편하니까.
하지만.

사람의 성정이란 건 그리 평면적이지 않다.
삶의 깊이란 건 그리 얕지 않다.
누구나 저마다의 사연이, 기구한 인생사가 있다.

됐어.
이미 끝난 일이야……

됐다. 털어낸다. 그녀가 기구한 사연이 있다면
우리도 있다. 참가자 모두 그런 드라마 쯤
가지고 있다. 그게 뒤늦은 선처의 이유가 될 수는 없다.

6F

그러니 그냥, 부디, 잘 견디고 잘 살아 돌아가기를.
최하층이라 해도 2억. 그걸로 치료 잘 받고
조그만 가게라도 열어서 딸이랑 잘 먹고 잘살길.

이 정도 기원만이
내가 그녀에게 해줄 수 있는
내가 나에게 할 수 있는
기만.

701,650,000

게임 시작 97일차
오전

701,650,000

하지만 현실은
그렇게 쉽지 않았다.

현실은.
좋은 날이 올거야. 고생해. 정도의 끝인사로
얼렁뚱땅 넘어갈 수 있을 정도로 녹록하지 않았다.

그, 그건 불가능할 것
같은데요… 까딱 잘못하면
게임 끝나버린다구요.

저지하려 했지만 듣지 않았다.
애초에 내 의견을
구하러 온 게 아니었다.
통보를 하러 온 것이었다.

네. 그래서 고민해 봤어요.
정말 잔여 시간을 초과하는 금액을
사용하면 게임이 끝나버리나.

오래 고심했죠. 그건
가장 피하고 싶은 사고니.

이렇게. 엉망진창. 내 생각과는 다른.
인간이 해선 안 될, 엉망진창, 끔찍한 방향으로.
꼬여가는 이유는, 간단했다.

그런데 말이죠.
아니더라구요.

애초에 그렇게 설계된
게임이 아니었단 말이죠.

내 앞에 서있는
저 1층이
그렇게 끝낼 생각이 없기 때문이다.

그러니, 구매하기로
결정했어요.

3층 님도 아시잖아요?
이 게임의 룰.

게임의 참가자는
식음료를 제외한
'무엇이든'
살 수 있다.

파이게임

PIE GAME

#69

"아무것도 하지 말자"

불과 몇 시간 전만 해도 나는
충만해져 있었다.

곧 게임이 끝나고 현실사회로 돌아갈 생각에
현실감각이 충만해져 있었다.

700,950,000

그래서 현실적인 계산을 하고 있었다.
저 돈. 7억의 상금으로 내가 할 수 있는 일들이
뭐가 있을지, 살 수 있는 것들이 뭐가 있는지.

행복한 고민 끝에, 건물을 하나 사기로 결심했다.
건물담보 대출은 못해도 건물가의
60~70%는 나오는 걸로 알고 있으니.

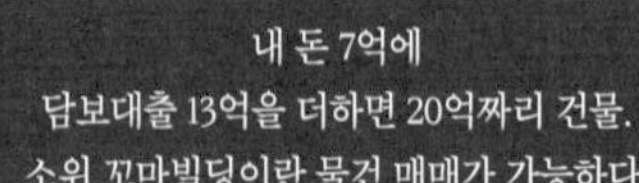
내 돈 7억에
담보대출 13억을 더하면 20억짜리 건물.
소위 꼬마빌딩이란 물건 매매가 가능하다.

그 건물에서 나오는 수입으로 대출이자 등의
고정비용을 지출하고 나서도
수중에 떨어지는 돈은.

600
최소 월 600.
600 +100

공실 없이 임대료가 잘 나올 경우
700 이상도 가능.

이 숫자가 뜻하는 것은.
이 수입이 뜻하는 것은.

변신!

모든 자본주의 체제를 살아내는 자들의 꿈.
비자발적 노동의 종결.

슈카아아악~

두 번 다시.

최종 진화 완료!

고된 노동과 혐오스런 갑을 관계에
시달릴 일 없는. 노동자에서
자본가로의 최종 진화 형태인

머니파이빌딩
건물주의 탄생을 뜻했다.

그래서, 고백하자면, 이쯤에서 7층을 향한
죄책감이나 연민 같은 말랑한 감정은
깔끔하게 휘발되고 없었다.

현실적.
그래, 다시 한번 현실적으로.

1F

어차피 7층은 남. 게임이 끝나면 다시는 마주칠 일 없는 타인. 오히려 권선징악 비슷한 걸 당해도 납득가는 죄많은 인간.

아무것도 하지 말아줘.
그게 모두를 위한 최선이야.

2층 님의 말이 맞았다.
아무것도 하지 않으면 아무 문제도 생기지 않는다.
층 배정 권한을 가진 1층의 눈 밖에만 나지 않는다면,
괜찮다. 매우 괜찮은 편인 엔딩씬이 뜬다.

7층 **'한 명'**만 희생시키면
나머지 모두가 행복해질 수 있다.

라고 불과 몇시간 전만 해도
나는 그렇게 생각했

지만.

아니었다.

뭘……
산다구요?

해피엔딩을 위해 희생되어야 할 명수는

'두 명'

이었다.

룰에 분명히 쓰여 있죠. 참가자는 식음료를 제외한 무엇이든 살 수 있다고.

그러니까, 7층 님의 '딸'도 구매 가능하지 않을까요?

귀를 의심했다.

잘못 들은 건가? 뭘 산다고? 진심인가?
어떻게 저런 생각을?
그게 가능한가? 에이 설마?
아니 어쩌면 그 설마가 진짜라면?

이런 쇼는 어떨까요?
7층 님. 선물이 도착했어요.
7층 님이 젤 좋아하는 거예요.
뭔지 맞춰보실래요?

짠! 귀여운 따님이
여기까지 응원하러 왔네요!
와우 서프라이즈!

어지럽다.
너무. 어지럽다.
꾸역꾸역 구역질이 밀려온다.

기대되지 않나요?
새 등장인물로 또 어떤 쇼를 만들수
있을지. 전 너무 흥분되는데.

조금 전까지만 해도 현실에 거의 밀착해 있던 나는
1층의 비인간적 계획을 들은 죄로
또다시 비현실의 영역으로 끌려 내려왔다.

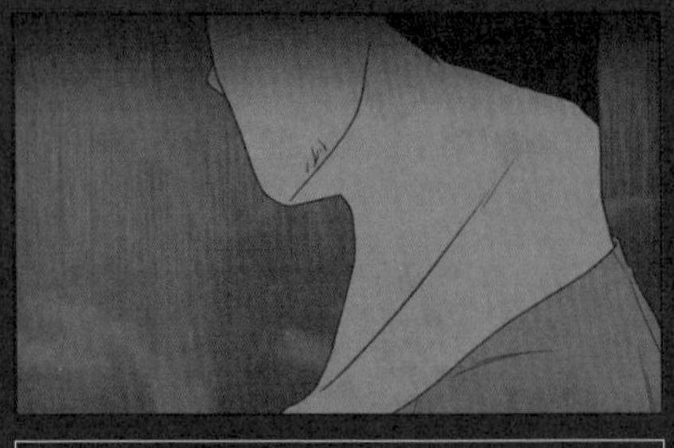

다시 한번 글자 하나하나 절절이 되새긴다.
그 유명한 유작의 유언을.

기억은 잘 나지 않지만 이때부터는 필사적이었다.
그것만은, 이 구매만은, 막아야 한다고,
내 안의 '인간'이 울부짖었다.

그건… 안 될 것 같은 데요… 까딱 잘못하면 게임 끝나버릴 것 같은데…

잔여시간을 초과하는 물ㄱ……

순간,
물건, 이라고 말할 뻔한
나를 발견한다.

꿀꺽-
잔여시간을 초과하는 무언가를 구매하면 시간이 0이 될 수도 있어요. 이 룰도 아시잖아요. 0이 되면 게임이 끝난다는.

아닐 거야. 안 될 거야. 그래야만 해.
안 될 거야. 그래야만 해. 아닐 거야.
그래야만 해. 아닐 거야. 안 될 거야.

알아요. 가장 피하고 싶은 결말이죠. 그래서 깊이 생각해 봤죠. 정말 그럴까? 잔여시간…즉, 잔여금액 이상의 물건을 구매하면, 진짜 끝나버릴까?

그런데, 그게 아니더라구요.

1층은 설명했다.
소름끼치는 기획을 준비한 자다운
소름끼칠 정도로 차분한 목소리로.

첫 번째 이유는.
첫 번째, 잔여시간이 얼마가 남았든 무엇이든
구매 가능하다면, 배송이 인정된다면,
애초에 이 게임 자체가 성립되지 않는다.
게임 시작 즉시 금괴 200톤쯤 사서 끝내버리면 되니.

두 번째, 그렇다면 배송은 오지 않고 시간만 차감될
리스크가 있지 않나? 이것도 아니다. 이 경우에는
물건을 '주문'만 했을 뿐 실 구매로 이어진건 아니니.
시간 차감이 될 이유가 없으니.

그러니.

구매시도를 해봐도
손해볼 건 전혀 없단 뜻이죠.

그,그래도…
그렇지만 사람인데…

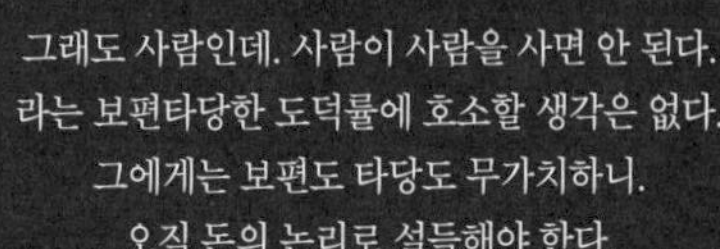
그래도 사람인데. 사람이 사람을 사면 안 된다.
라는 보편타당한 도덕률에 호소할 생각은 없다.
그에게는 보편도 타당도 무가치하니.
오직 돈의 논리로 설득해야 한다.

현재 잔여시간을 구매환율로
환산하면 6천3백만 원 정도.

419:XX

아무리 어린애라 해도
이 돈으로 사람을 사는 건
어,어렵지 않을까요?

네, 시청자님 말씀
잘 들었구요.

이 경우 사고 피해자, 즉
고인에게 지급되는 장례비와
위자료는 동일하지만

상실수익은 고인이 앞으로 경제활동을
하며 벌어들일 예상 수입을 바탕으로
산정하기에 크게 주장하지는 못할 것 같네요.

아무리 그렇다 한들, 인간의 목숨값은
6천3백만 원보다는 분명 클 것이다. 그래.
이건 안 된다. 불가능한 구매다. 그래야만 한…

아니죠 3층 님.

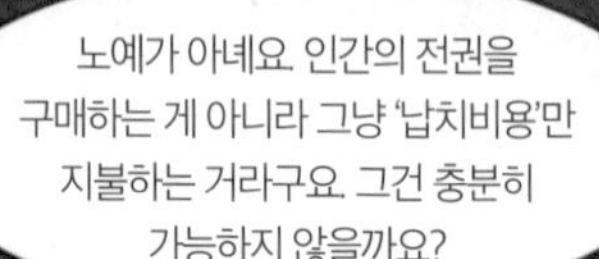
노예가 아녜요. 인간의 전권을
구매하는 게 아니라 그냥 '납치비용'만
지불하는 거라구요. 그건 충분히
가능하지 않을까요?

그리고…

그쯤 하시죠? 3층 님은
아이디어를 제공하고, 저는
실행을 한다. 우리, 이렇게
합의한 거 아니었나요?

말문이 막혔다.
막을 논리가 떨어졌기 때문이기도 했지만
그보다 더 큰 이유는.

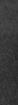

더이상 막으려 든다면,
노골적인 거절 의사를 내비친다면,
'대가'를 치를 수도 있다는
위협을 느꼈기 때문이다.

자 그럼… 전 7층 님
잠시 만나뵙고 올게요.
사전작업 좀 해놓으려구요.
이번 쇼는 위에서도 많이
기대하실 것 같으니.
아, 3층 님도 기대하고
계세요. 이번 건 끝나면 시간
훨씬 더 늘어나 있을 거예요.
끼이이익-
철컹-

"누군가 한 명 죽는 순간 게임은 끝나."

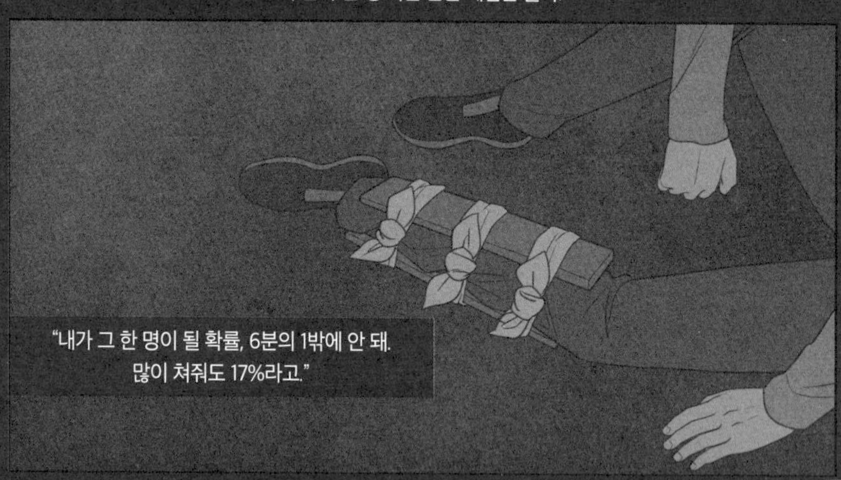
"내가 그 한 명이 될 확률, 6분의 1밖에 안 돼.
많이 쳐줘도 17%라고."

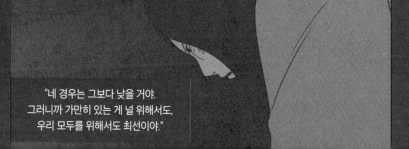

"네 경우는 그보다 낮을 거야.
그러니까 가만히 있는 게 널 위해서도,
우리 모두를 위해서도 최선이야."

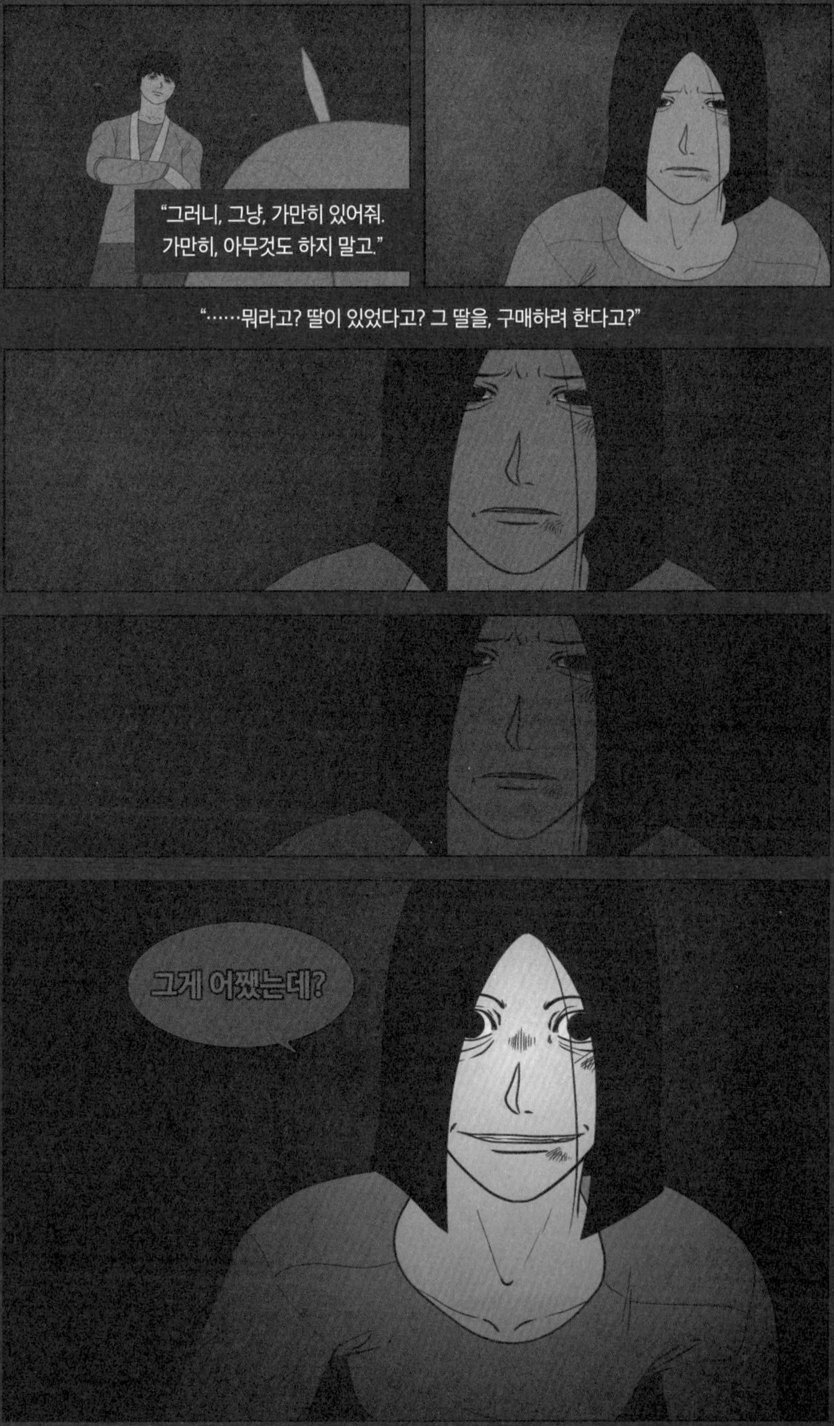

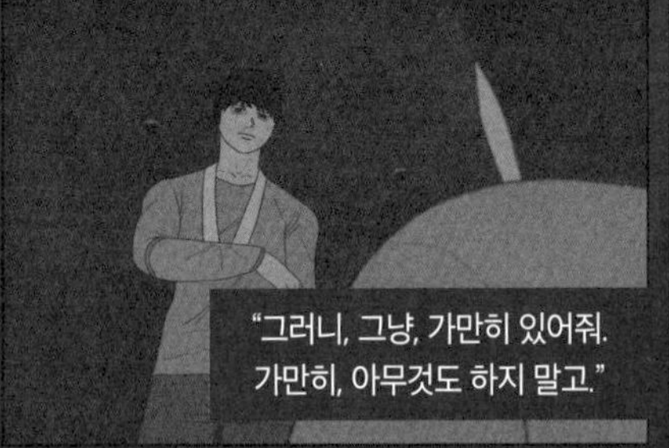
"그러니, 그냥, 가만히 있어줘.
가만히, 아무것도 하지 말고."

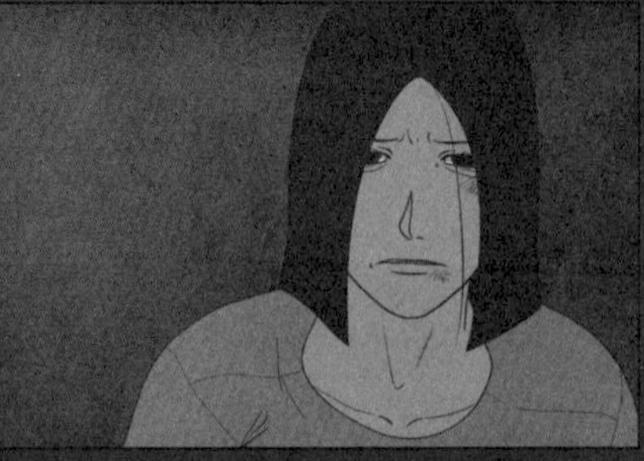

"……뭐라고? 딸이 있었다고? 그 딸을, 구매하려 한다고?"

그게 어쨌는데?

무슨 상관이지? 남이잖아. 게다가, 그렇게 때려죽이고

어했던 7층이야. 그ㄴ이 무슨 짓을 당하든, 그ㄴ 딸이

무슨 짓을 당하든, 너와는 전혀 관계 없는 일이야.

책임질 일이 아니야. 너는 그저 상금을 받아 돌아가면

물주가 되면 돼. 그럼 평생을 안락하고 편안하게 살 수

어. 이 기회를 놓치지 마. 놓치면, 후회할거야. 이 잠깐

못참아 망친다면 평생을 후회할거야. 장담할수 있어.

인생에서 기회란건, 특히 이런 막대한 자본을 획득할수

는 기회란건 쉽게 오지 않아. 평생 단 한번도 이런 기회

하지 못하는 사람이 태반이야. 그러니 믿기 싫어도 믿

게 노동에 찌들고 사람에 환멸할 네 삶을 구원할 마지막

기회야. 죄책감 갖지 마. 삶이란 원래 그런거니까.

가진자가 가진 것은 누군가의 것을 빼앗아 온거니까.

이건 옳고 그름도 선과 악의 개념도 아니야.

이게 사회야. 이게 세상이야, 이게 자연의 섭리.

이게, 우리가 살아내는 현실이라고.

어지럼증이 가시질 않는다.
방이 휘청 돌아
눈을 뜨는 것도 힘들다.

앞으로 일어날 일들에 대해
간절히 질끈 감고
못 본 척 외면하고 싶었다.

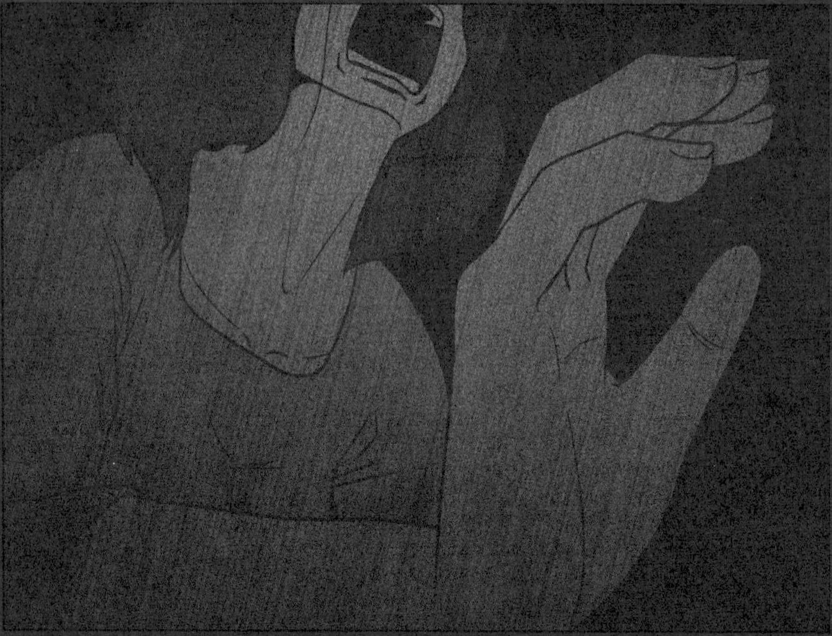

하지만
눈을 감아도 보였다.

배경이 사라지니 오히려 더 뚜렷이.
지금부터 펼쳐질 지옥도가
감은 눈이 검은 스크린이 되어 더없이 뚜렷이.

왜 이렇게 되는 거지?
왜. 항상. 이렇게.

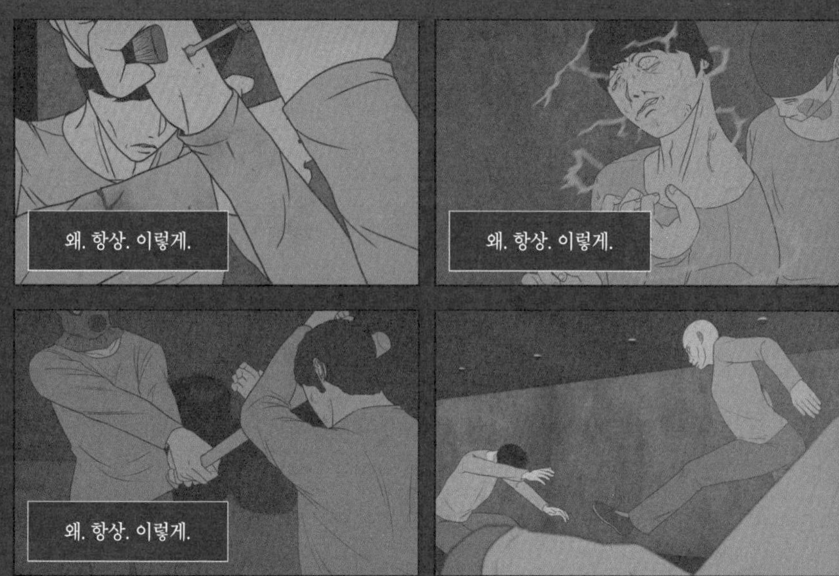

왜. 항상. 이런. 결말을 맞이하는 거지?

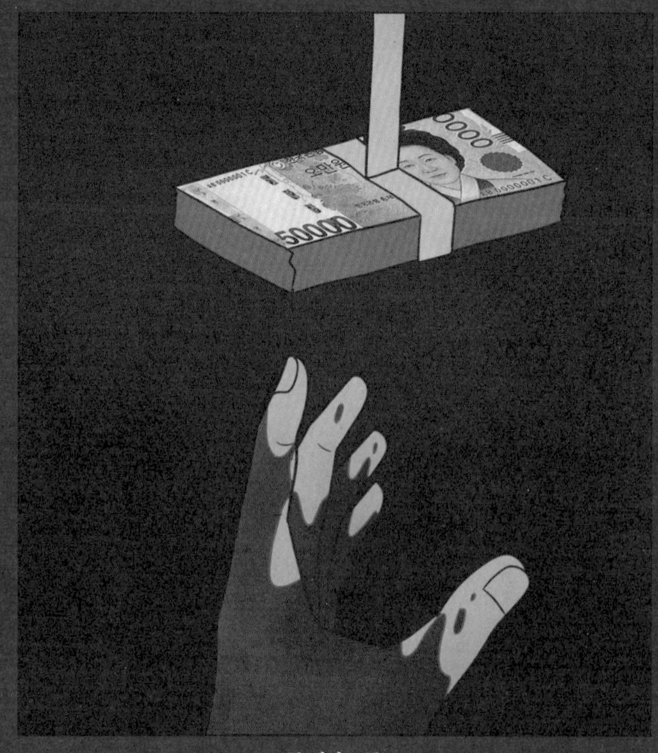

두 게임 모두
이렇게 되지 않을 방법은 분명 있었다.

어쩌면 그 방법은
생각보다 쉬운 것일 수도 있었다.

양보, 협력, 절제, 배려, 존중, 사랑. 같은.
초등학교 도덕책에서 배웠던 것들만
잘 명심하고 잘 따랐으면, 이런 엔딩은 없었을 거다.

우린 룰을 만들 뿐
결과를 만드는 건 여러분.

그래도 되는 게임이었다. 주최 측은 참가자들의
결정과 실행에 아무런 관여를 하지 않으니까.
그들은 그저 룰을 제시할 뿐
선택하고 실행하는 건 참가자들의 몫이니까.

주최 측의 의도는 다들 파악
하셨으리라 봅니다. 그러니 이쯤에서
계약서 하나 쓰도록 하죠.
내용은 간단해요.
간단하지만 절대적이죠.
첫 번째. 게임이 끝나면
전 층의 상금을 합산한 후 1/7로 나눠
참가자들에게 공정히 배분한다.
두 번째, 협박이나 폭행 등
사회에서 용인되지 않는 범법행위를
저지를 경우 상금 분배에서 제외한다.

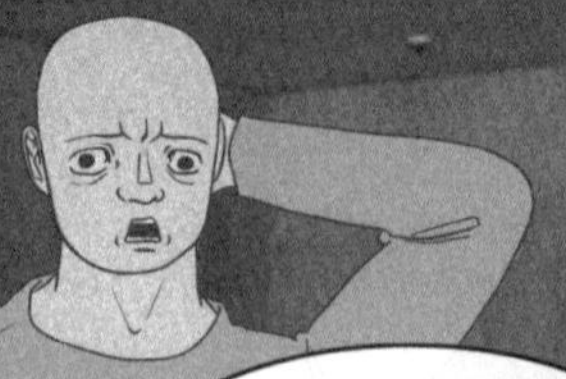

마지막 세 번째, 이 계약은 효력발생 후 어떠한 경우에도 수정이나 취소가 불가하다.
처음부터 이렇게 합의했으면 아무 문제 없었다.

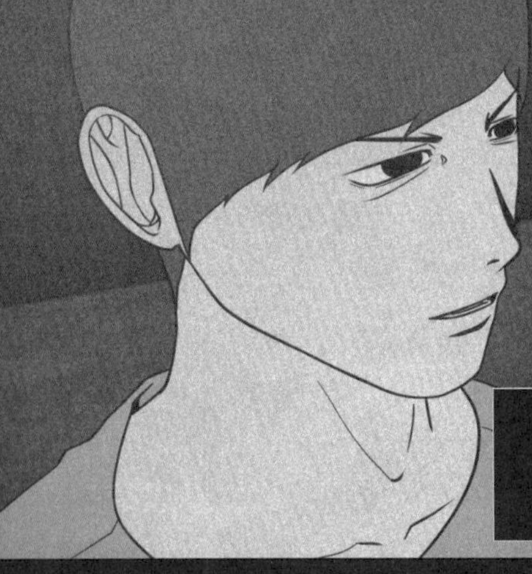

최종 상금이 조금 줄어들 수는 있겠지만, 그래도 함께 무사히 끝마치는 게 최선 아니겠어요?
배려와 분배를 지향하는 계약만 성사됐으면 누구도 다치지 않았을 것이다. 하지만, 우리 중 누구도 그러지 않았다.
701,970,000
참가자뿐 아니라 주최 측도

이를
허락하지

허락하지 않았다……
문득.

왜?
라는 의문이 들었다.
어째서 주최 측은
사적 계약을 거절한 거지?
어째서 참가자들 간의
합의에 개입을 한 거지?

전 게임, 머니게임에선
거절의 이유가 합당했다.
납득할 수 있는 이유였다.

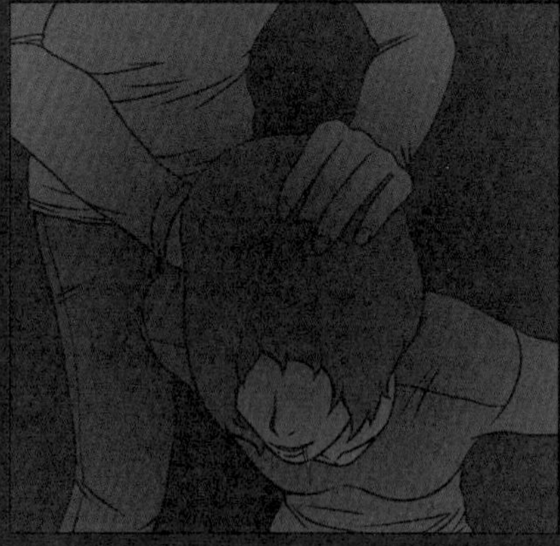

계약 당사자 중 한 명이 내용을 인지하지도
못할 정도의 심신 미약 상태였으니.
그래서 타인의 수의로 날인하고 제출했으니.

하지만 이번엔……

그때와는 달랐다. 형식에 부족함이 없었다.
모두, 스스로 동의하고 스스로 날인했다.
조건은 완벽했다. 하지만 거절당했다.

명백히, 주최 측의 사견이 개입……

머니게임에선 전원 동의
받는 데 실패했지만, 이번엔
가능하잖아요!

그럼…
너, 넣을게요…

그게 아니라.

꽈아아악–

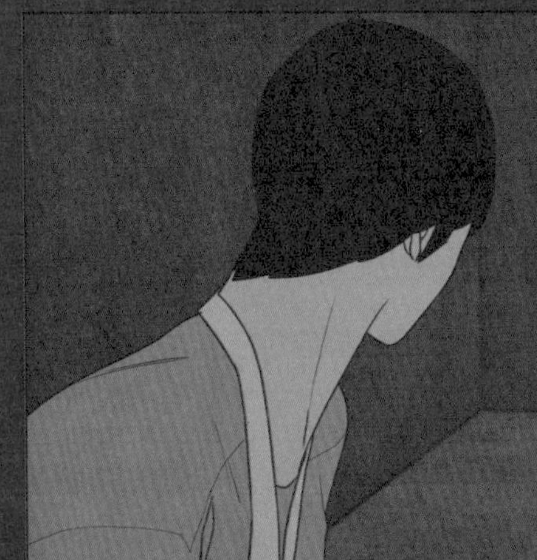

계약에 개입한 게 아니라.
사견을 피력한 게 아니라.

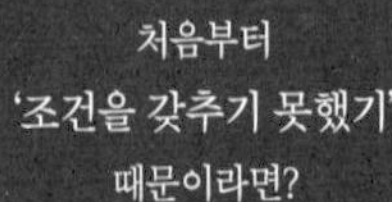
처음부터
'조건을 갖추기 못했기'
때문이라면?

파이게임
PIE GAME

#70

"이제야 밝혀지는 진실"

계약서 아이디어를 낸 사람은 나였다.

전 게임에서 가능성을 봤으니.
봤으나 아쉽게도 조건에 미달됐었으니.

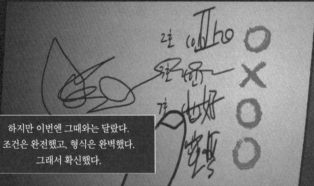

하지만 이번엔 그때와는 달랐다.
조건은 완전했고, 형식은 완벽했다.
그래서 확신했다.

쌉가능!

이건 가능하다고, 분명 기능한다고,
더이상의 갈등과 분쟁은 끝이라고.

누가 봐도 좋은 아이디어였기에
들은 모두가 동의했다.

여기까진 매우 좋았다.
아무 문제 없었다.
하지만 돌이켜보면
그때 우리는 이미
트릭 안에 들어와 있었다.

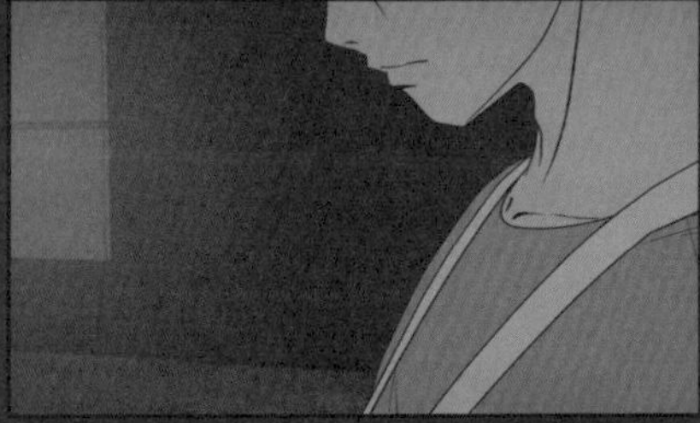
계약서는 어느샌가
1층의 수중에 들어가 있었다.

이제 와서야, 그때 떠올렸어야 할 의문이 떠오른다.
어째서 그가?

이 계약 인정되면 게임도
여기서 끄, 끝이겠네요
다행이에요
원안자인 나도 아니고
리더격인 2층도 아닌
어째서 1층이?

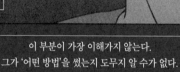

시선 분산시키는 거,
제가…마술사가 가장
잘하는 일이거든요.

하지만 트릭은 이제 겨우 시작에 불과했다.
부지불식간에 계약서를 손에 넣은 1층은,
'어떤 방법'을 써서
계약 자체를 무효로 만들었다.

어 이거.

이렇게 주시면
안 되는데.

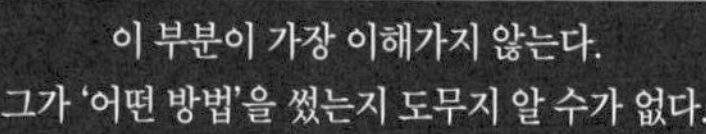
이 부분이 가장 이해가지 않는다.
그가 '어떤 방법'을 썼는지 도무지 알 수가 없다.

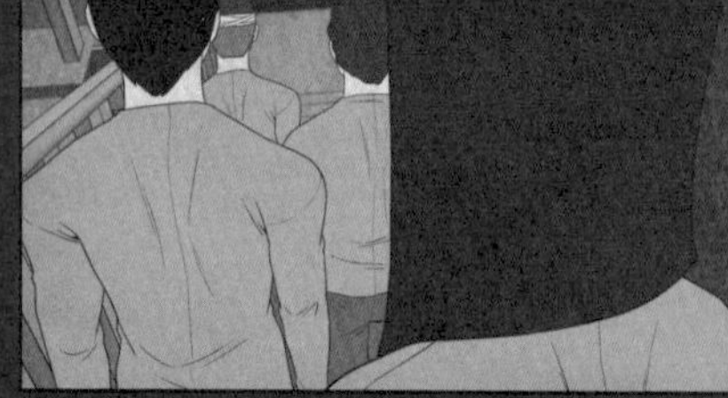

참가자 전원의 지장을 받은 직후
바로 배송구로 향했기 때문에 사본 따위 만들 시간은 없었다.

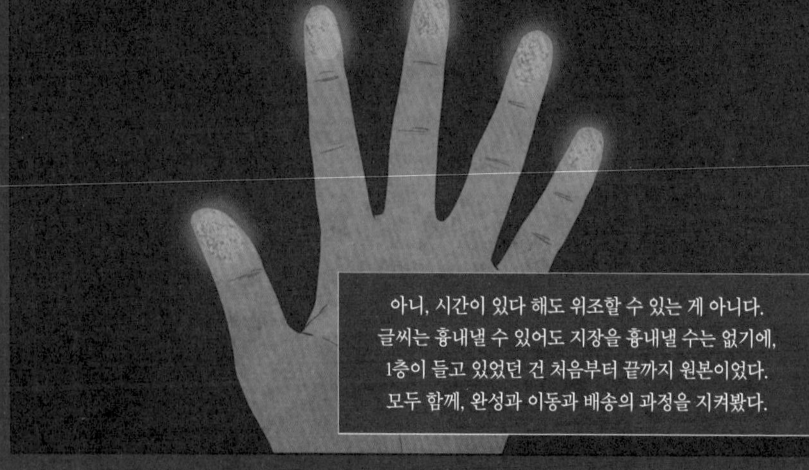
아니, 시간이 있다 해도 위조할 수 있는 게 아니다.
글씨는 흉내낼 수 있어도 지장을 흉내낼 수는 없기에,
1층이 들고 있었던 건 처음부터 끝까지 원본이었다.
모두 함께, 완성과 이동과 배송의 과정을 지켜봤다.

기이이이잉-

철컹-

이 일련의 과정 사이 어느 틈새에 트릭을 끼워넣은 거지?
어째서 인정되지 않은 거지?

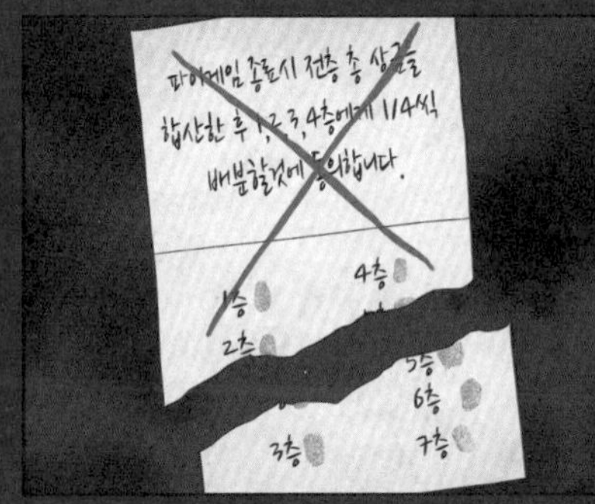

어째서
'불가'의 메시지인 X 표가……

X
표시가…

그런데. 그 표시.
어째서 그런 형태가 된거지?

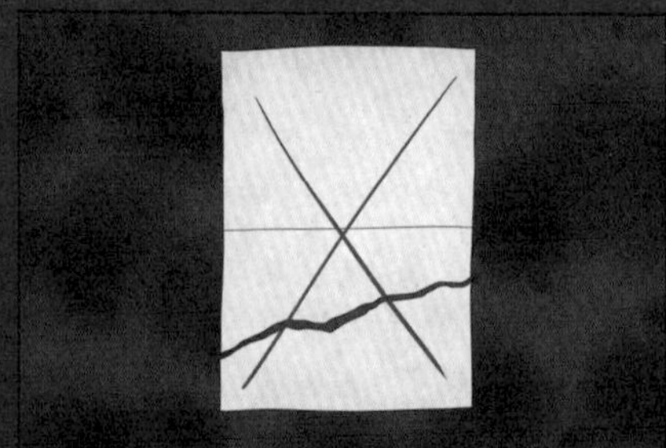

이런 형태도

이런 형태도 아닌,
왜 굳이 그런 형태의 메시지를……

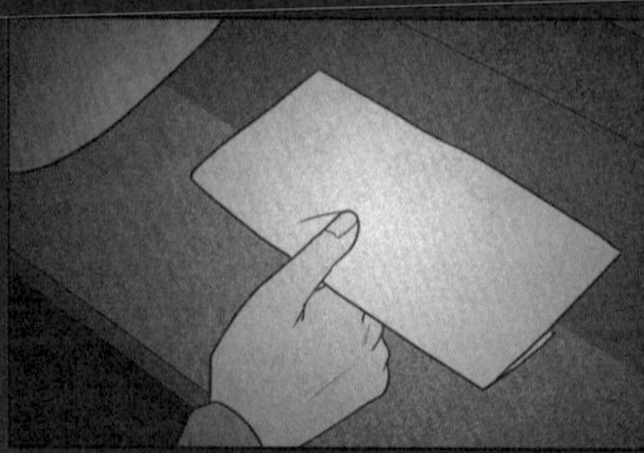

깨달았다. 이제서야. 겨우. 1층의 장난질을.
그날로부터 30일이 훨씬 지난 이제서야.
겨우.

1층은. 참가자들의 지장이 찍힌 부분을
찢어 누락시켰다.
누락을 감추기 위해 반으로 접어 넣었다.

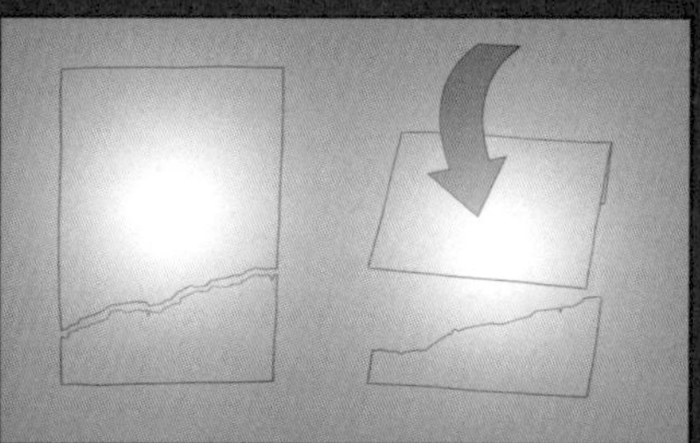

모두가 봤지만, 누구도 보지 못했다.
눈을 뜨고 있었지만 손이 더 빨랐다.

1층이 보여주고 싶었던
'기만' 외에는
아무것도 보지 못했다.

127:25

아아아아…

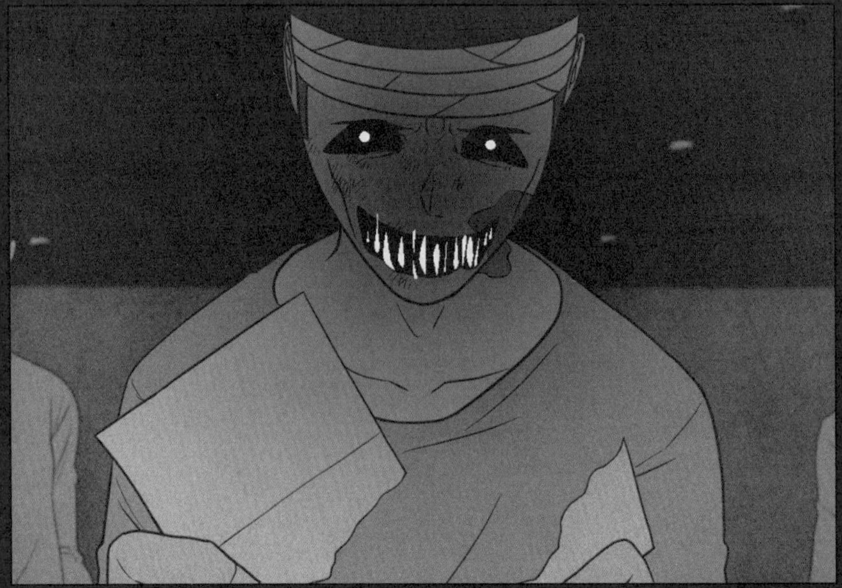

1층이 최후까지 감춰온 히든카드는 이것이었다.
방 배정이니 차등 상금이니 하는 블러핑은
단지 우리를 조종하기 위한 거짓 미끼.

4층 확보
축하드립니다!

가지세요. 3층 님은
그럴 자격 있어요.

오늘부터는 6층 쓰시면
돼요. 축하드립니다 3층 님.

개 X같은 X끼……

1층은, 더이상 시간이 늘지 않는 때가 오면,
그제서야 진실을 알려줄 생각이었다.
납탄에 담아 억지로 쑤셔넣어줄 생각이었던 것이다.

모두, 게임하시느라
고생 많으셨습니다.

마지막으로 부탁드릴 게
있는데, 다들 도와주시리라
믿어요.

납탄의 위력을 앞세워
계약서를 다시 작성할 속셈이었다.

마지막 턴에 히든카드를 내고

패를 완성한 그가 가져갈
최종 상금의 액수는.

최상층의 상금인 14억이 아닌.

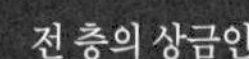

1,400,000,000
700,000,000
470,000,000
350,000,000
280,000,000
230,000,000
200,000,000

전 층의 상금인

36억

우리가 가져갈 상금은
처음부터 단 1원도 없었다.

아무리 파이가 커진다 해도.
우리가 가져갈 수 있는 건
처음부터 단 한조각도 없었던 것이다.

그는 처음부터
단 한조각도
나눌 생각이 없었던 것이다.

게임

6F
6F
빠가각- 빠가악-
빠각- 우직-
6F
빠가각-
6F
6F
그러니까
순진했던 거다.
끼이이이이익-

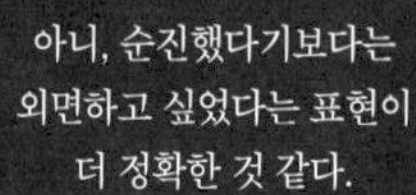
아니, 순진했다기보다는
외면하고 싶었다는 표현이
더 정확한 것 같다.

그냥, 적당히 동조하고 적당히 타협해서.

그저, 상금이나 벌어 나가고 싶었다.

턱-

그게 우리 모두의 해피엔딩은 아닐지라도
나 개인의 해피엔딩 정도는 된다 생각했었다.

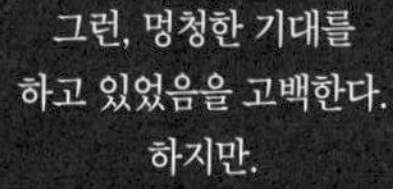
그런, 멍청한 기대를
하고 있었음을 고백한다.
하지만.

그래. 당연히 그렇게 될 리 없었다.
악인인 1층이 내게만
선의를 베풀 이유는 없었다.
내게만 특혜를 줄 이유는 어디에도 없었다.

7층의 딸을
사는거예요.

EVIL

어때요, 재밌겠죠?
전 너무 흥분되는데.

그게 바로 악이란 것이니까.
그런게 악의 본질인 걸 알면서도
애써 외면하고 있었으니까.

눈 감아야.
가져갈 수 있으니까.

그럴 수 있을 거라
생각했었으니까.

397:33
아, 3층 님.
마침 잘 오셨어요.
지금 막 '구매' 할까
했거든요. 함께 하시겠어요?
마지막 쇼잖아요.
아…
그럴까요?

2층 님이 했던 말의 뜻을
이제는 조금 알 것 같다.

이 상황까지 오니…
오히려 마음이 편해졌어…

결의의 반향은 반대지만
때로는 포기가 행동의 가장 큰 동력이
될 수 있단 것을, 이제는 알 것 같다.

좀 고민되는 게 있는데,
3층 님은 어떻게 생각하세요?
이 구매, 제가 놓치고 있는
리크스가 있을까요?

게임이 갑자기 끝나버리는 것만큼은 피하고 싶거든요.
네, 역시 그렇죠……

잠시만요,
생각 좀 해보겠습니다.

생각해본다.
저 두 가지 질문을 분리해서.

구매? 할 수 있을 것이다.
1층의 주장대로 납치 비용만 지불하는 거라면
현재 잔여시간으로도 충분히 가능할 것이다.

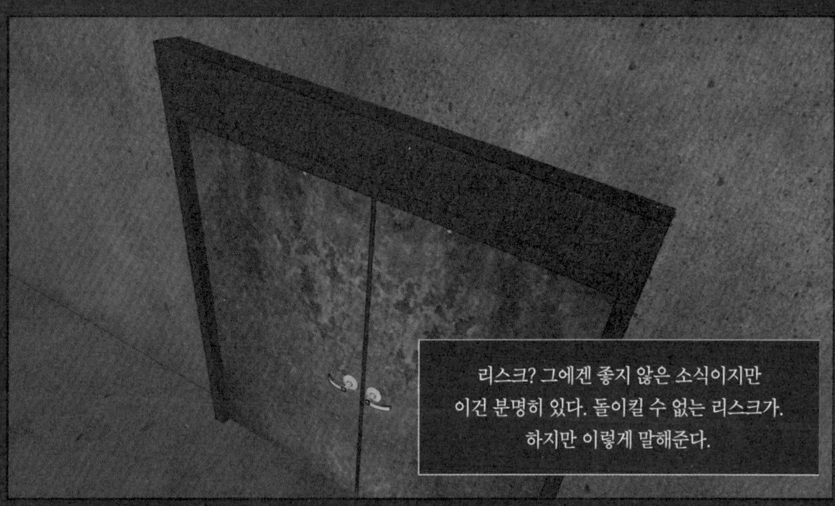
리스크? 그에겐 좋지 않은 소식이지만
이건 분명히 있다. 돌이킬 수 없는 리스크가.
하지만 이렇게 말해준다.

없는 것 같네요.
진행하시죠.

그래요?
그럼……

바로
시작할까요?

이젠 안다. 이 게임의 주인공은 내가 아니란 것쯤은.
이 게임은, 처음부터 1층을 위한 기획이었단 것을.

전 게임에서 엄청난 임팩트를 보여준 거겠지.
그래서 주연으로 전격 캐스팅 된 거겠지.

그러니 주연인 그를 제외한 나머지는 조연.
그리고 나는 어쩌면,
그중에서도 가장 존재감 없는 조연.

저기…
1층 님.

그래. 그러니 더없이 좋은 구도다.
덕분에 좋은 극이 완성될 것 같다.

네?
스릴러 영화에서는 언제나
가장 존재감 없는 조연이

가장 큰 반전을 일으키는 게
공식이니까.

구매……제가 해도 될까요?
보여드리고 싶어서요.

생략된 목적어에 대한 해석은
서로가 다를 것이다.

1층은
"충성을 보여드리고 싶어서요."
라고 이해했을 것이다.

하지만 내가 생략한 대사는 그게 아니었다.
사실 그것과는 반대였다.

내가 생략한 말은
"반전을 보여드리고 싶어서요."
였다.

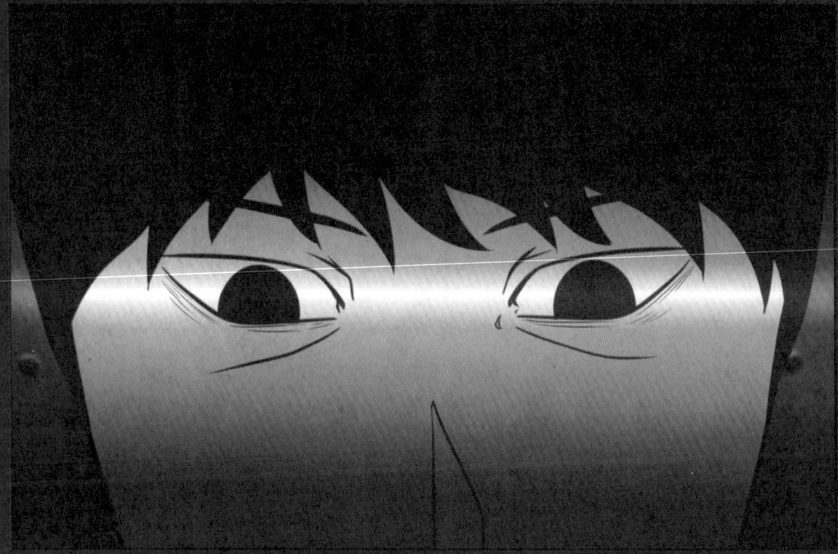

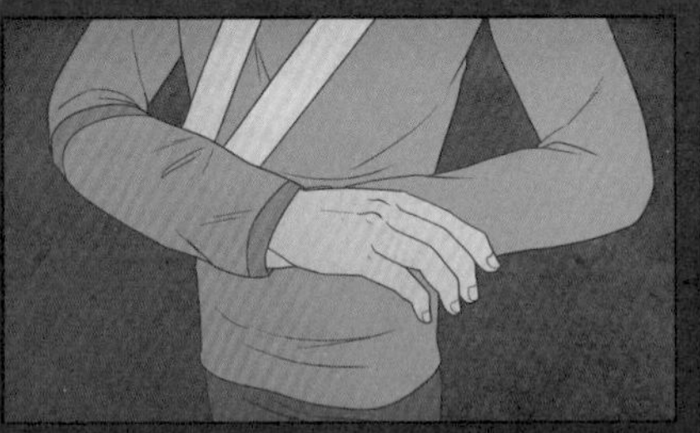

이걸로
끝.

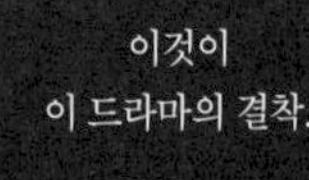

콰작―

이름 없는 조연이 일으킨
비가역의 반전.

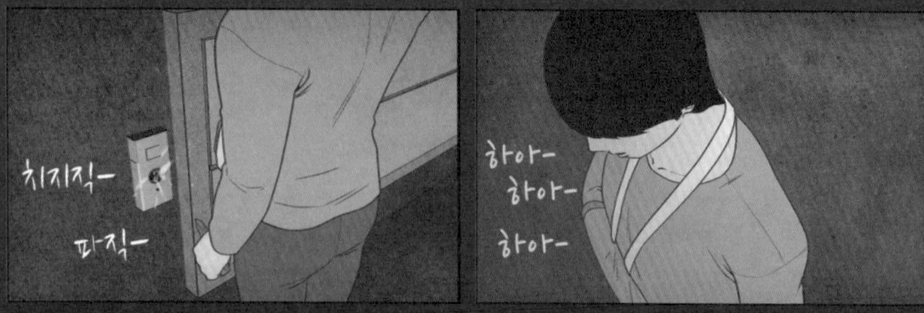
치지직-
파직-
하아-
하아-
하아-

이젠 되돌릴 수 없다.
이젠 결정해야 한다.

우리 두 사람.
아니, 한 명의 조연과
한 명의 악마 중

누가 살아남을지를.

파이게임
PIE GAME

#71

"어둠을 물리치는 건 언제나"

1층은 지금
어떤 표정을 짓고 있을까.

예고 없는 반역에 분노하고 있을까?
새 변수 창출에 기뻐하고 있을까?
아니면, 늘 그러했듯.

얼음처럼 차가운 눈으로
반역자를 응시하고 있을까?

짓는 표정은 알 수 없지만
행할 동작은 예측할 수 있었다.

부스럭-

잔뜩 예민해진 청각이 캐치했다.
1층은 '무언가'를 꺼내들었다.

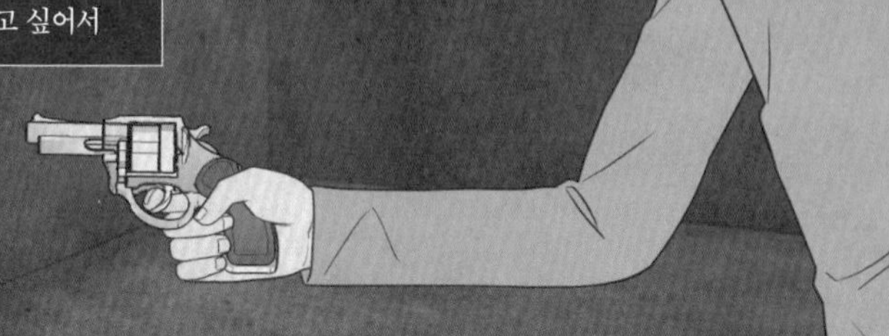
그래. 결국 이렇게 됐다.
이 상황만은, 이 구도만은
어떻게든 피하고 싶어서

필사적으로 외면하고 숨고 도망쳤지만
결국은 이렇게 됐다.

지금껏 내가 해온 일들은
다만 덧없는 유예였을 뿐.

시작부터 끝에 이르기까지
내가 고를 수 있는 선택지 같은 건

존재하지 않았던 것이다.

힘들다구요 3층 님.
계단 올라오는 거

저 다리 불편한 거 아시면서…
배려 좀 해주시지 그랬어요.

어둡네요. 그때…
암실실험 하셨을 때처럼.

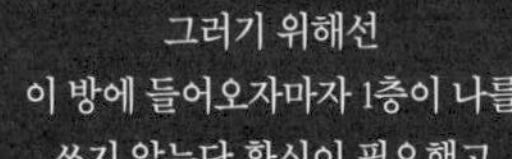
그러기 위해선
이 방에 들어오자마자 1층이 나를
쏘지 않는단 확신이 필요했고

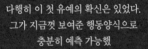

기회 드릴 테니
울지 마세요.

이대로 끝내면 윗분들도
실망하실 테니까.

다행히 이 첫 유예의 확신은 있었다.
그가 지금껏 보여준 행동양식으로
충분히 예측 가능했

지만, 정작 본 게임은
이제부터 시작.

어둠을 최대한 내편으로
만들기 위해서는
어떻게든 시간을 끌어야 한다.

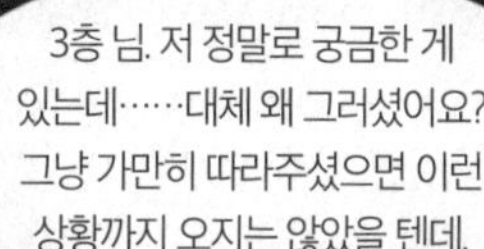
3층 님. 저 정말로 궁금한 게 있는데……대체 왜 그러셨어요? 그냥 가만히 따라주셨으면 이런 상황까지 오지는 않았을 텐데.
제가 카드도 드렸잖아요. 저 3층 님 해할 마음, 정말 요만큼도 없었거든요. 못 느끼셨어요? 저, 님 각별히 생각하고 있단 거.
그렇겠지. 계약서 아이디어를 준 사람이 나니까.
전 층의 상금을 독식할 수 있는 길을 열어준 사람이 바로 나니까. 매우 감사하겠지.
'그' 구매가 그렇게 마음에 안 드셨어요?
그거, 본인 목숨을 내놓을 만큼 막고 싶었냐구요.
7층 님은 어차피 남, 3층 님이랑은 전혀 관계없는 사람이잖아요. 아니, 오히려 죽이고 싶을 만큼 미워했던 사람이잖아요.
게다가 그녀의 딸이라면 더욱 3층 님과는 관계 없는, 얼굴도 모르는 사람인데.
대체 왜 그러셨냐구요. 가만히 있었으면 돈도 벌고 몸도 성히 나갈 수 있었는데, 대체 왜.

설명하지 않는다.
정확히 말하면,
설명할 수가 없다.

인간성이 결여된 인간에게
인간성의 가치를 설명하는 건 불가능하니까.
그러니 다른 대답을 들려주기로 한다.

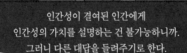

말씀 드리기 전에…
담배 한 대만 피워도
괜찮을까요?

……사형수의 마지막
소원 같은 건가요?
네, 그렇게 하세요

그의 허락으로
또다시 몇 분의 시간을 더 벌었다.

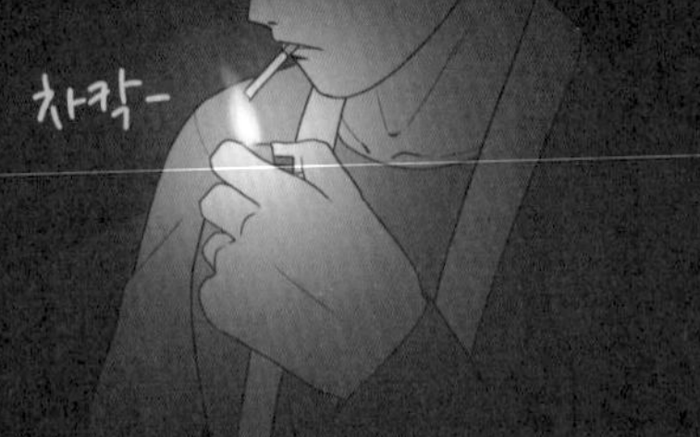

파이게임의 룰은
시간으로 돈을 사는 것.

하지만 지금 내가 하고 있는 게임의 룰은
시간으로 목숨을 사는 것.

…안 주려고 했잖아요.
상금도, 아무것도.

처음부터 눈곱만큼도
내놓지 않을 계획이었잖아요.
그래서 계약서에 그딴
장난질을 친 거고.

193,140,000
계약만 성사됐으면 이렇게 까지 되진 않았겠죠.
주최 측이 원하는 '재미'를 더는 줄 수 없을 테니 게임이 빨리 끝나버리긴 했겠지만.
그래서 가져갈 상금이 그리 많지는 않았겠지만.
그래도, 더는 누구도 다치는 일 없이 가족이 기다리는 집으로 돌아갈 수 있었을 거예요.
그 계약서가, 우리가 주최 측을 이길 수 있었던 마지막 기회였다구요.

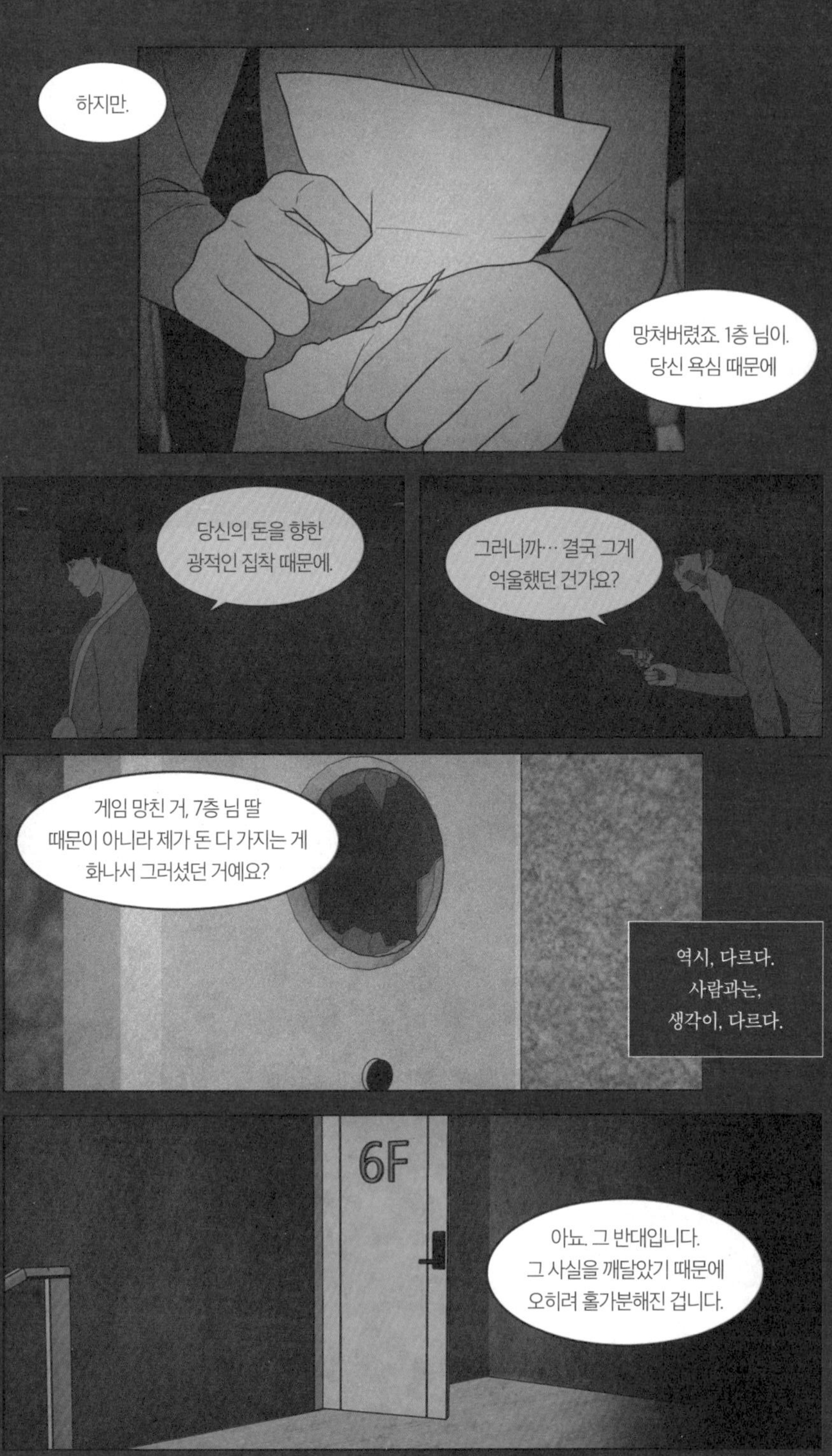
하지만.
망쳐버렸죠. 1층 님이.
당신 욕심 때문에
당신의 돈을 향한
광적인 집착 때문에.
그러니까… 결국 그게
억울했던 건가요?
게임 망친 거, 7층 님 딸
때문이 아니라 제가 돈 다 가지는 게
화나서 그러셨던 거예요?
역시, 다르다.
사람과는,
생각이, 다르다.
6F
아뇨. 그 반대입니다.
그 사실을 깨달았기 때문에
오히려 홀가분해진 겁니다.

그 깨달음이 오히려 결심의 이유가 되어준 거라구요. 일말의 망설임도 남지 않게 해줬으니까.
그래요, 뭐 지나간 일은 됐고, 어쨌든 대단하세요. 계약서에 장난친 건 아무도 몰랐었는데. 역시 보통은 아니시라니까요.

그런데, 계약서 찢은 이유 그거 아니에요. 이번에는 반도 못 맞추셨네요.

뭐라고?

완전 헛다리 짚으셨다구요 3층 님. 아직도 모르시겠어요?

저건 또 무슨 헛소리지?
또, 궤변이 시작된 건가?
기만으로 이어져 농락으로
끝나는 눈속임인가?

힌트 드릴까요? 저 머니게임에서
주최 측 분들에게 큰 실망을 드렸어요.
실수했거든요. 심지어 실수였단 걸
깨달은것도 게임이 다 끝난 이후였고.

무슨 말인지 이해가 가지 않는다.
1층은, 누가 봐도 이 비인간적인 게임에
최적화된 비인간적 인간. 주최 측이 가장 탐낼 만한
인간상이자 주인공에 가장 어울리는 능력자.

그런데, 아니었다고? 망쳤었다고?
도대체, 저게 무슨 말……

믿기 힘드시겠지만 거짓말은
아녜요. 제 방에 가면 증거가 있거든요.
저의 대한 '정보' 가.

궁금했거든요. 내 신상에 대한
모든 것이 적혀 있는, 심지어 내가
모르는 주변의 일들까지 싹 다 기재돼
있는 정보라니. 못참겠더라구요.

그래서였구나.

잔여시간이 미묘하게 모자랐던 이유.
정보를 구매한 거였구나.

원하시면 당장이라도 보여드릴 수 있는데……뭐, 됐어요. 이제와서 진실 같은 게 뭐가 중요하겠어요.

아니, 이 게임에서 진실이 중요했던 적이 있기나 했나요?

그래.
그 말에는 동의한다.

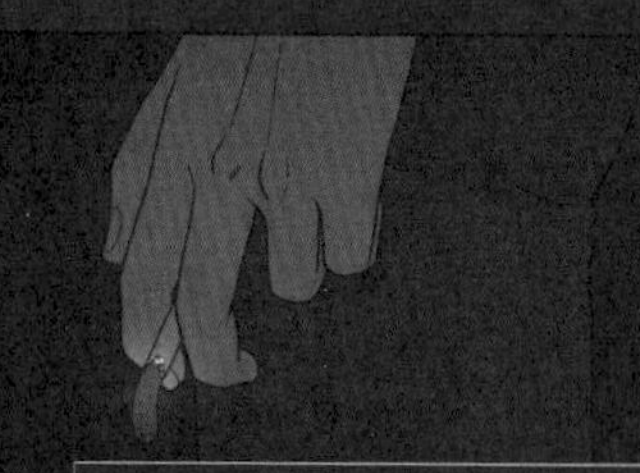

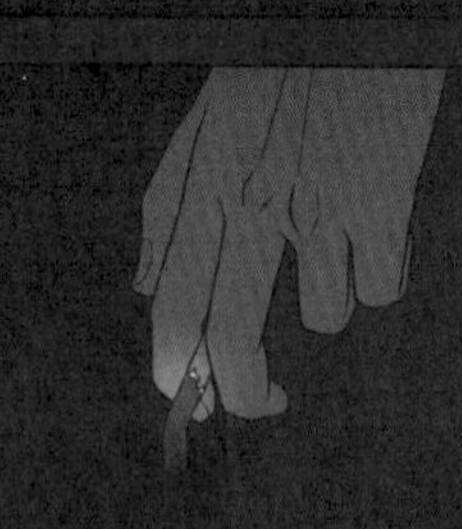

진실은 이 게임에서
아무런 역할도 한 적이 없었다.

제 역할을 해냈던 건 언제나 거짓이라고 믿는, 거짓의 왕에게는
입맛에 맞는 거짓된 진상품을 바쳐야 한다.

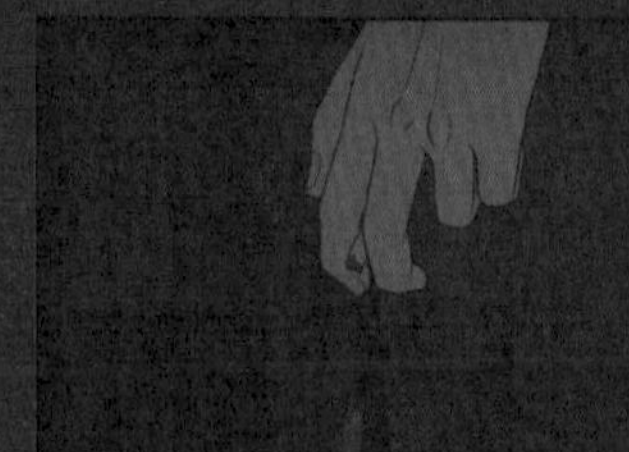

툭

3층 님……
시간 다 끄셨나요?

너무 티나잖아요. 광원 다 부순건.
암실실험에서 떠올리셨나 봐요? 어둠을 이용
하면 조준을 피할 수 있겠다는 아이디어.

객관적으로 나쁘지 않아요.
총을 상대하는 데 그것보다
좋은 방법은 별로 없을 테니까.

하지만 모른 척해주려 해도 이건
너무 노골적이잖아요. 게다가 이 정도
시간이면 어둠이 눈에 익고도 남겠어요.
망설이다 타이밍 놓치신 건가요?

1층의 입을 통해
처음으로 들어보는
희망의 메시지.

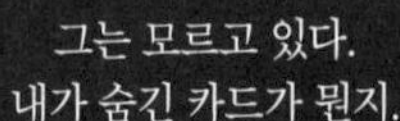

그는 모르고 있다.
내가 숨긴 카드가 뭔지.

이 방법이 심플하고 효과적이더라구요.
저도 눈에 흙 들어갔을 때 아찔했거든요.

라이터!

확인했다.
확인을 마치니 확신이 들었다.

저, 담배 좀
살 수 있을까요?

말씀 드리기 전에…
담배 한 대만 피워도
괜찮을까요?

확신한다.
그는, 내가 숨긴 카드가 뭔지.

짐작조차 못하고 있다.

암실실험… 제가
어떻게 견뎌냈는지 궁금
하지 않으세요?

방에 라이터가 있더
라구요. 아, 1층 님을 바보
취급할 생각은 없어요.

두고 간 건 쓰레기. 다 쓴 라이터였죠.
가스도 전혀 없고 부싯돌도 다 닳은.

그런데, 하나 놓치신
부분이 있어요.

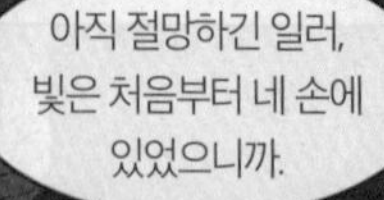
아직 절망하긴 일러,
빛은 처음부터 네 손에
있었으니까.

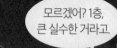

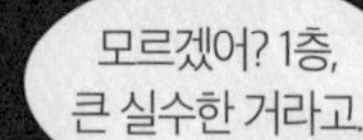
모르겠어? 1층,
큰 실수한 거라고.

NO SMOKING
1층 님은 비흡연자라
모르시겠지만, 라이터를 분해하면
꽤 다양한 부품들이 나와요.
가스 조절 밸브, 부시와 부시의
길이를 유지해주는 스프링, 회전식 부싯돌,
가스사출버튼 등등……

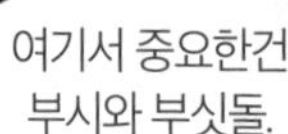
여기서 중요한건
부시와 부싯돌.

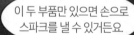

이 두 부품만 있으면 손으로
스파크를 낼 수 있거든요.
이 사실이 뭘 의미
하는지는 아시겠죠?

네, 실험의 와해죠. 완벽한
암흑이 필수전제인 암실실험에서.

원할 때 빛을 만들 수 있는
아이템이 주어졌단 건…실험의
완전한 오염을 의미하죠.

그래, 언제나 정답은 빛이었다.
어둠을 물리치는 건
언제나 빛.

……반성해야겠네요.
저도 라이터는 꽤 다뤘었지만,
거기까지는 생각도 못했어요. 담배
라도 피울 걸 그랬나요? 하하.

어둠을 물리치는 건
언제나.

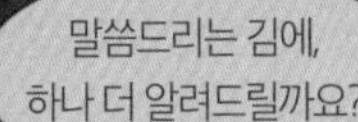
말씀드리는 김에,
하나 더 알려드릴까요?

그거 외에, 암실 실험에서
또 하나 발견한 게 있거든요.

언제나.

이건 설명보다는
직접 보시는 게 이해가
빠를 것 같으니까.

똑똑히 보세요!

라이터 안에 있는 액체는.

고농도로 압축된 액화가스.

이 액화가스를 가둔 용기가 파손되면
가스는 순식간에 대기 중으로 기화.

이 폭발적으로 비산하는 가스가
전광판의 잔류전류와 만나면
콰앙ㅡ
이 한순간을 위해
그토록 오래 시간을 잡아두었다.

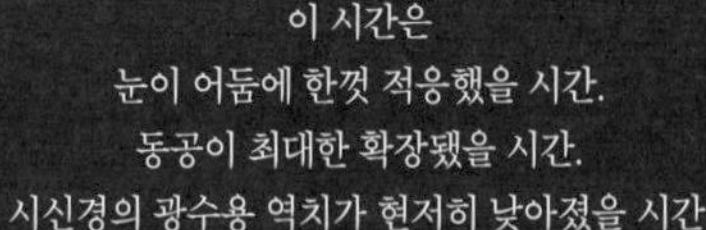
이 시간은
눈이 어둠에 한껏 적응했을 시간.
동공이 최대한 확장됐을 시간.
시신경의 광수용 역치가 현저히 낮아졌을 시간.
그, 오래도록
'어둠' 에 익숙해진 눈에
이, 찰나의
'빛' 은 너무나 치명적일 테니

1층은 나를 쏠 수 없다.
아니 나를 조준할 수 없다.
아니 나를 볼 수조차 없다.

그래.
어둠을 물리치는 건
언제나

빛

파이게임

PIE GAME

#72

"선택지가 없다면"

하아아아아아앗-

크아악! 눈이!
암것도 안 보여!!

섬광에 눈깔이
구워졌으니까.

안 보이는 게
당연하지!!!

와작-

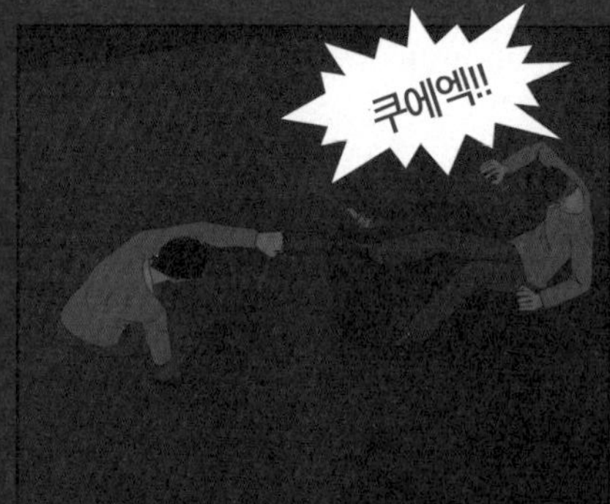
쿠에엑!!

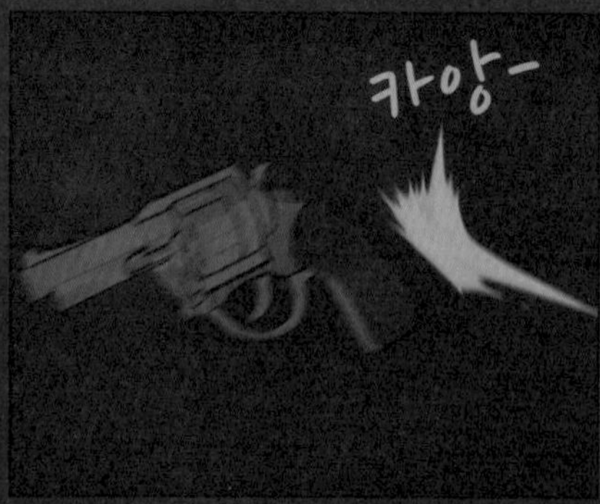
카앙-

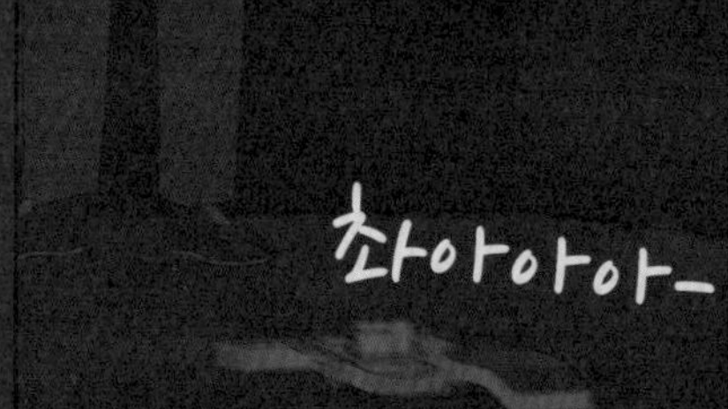
촤아아아-

텁-

수고했어. 밑바닥에서
여기까지 기어올라오느라.

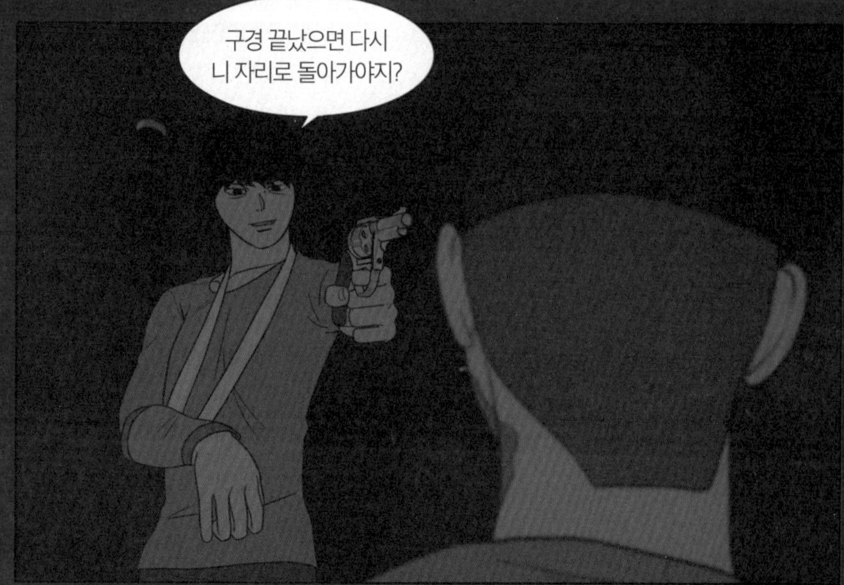
구경 끝났으면 다시
니 자리로 돌아가야지?

이 장면이 내가
이 각본이 내가
이 광경이 내가
머릿속으로 수백 수천 번도 더 재현해본
승리의 시뮬레이션.

!

이었지만,
달랐다 현실은.
시뮬레이션엔 없었던
변수가 발생했다.

1층은
한쪽 눈을 감고 있었다.

감은 덕분에 막아냈다. 라이터의 섬광을.
그러니까 나의 공략을.
그러니까 나의 희망을.

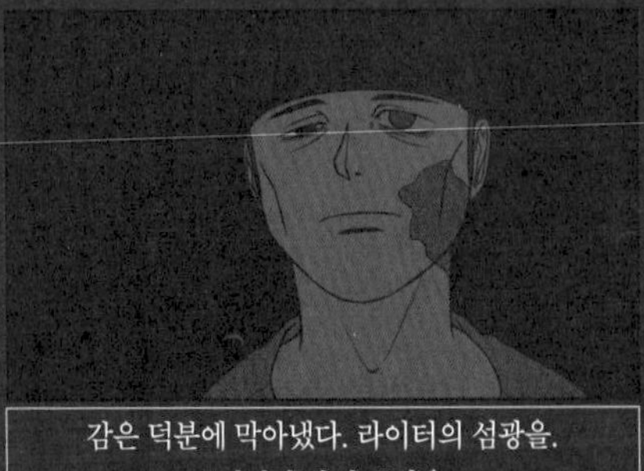

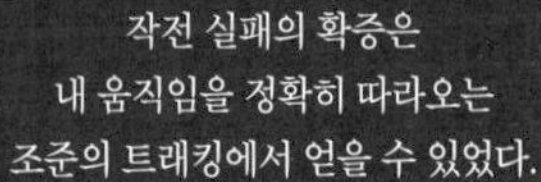
작전 실패의 확증은
내 움직임을 정확히 따라오는
조준의 트래킹에서 얻을 수 있었다.

가늠좌와 가늠쇠와 머리를 잇는 일직선이
흐트러지지 않음에 확신할 수 있었다.

그는, 보인다.
내가, 아주, 잘.

어떻게 알아차렸지?
라는 의문이 들었다.

섬광은 문자 그대로 섬'광(光)'
광속인 초속 30만km의 속도로 1층의
각막을 꿰뚫고 시신경을 타고올라
뇌에 스턴을 걸었을 터.

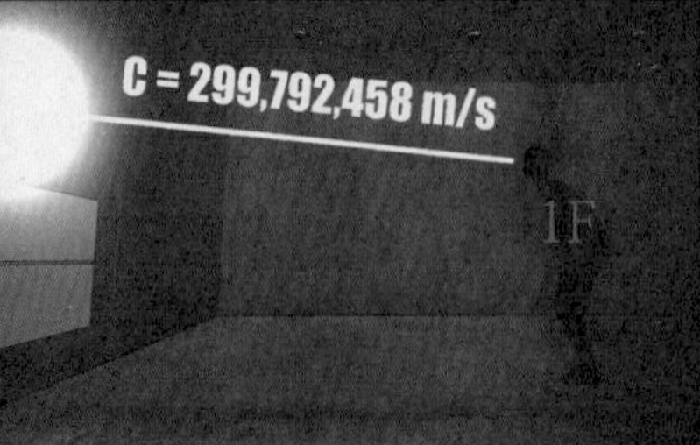
C = 299,792,458 m/s
1F

그러니 당연히
보고 피하는 건 물리적으로 불가능.
본다는 행위 자체가 곧 눈뽕으로 직결되니.

그럼, 간파한 거라고?
내가 라이터를 폭파시켜
눈을 멀게 할 거란 걸 간파하고
미리 한쪽 눈을 감고 있었다고?

공격 예측 완료.
적중률 99.9998%
아니. 이것도 불가능하다.
라이터가 폭발한다는 걸 알고 있었다 해도
깨진 전광판에 잔여 전류가 흐른다는 것까지는
몰랐을 테니. 그건 오직 나만 아는 정보였으니.

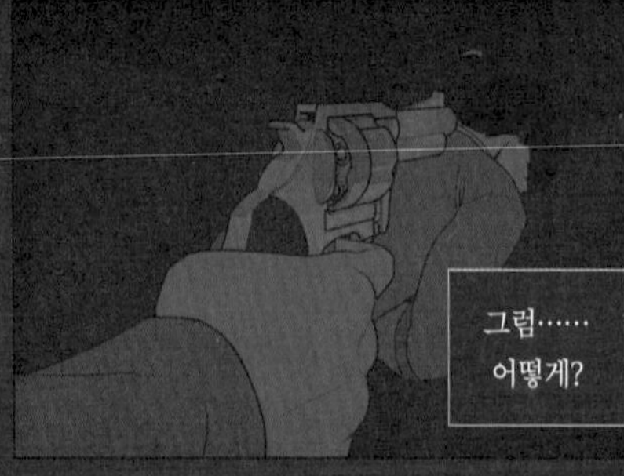
그럼……
어떻게?

콰앙-

그러니까 대체 어떻게
내 필살기를 피할 수 있었……

방이 많이 어둡네요.

암실실험
하셨을 때처럼.

너무 티나잖아요.
어둠을 이용하면 조준 피할 수
있다 생각하셨나요?

어?

아니, 아니었다면? 그 반대라면?
애초에 섬광을 피하려던 의도가 아니라 그 반대를……

왜 이렇게 늦었어.
벌써 영화 시작했는데!
아, 진짜 미안.

앱에서 버스가 더
빠르다길래 그거 탔는데…
일케 막힐 줄 몰랐어. 미안;
됐어, 자리 빨리 찾아야
하니까 눈감아. 광고도
한참 전에 끝났어.
눈?
눈을 왜……
다 감지 말고,
한쪽 눈만.
들어가서 감았던
눈 뜨면 잘보여.
눈.
들어올때 부터 감고 있었어?!!

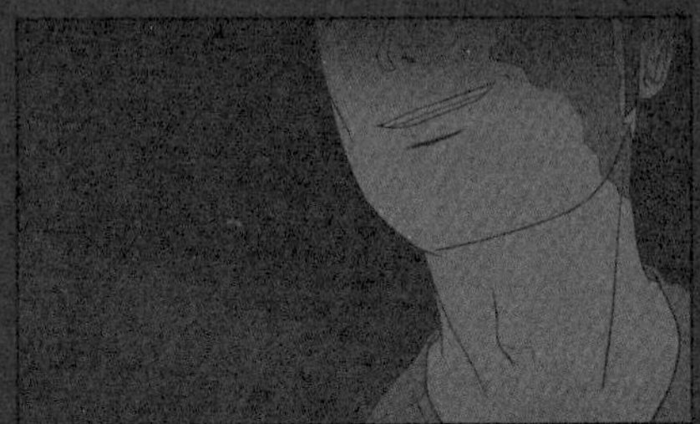

몰랐다. 못 봤으니까.
등지고 있었으니까.

섬광이 아니라 어둠을 극복하기 위해,
암적응을 위해,
애초에 한쪽 눈을 감고 있었다는 걸.

그러니까 결론은 이런 거다.
능동적으로 피한 게 아닌 거다.
우연히 피해진 거다.
그야말로 개쩌는 운빨로,
위기를 회피한 거다.

아. 하하. 아하…
아하하하…이런…ㅆ…

ㅆ이빠아아아아알!!!!

X발.

X같은.

개X같은!

미친X발!!!!

이 개 시 X X 같 은!!!!!!

LUCKY 7

LUCKY 7

1 UP

말이 돼? 그게 말이나 되냐고. 우연이라고?
우연히, 어둠을 피하려고, 암것도 모르면서
눈을 감았던 게, 마침, 마침
시X 운도 X나게 좋아서, 내 목숨 건 공략이
무위로 돌아갔다고? 이게, 말이 돼?

시X 이게 무슨 말도 안 되는 확률이냐고!
이런 X도 말도 안 되는 우연다발들이
행운더미들은 어째서 항상
1층 대가리 위에서만 반짝거리냐고!!!

ㅅ발…ㅅ바알…
ㅅㅂㅅㅂㅅㅂ알!!!
이제 어떻게 해야 하지?
어떻게 해야, 저 1층, 1층이 가진 총에 맞설 수 있지?
어떻게 해야, 대가리에 구멍이 뚫리지 않을 수 있지?
어떻게 해야, 사지 멀쩡하게 여기서 나갈 수……
조금만 천천히
가주실래요 3층 님?
부탁드렸잖아요, 계단, 저한텐
좀 힘들다고. 어차피 곧 만날 텐데
너무 서두르지 마세요.

아……

왓!
터럭-

콰앙-

아으…
아으으으으…
최대한.
거리를 벌려야 한다.
조금이라도 더 멀리
도망가야 한다.
조금이라도 더 많이
시간을 벌어야 한다.

크흐으윽……

그곳엔 뭔가 있을지도 모른다.
날 구해줄 구명줄이,
날 살려줄 생명줄이,
혹시 거기에 있을지도 모른다.

제발.
그래야만 한다.

허억- 허억-
헉- 허억-

이걸로 할까?
이거라면, 어쩌면, 통하지 않을까?

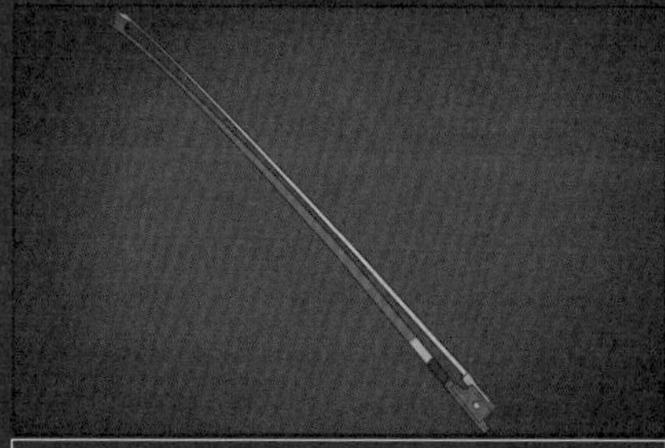

이 탁구공, 계단 어디쯤 몰래 깔아서,
밟고 넘어져 대가리 깨지게 유도해볼까?

아니면 이건? 줄 풀어서
광장 나가는 문에 설치할까?
그럼 뛰쳐나오다 눈깔이라도 베이지 않을까?

아, 아니면 이건?
이거……
이걸로……

이걸로……………

이딴 걸로………………………

뭘 한단 거야
이딴 걸로……
상대는 총을
들었는데……

눈앞에 있는 하찮은 잡동사니들을 확인하자,
절망이 손끝에서 구체화되자,
온몸에서 힘이 빠져나가는 느낌이 들었다.

ㅅ이바아아아아알……

이렇게 끝나는구나.
최악의 경우 총살당할 것이고,

그보다 더 최악은,
총탄에 사지가 찢겨
살아도 산 게 아닌 삶을
살게 되겠구나.

터벅-
터벅-

터벅-
터벅-

이건 진짜…

터벅-
터벅-

말도
안 되잖아……

힘빠진 육체에서 김빠진 분노가 빠져나가자
그 자리를 꾸역꾸역 채워나가는 건 진한 억울함.
그리고 그것보다 더 큰, 불가사의함.

아, 안녕하세요.

아무리 곱씹어봐도 납득이 안 된다.
1층의 성공률은, 생존률은,
만화보다도, 영화보다도,
만화영화보다도 더 작위적이다.

저, 저는 1층에
있습니다. 안녕하세요.

인정한다. 그는 똑똑하다. 게다가 치밀하며
심지어 냉정하다. 첫 등장, 첫 소개씬부터가
방심을 유도하기 위한 연출이었으니.

하지만 아무리 그렇다 한들
어떻게 매번, 매회, 한번의 예외도 없이
모든 계획을 성공시킬 수 있는 거지?

어떻게
그의 계획은 늘 성공하며

어떻게
그의 기획은 늘 실현되며

이야 역시
방심할 수가 없네요.

역시 머니게임의
생존자. 그냥 대가리수
채우기 용은 아니었네요.

그래서 너무 재미있어요 이 게임.
3층 님도 그렇게 생각하시죠?

어떻게
그의 기만은 늘 완성되며

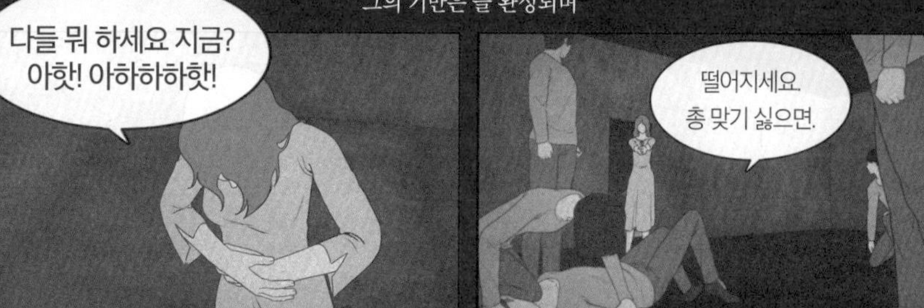

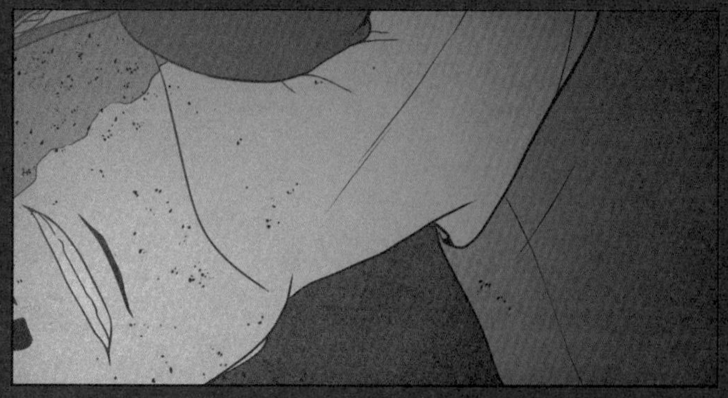

어떻게
그의 도박은 늘 성취되며

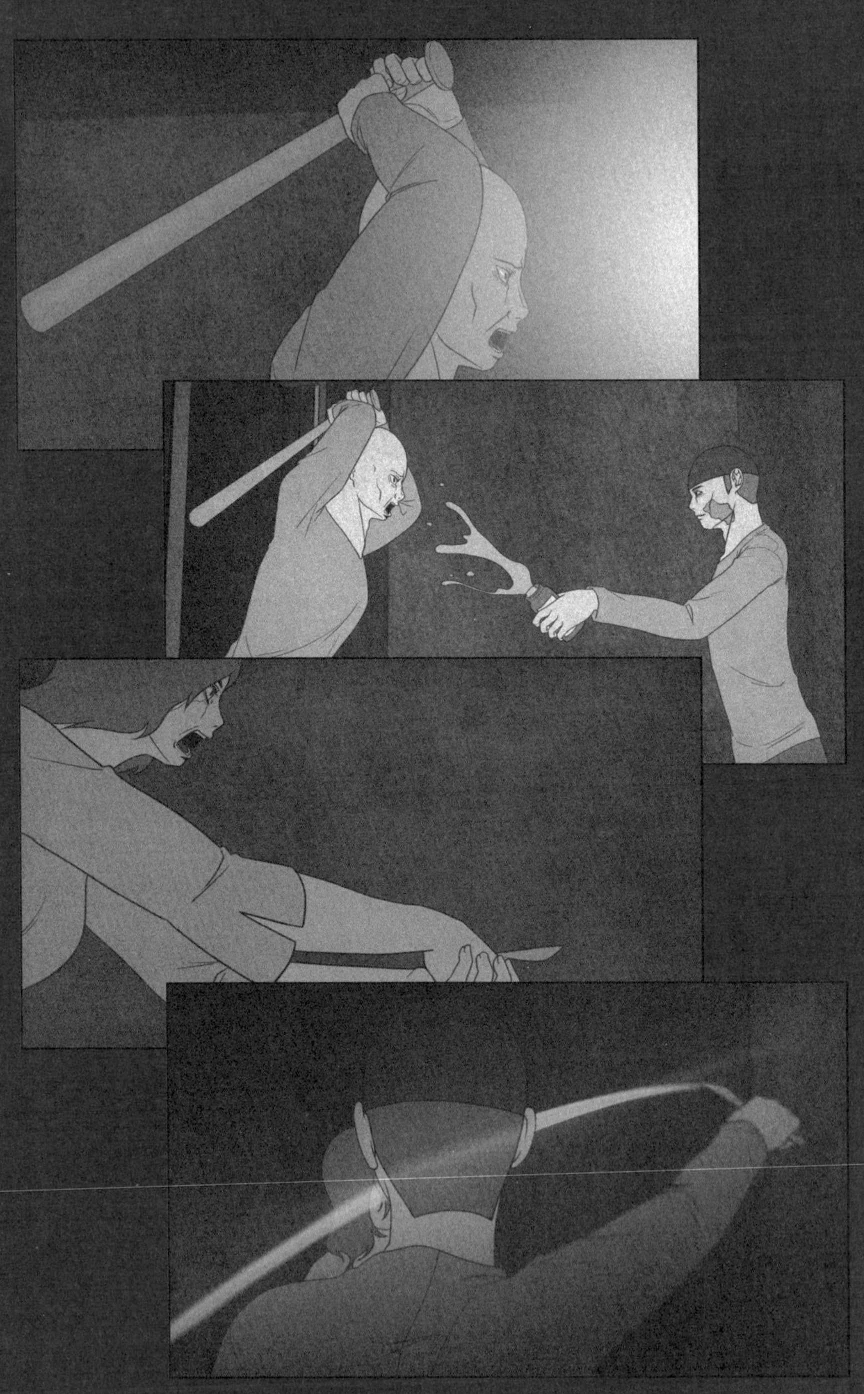

어떻게
그의 계략은 늘 달성되며

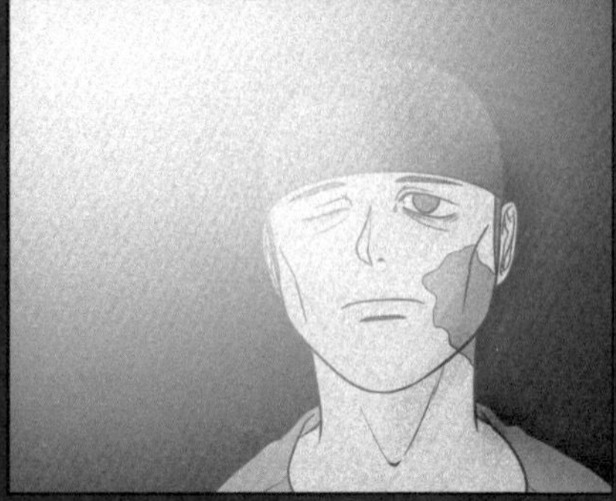

심지어, 어떻게, 운조차.
우연조차도 오직 그의 편일 수가…………

그건.
불가능하잖아.

뭐 하고 계세요 3층 님?
무기라도 사고 계시나요? 아, 그건 안 되겠네요. 3층 님이 버튼 부숴버렸으니까. 하하.

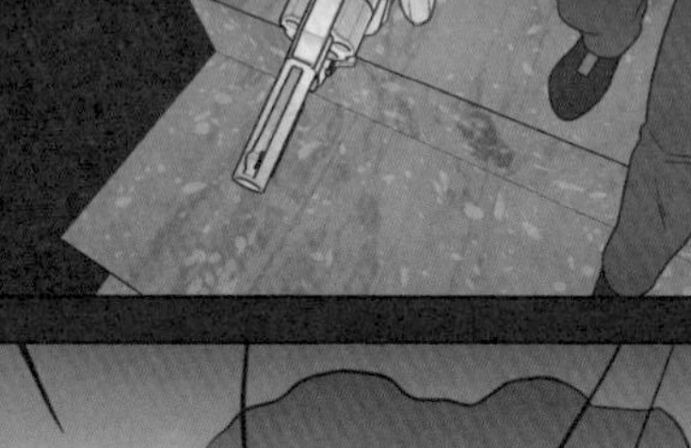
이제 그만 포기하세요. 7층 님 보셨잖아요. 괜히 저항하다 더 험한 꼴 당하실 수 있어요.
우선 다리 한쪽만 줄래요? 좀 열받았거든요. 3층 님도 이 다리로 계단 오르내리는 거 얼마나 힘든지 체험시켜 드리고 싶어서.

다리……
이 상황까지 와서도……

다리를 쏘겠다는 1층의 공언을 듣자
오래 잊고 있었던 위화감이 다시 몰려왔다.

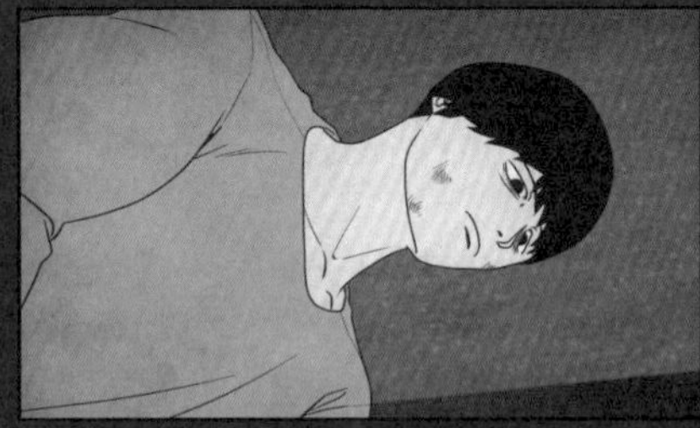

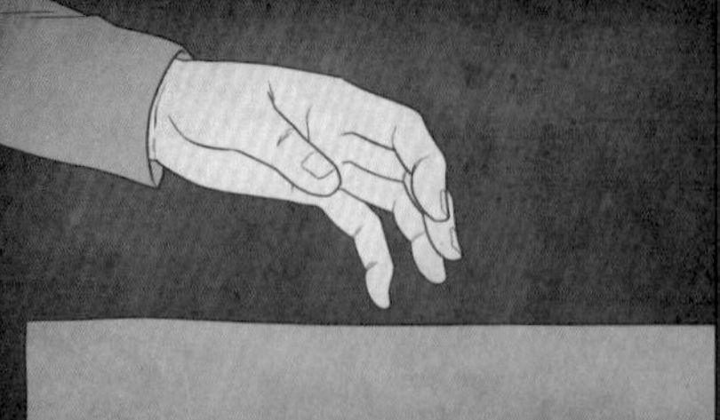

달그락-
1
4
2
그의 계획이 늘 성공할 리는 없다.
그의 기획이 늘 실현될 리는 없다.
그의 기만이 늘 완성될 리는 없다.
그의 도박이 늘 성취될 리는 없다.
그의 계략이 늘 달성될 리는 없다.
심지어 우연조차도 그의 편일 리 없다.

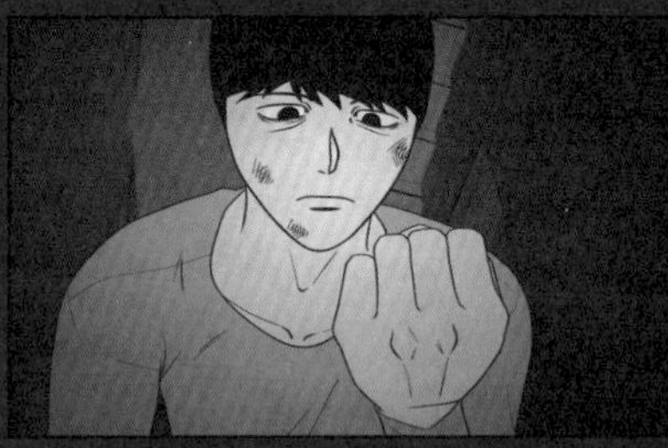

그래, 그건, 문자 그대로
'불가능'
한 확률.

하지만 이 불가능한 사건이
실제로 발생했다면,
그렇다면 다른 가정을 세워봐야 한다.
어째서 그 일이 '가능' 했는지
의심해봐야 한다.

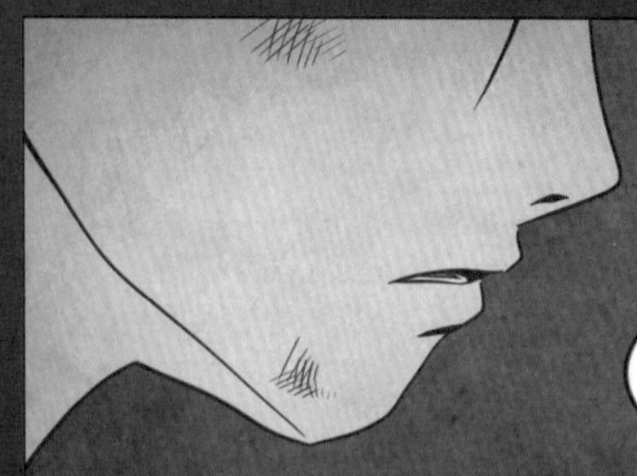
절대 실패하지 않는 게
아니라…'아직' 실패하지
않은 거라면……

굴려서 나머지 숫자가 나오면 큰돈을 벌지만
1이 나오면 목숨을 빼기는 주사위 게임이 있다면

보통 사람은 두려워 주사위를 굴릴
엄두조차 내지 못할 것이다.

그나마 용기있는 사람이라면, 1/6의 확률을
믿고 한두 번 정도는 굴릴 수 있을 것이다.
용감을 넘어 무모한 사람이라면, 목숨을 걸고
서너번 정도는 굴릴 수 있을 것이다.

그게 운을 대하는, 리스크를 대하는
'정상적인' 사람들의 자세다.

하지만 주사위를 굴리는 사람이
'정상'이 아니라면?

언젠가 '1'이 나오리라는 건 당연히 알지만
그 숫자가 나오면 죽는 것도 알고 있지만
그럼에도 굴릴 수밖에 없는 사람이 있다면?

이 이해불가한 도전을 보며,
'와 저 사람은 절대로 1이 나오지 않게
굴리는 방법을 알고 있구나.'
라고 스스로 착각하고 있었다면?

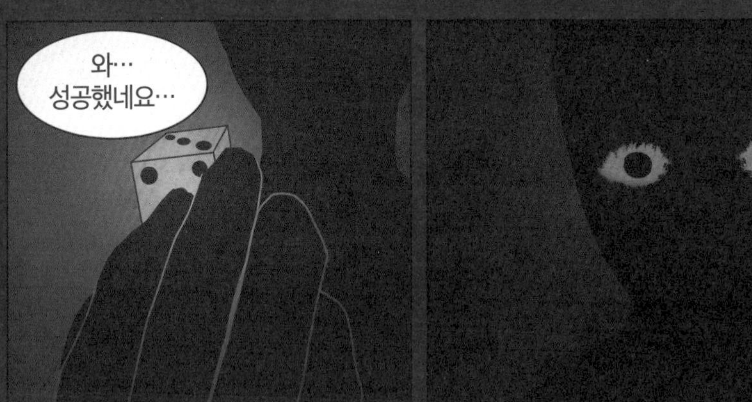

다시 굴릴게요…

그러니까 어쩌면.

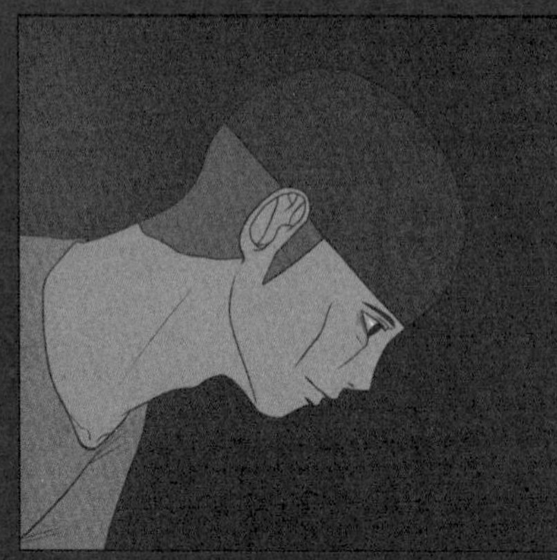

그러니까

선택지가 없었던 건
나뿐 아니라,

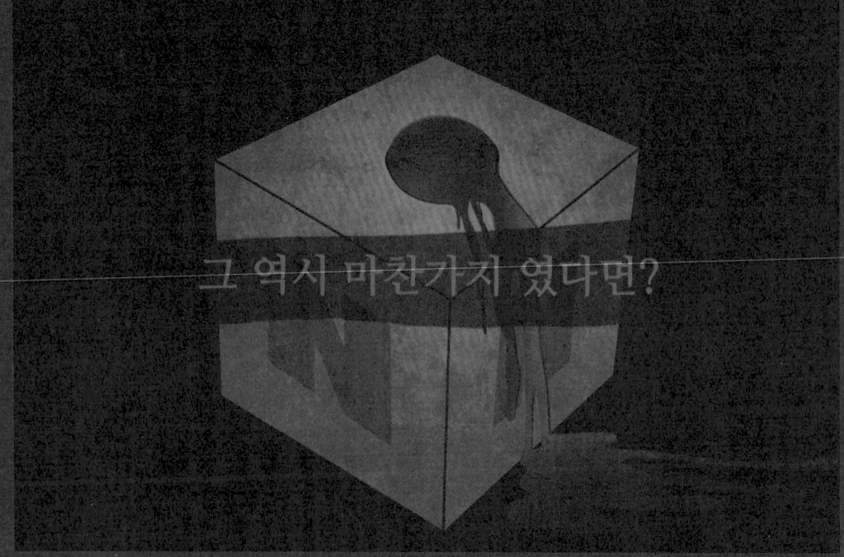

파이게임
PIE GAME

#73

"처음부터 전혀 다른 게임을 하다"

쌓아올린 거대한 거짓말의 더미 속에
생각지도 못했던 진실이 숨어 있었다.

위험했어요. 조금만 더 늦었으면
연기에 질식사하실 뻔했어요.

아, 감사인사는 됐어요.
죽으시면 저도 곤란하니까.

불살의 이유는 당연히 돈 때문이라 생각했다.
참가자가 죽으면 게임이 끝나니
더이상 돈을 벌지 못하게 되니.

제가 충분히 믿음을
드리지 못했나 보네요.

말씀드렸잖아요.
저, 누구도 죽게 하지
않는다고.

상금. 그것이 나를 포함한
모두의 이유이자 의미였다.
그러니 당연히 1층도
그럴 것이라 짐작했다.

하지만.

고생하셨어요.
3층 님.

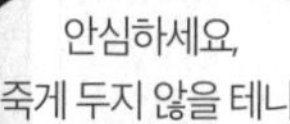
안심하세요,
죽게 두지 않을 테니.

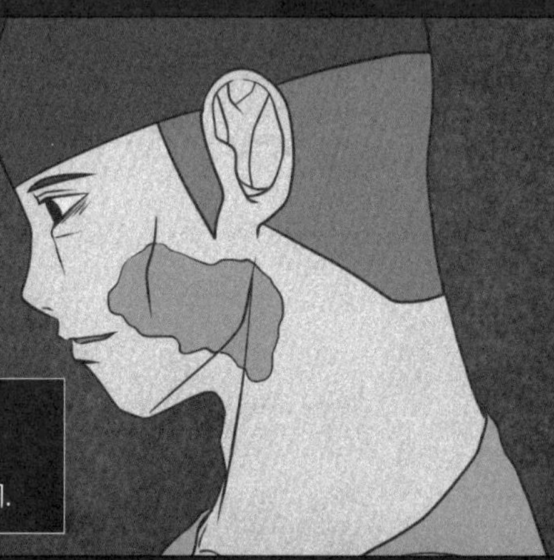
단 한 명, 이유가 다른 사람이 있었다.
게임의 결과가 아닌
오직 게임의 과정만이 유의미한 사람이.

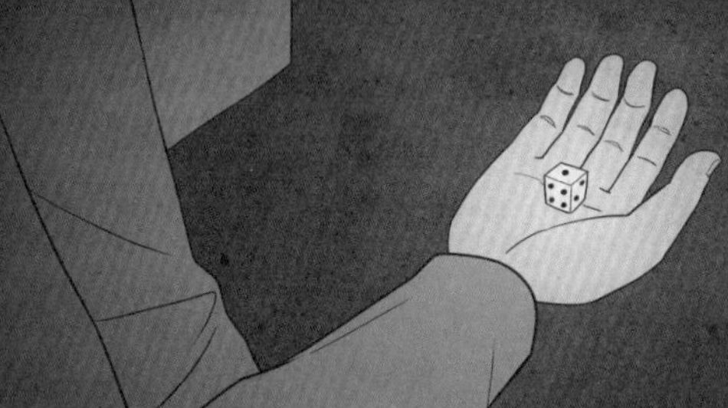
그 의미가 너무나도 절박해,
파멸이 코앞에 닥쳐와도 게임을
계속할 수밖에 없는 사람이.
끝없이 끝없이 끝없이
끝없이 끝없이 끝없이 끝없이
주사위를 굴릴 수밖에 없는 사람이.

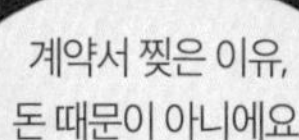
계약서 찢은 이유,
돈 때문이 아니에요.
아직도 모르시겠어요?
3층 님?

그 사람이 바로 1층이며
이 가정이 사실이라면

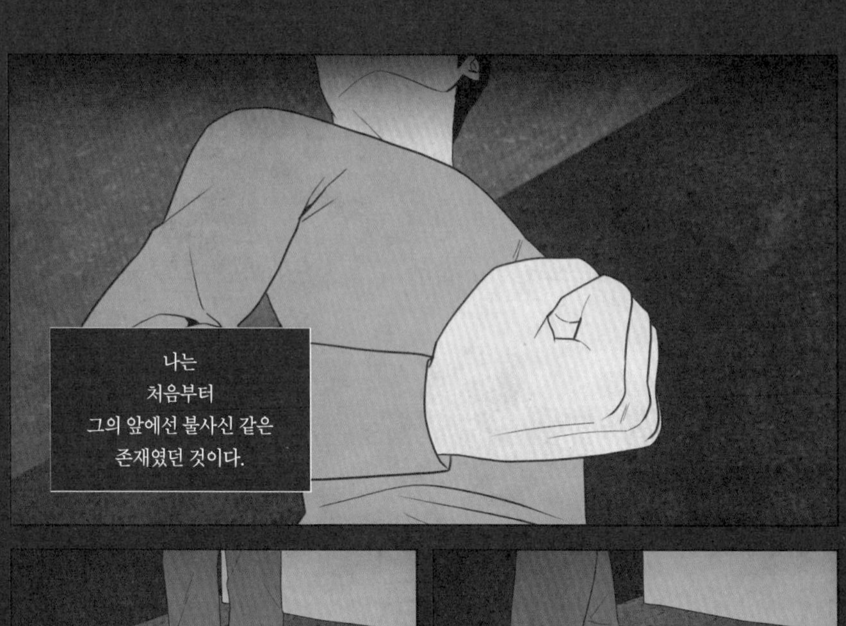
나는
처음부터
그의 앞에선 불사신 같은
존재였던 것이다.

그러니까,
1층을 극복하는 방법은.
그러니까 정답은,
처음부터.

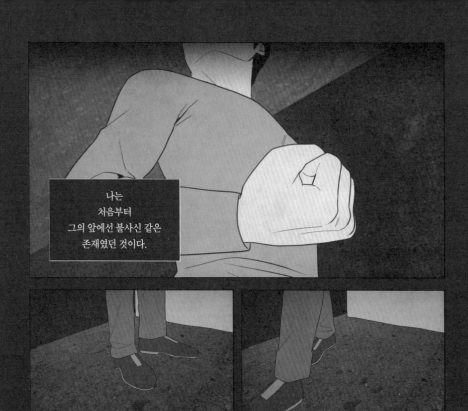

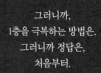

도망치는 게 아니라 전진하는 것.
멀어지는 게 아니라 가까워지는 것.
내려가는 게 아니라 올라가는 것.

내가 이 게임에서
단 한 번도 시도하지 않은 저 공략법이
그를 추락시킬 수 있는 유일한 해법이었다.

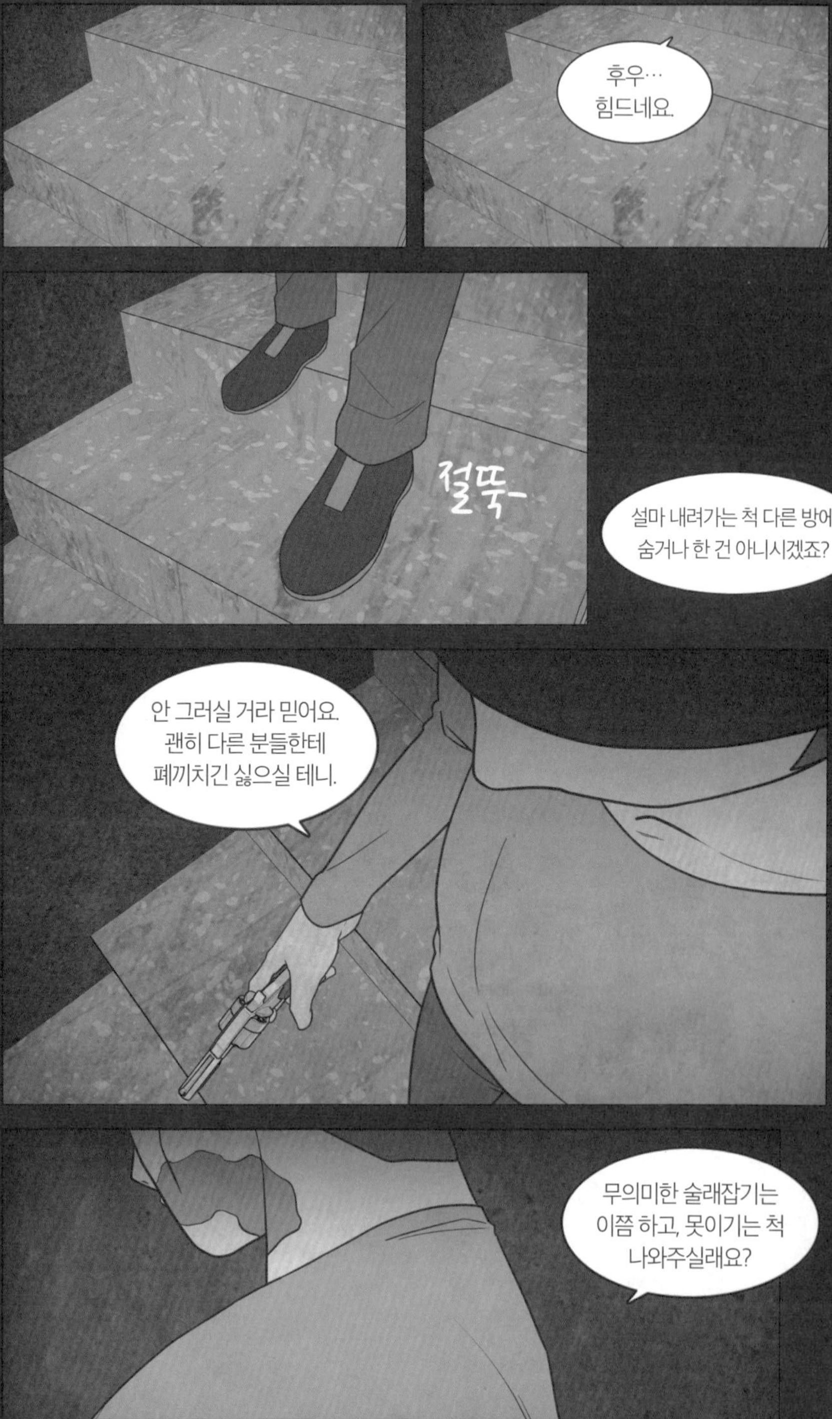

후우…
힘드네요.

절뚝-

설마 내려가는 척 다른 방에 숨거나 한 건 아니시겠죠?

안 그러실 거라 믿어요. 괜히 다른 분들한테 폐끼치긴 싫으실 테니.

무의미한 술래잡기는 이쯤 하고, 못이기는 척 나와주실래요?

지금 손들고 나오시면
특별히 진통제 듬뿍
처방하고 쏴드릴게요.
계속 못 들은 척하시면
저 진짜 화날지도 몰라요.
그럼 지인짜
아프게 쏠 수밖…
!

머, 멈추세요!

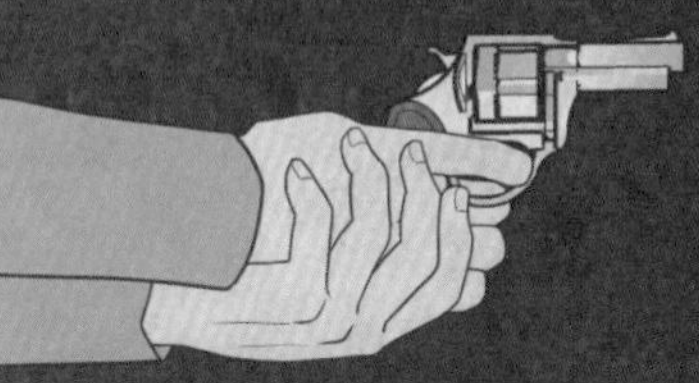

총구를 향해 정면으로.
전진하는. 접근하는, 올라가는
이 구도는, 헤드샷을 맞기 딱 좋은 구도.

멈추라고!!!

총구 가장 가까운 곳에 머리가 위치하니
탄착군의 가장 넓은 영역에 머리가 들어오니
치명상을 피하기 힘든 구도.

왜 멈추라고
부탁하는 거지?

하지만 죽일 생각이 없는.
아니, 죽여선 안 되는 상대의 입장에서는.
그렇기에 격발이 봉쇄되는 구도.

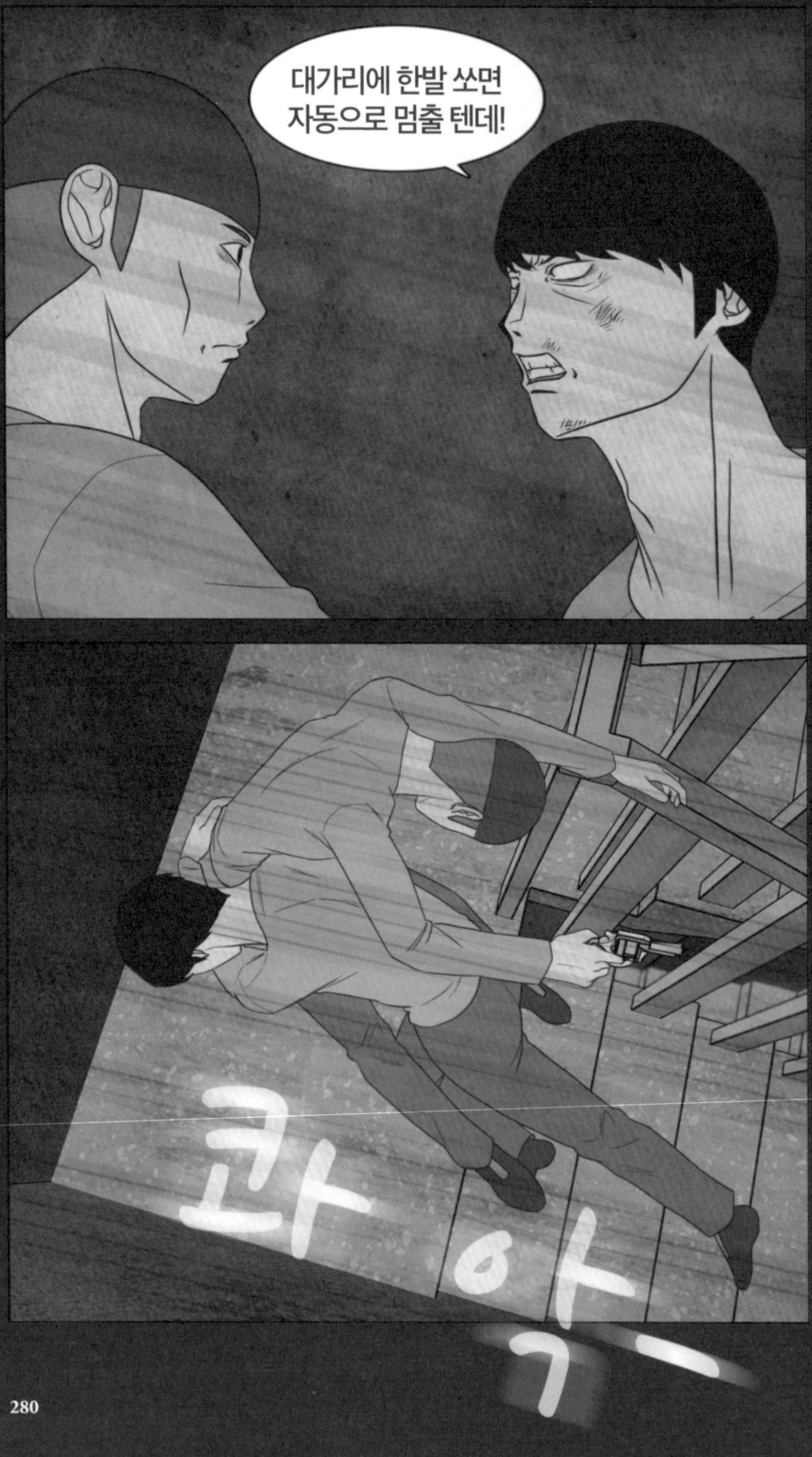

대가리에 한발 쏘면
자동으로 멈출 텐데!
콰앙

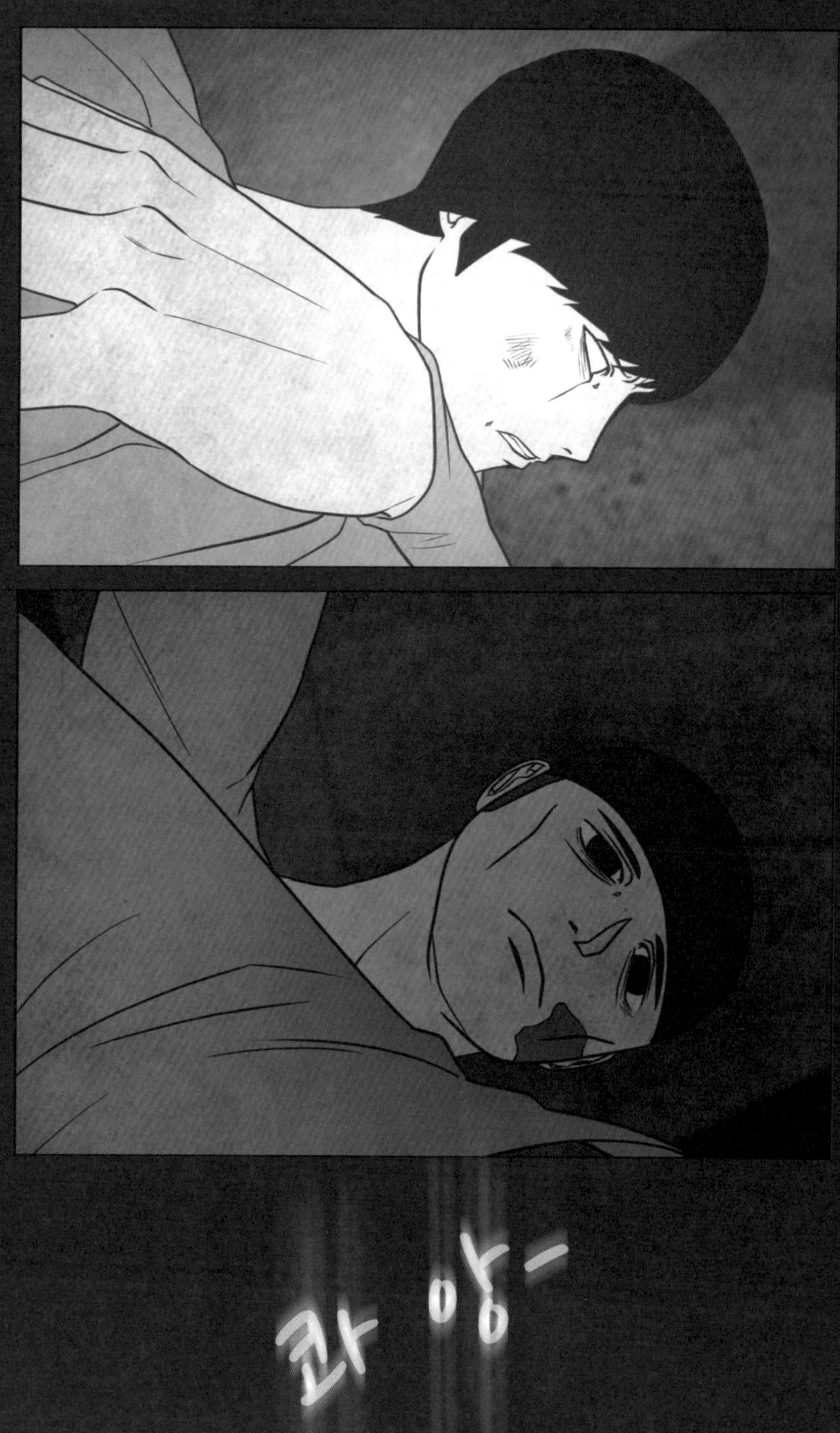
콰앙-

크으…

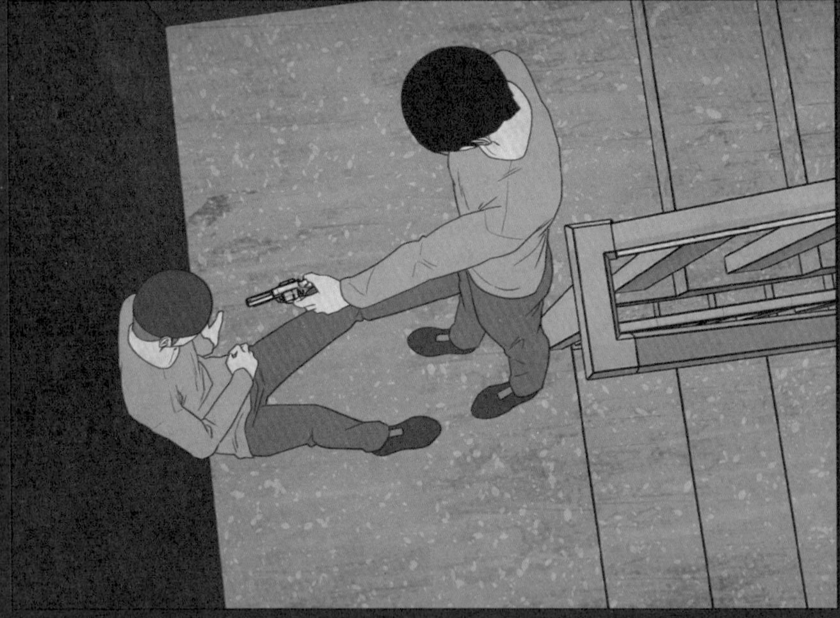

움직이지 마.
대가리에 구멍나기
싫으면.
라고 말했지만.
나는 알고 있다.

이 협박은
그에게 아무런 위협이 되지 않을 것이란 걸.

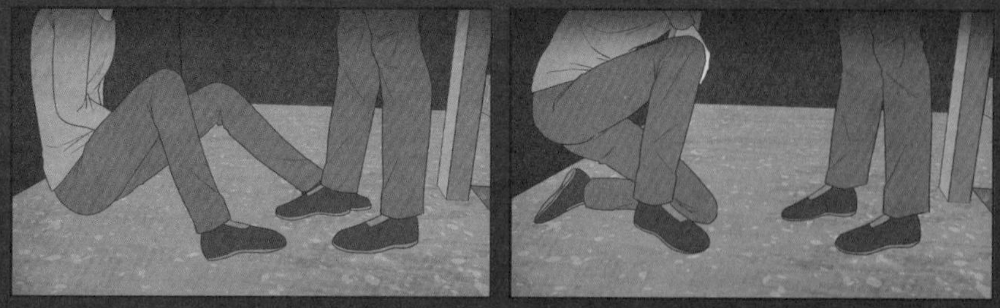

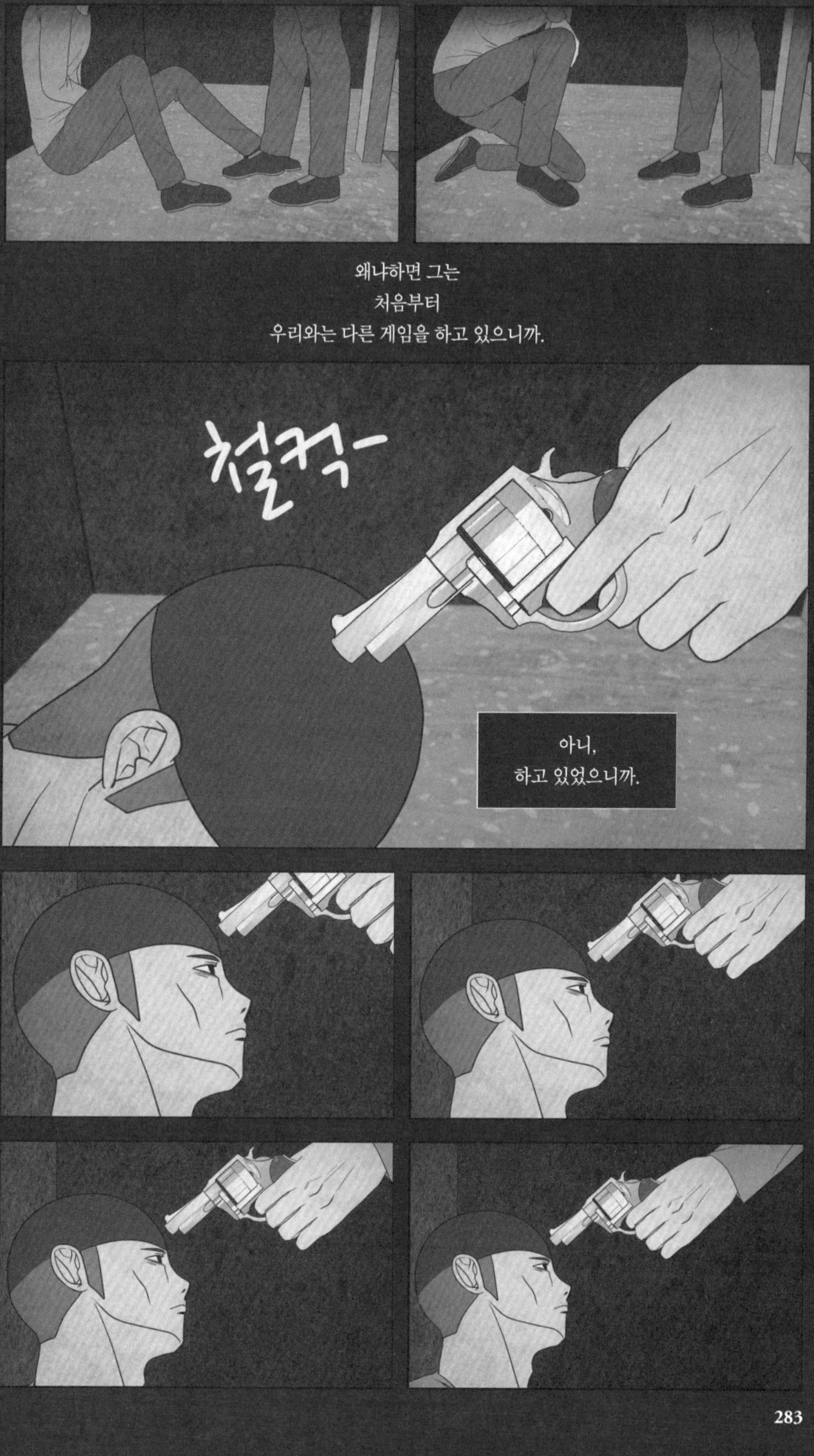

왜냐하면 그는
처음부터
우리와는 다른 게임을 하고 있으니까.

하아……

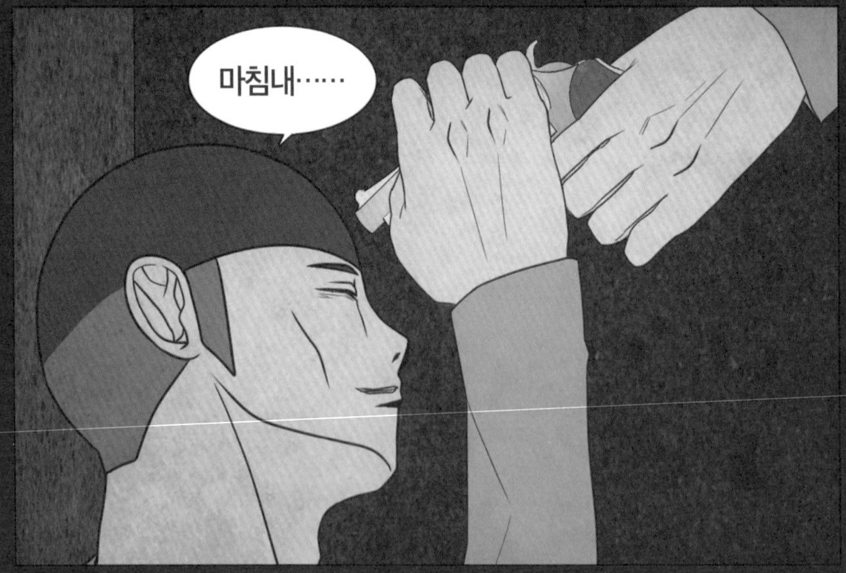

게임 시작 98일차.
늦은 오후.

1층이 말했던 '증거'는
그의 언급대로 7층에 있었다.

1층은 정보를 샀으며 거기에
그의 신상에 대한 모든 것이 쓰여 있었다.

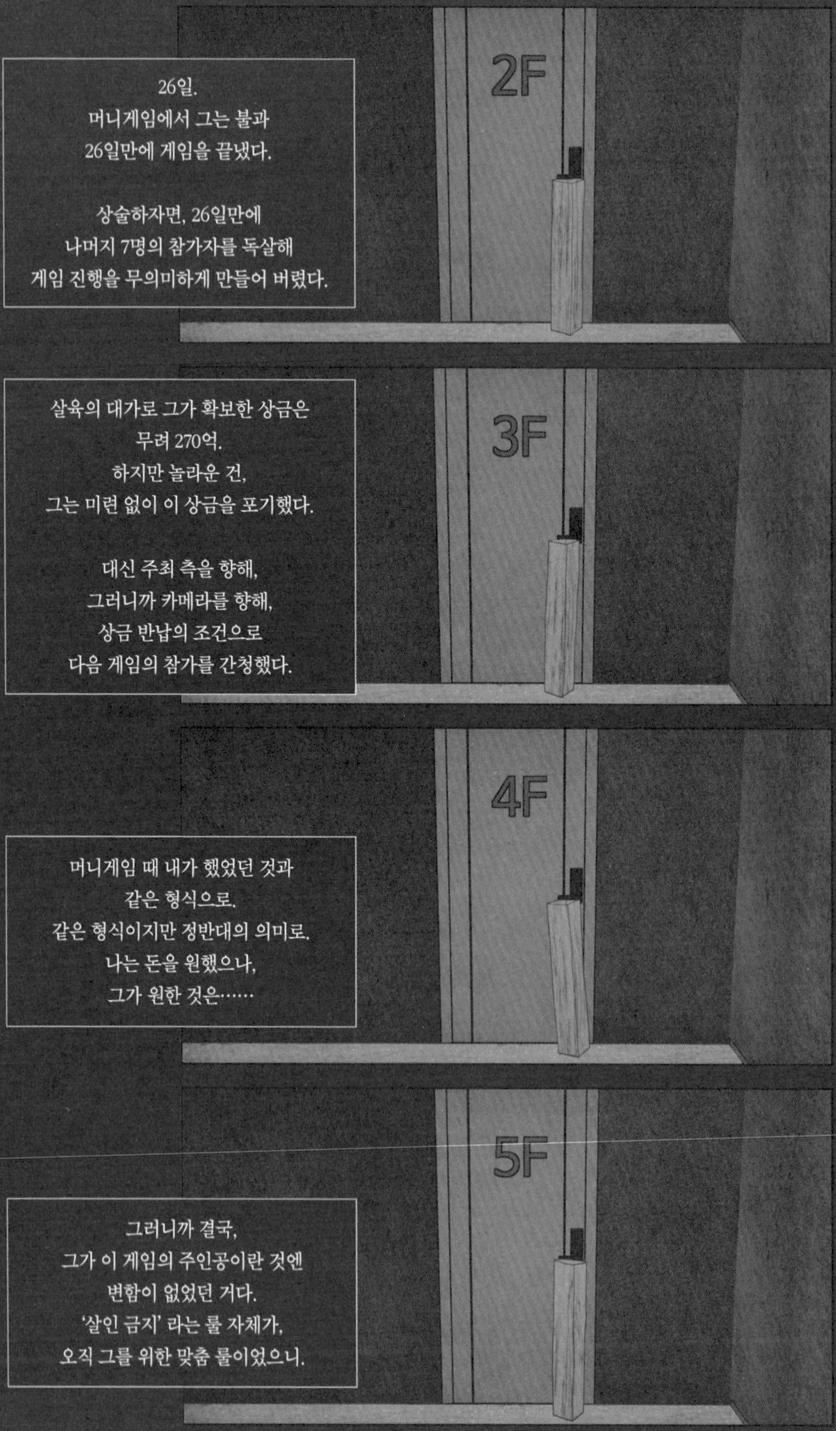

2F

26일.
머니게임에서 그는 불과
26일만에 게임을 끝냈다.

상술하자면, 26일만에
나머지 7명의 참가자를 독살해
게임 진행을 무의미하게 만들어 버렸다.

3F

살육의 대가로 그가 확보한 상금은
무려 270억.
하지만 놀라운 건,
그는 미련 없이 이 상금을 포기했다.

대신 주최 측을 향해,
그러니까 카메라를 향해,
상금 반납의 조건으로
다음 게임의 참가를 간청했다.

4F

머니게임 때 내가 했었던 것과
같은 형식으로.
같은 형식이지만 정반대의 의미로.
나는 돈을 원했으나,
그가 원한 것은……

5F

그러니까 결국,
그가 이 게임의 주인공이란 것엔
변함이 없었던 거다.
'살인 금지' 라는 룰 자체가,
오직 그를 위한 맞춤 룰이었으니.

그러니 그의 말은 또한 사실이었다.
상금을 벌지 못할까 두려워
계약서를 찢은 게 아니라

게임이 끝나는 게 두려워
찢은 것이었다.

그의 말대로
결국 나는
반조차 맞추지 못했던 것이다.

나도 궁금한 게 있어.

왜 끝까지 굴리……아니,
끝까지 멈추지 않은 거지? 언젠가는
이렇게 되리란 게 당연하잖아.

처음엔 나도 속았어.
모든 게 당신 계획대로 성공했고
기획대로 이뤄졌으니까.

게임의 리스크가 기대수익을 훨씬 상회하는 지점에 도달했을 때도 당신은 멈출 생각이 없어 보였으니까.
우리가 감히 상상도 못할 압도적 능력이나, 예상도 못할 완벽한 계획을 가진 줄 알았어.
하지만… 그래, 그런 건 없지. 그런 허무맹랑한 무적 설정이 존재할 리가. 다들 스스로 속았을 뿐이야. 당신이 불가해해서, 그래서 두려워서.
자멸할 때까지 게임을 계속 하려는 사람이 있으리라곤 상상조차 하지 못해서.
1,421,840,000
대체 왜 그래야만 했던 건지 궁금해. 대체 왜… 이 엔딩을 알면서 게임을 계속 할 수밖에 없었는지, 그게 궁금해.

담배……
있잖아요.
3층 님은 왜 담배를 피우세요?
그거, 죽는 건 줄 알면서.
폐를 혈관을 심장을 파괴해서,
자살에 이르는 물질인 걸 알면서.
왜 피우시나요?.
이유는 우리 둘 다 알잖아요.
못 끊으니까 피는 거잖아요.

제가 만나본 흡연자들은 예외 없이 같은 말을 하더라구요. 너무나, 간절히, 담배를 끊고 싶다고.

담배 끊게만 해주면 수백 수천만 원도 줄 수 있다고. 그렇게 간절히 끊길 원하는데도……
네, 끊을 수 없는 거죠.
설혹 끊었다 해도, 정말 끊은 게 아니라 평생 참는 것뿐이란 걸 깨닫는 거죠.

같은 거에요 3층 님. 어떤 각오나 거창한 철학이 있어서 이러는 게 아녜요.

그냥, 끊을 수 없으니까, 평생 동안 '그걸' 갈망하도록 태어났으니까 이러는 것뿐이라구요.

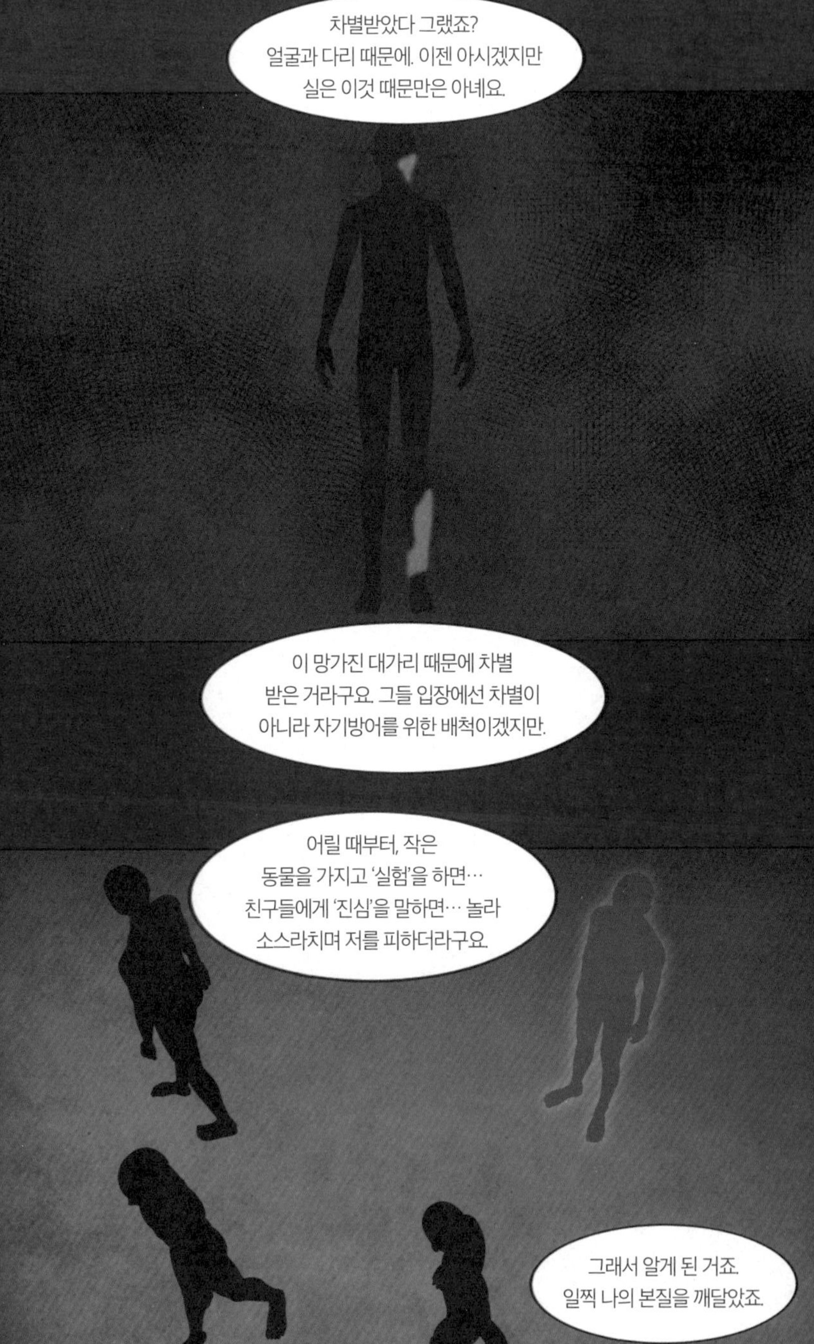
차별받았다 그랬죠?
얼굴과 다리 때문에. 이젠 아시겠지만
실은 이것 때문만은 아녜요.
이 망가진 대가리 때문에 차별
받은 거라구요. 그들 입장에선 차별이
아니라 자기방어를 위한 배척이겠지만.
어릴 때부터, 작은
동물을 가지고 '실험'을 하면…
친구들에게 '진심'을 말하면… 놀라
소스라치며 저를 피하더라구요.
그래서 알게 된 거죠.
일찍 나의 본질을 깨달았죠.

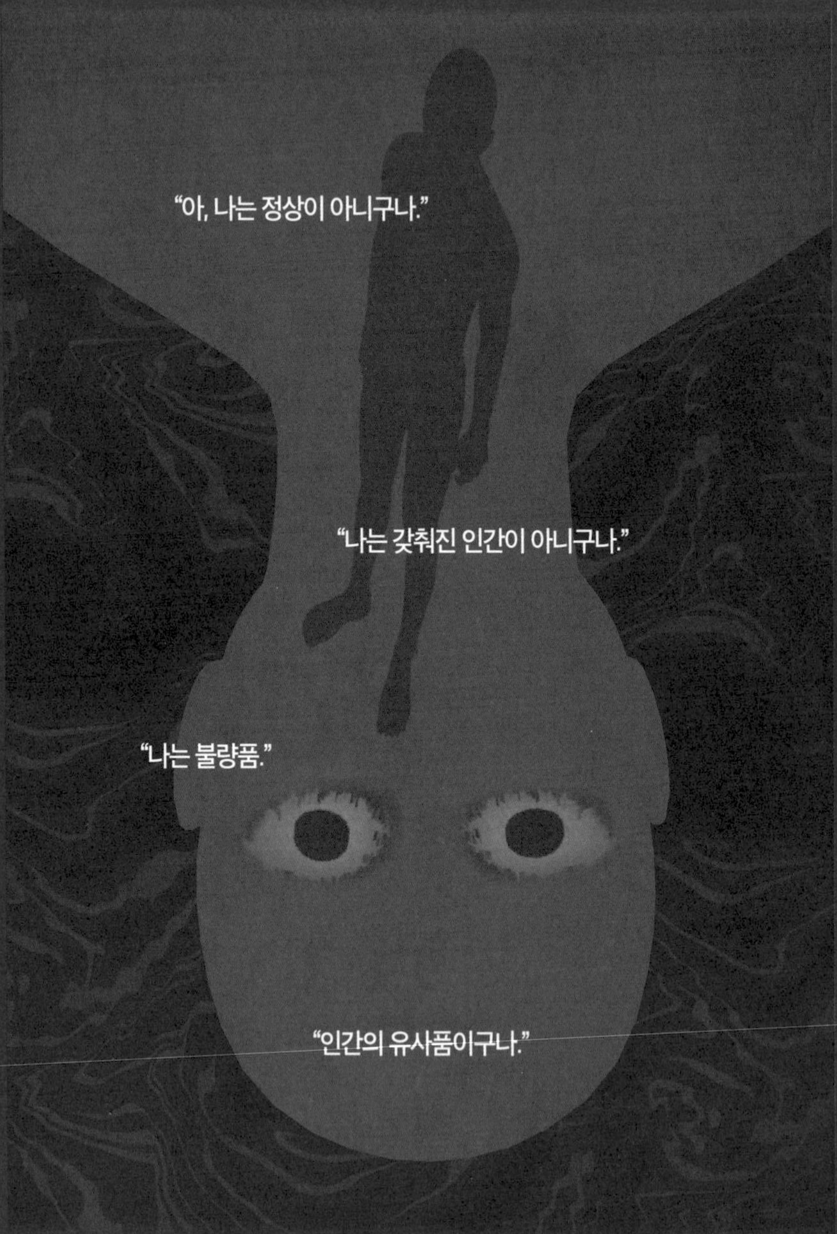

"아, 나는 정상이 아니구나."

"나는 갖춰진 인간이 아니구나."

"나는 불량품."

"인간의 유사품이구나."

그래도 담배는, 흡연은, 지탄받긴 하지만 범죄까지는 아니잖아요?

하지만…제가 원하는… 탐하고 갈구하는 것들은……

아, 이해나 동정을 바라고 하는 말은 아녜요. 저, 살인자거든요. 무려 7명이나 독살한.

지탄으로 끝날 정도는 아니죠. 네, 인간이라면 해선 안 될, 아니 생각해서도 안 될, 끔찍한 행위니까.

이 말을 덧붙이면 혹시나 있을 동정심이 사라질까요? 저, 태어나 처음으로 제대로 발O했어요. 그 7명 죽이면서,

한 명 한 명 죽어 나자빠질 때마다, 더 크게, 더 강하게, 살인이란 건 제게 그만큼이나 강렬한 기쁨이자 쾌락이었어요.

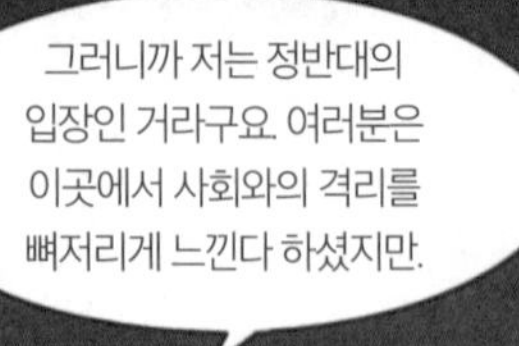
그러니까 저는 정반대의 입장인 거라구요. 여러분은 이곳에서 사회와의 격리를 뼈저리게 느낀다 하셨지만.

저는 반대로, 평생 사회란 틀 안에 격리돼 있다 비로소 편히, 맘껏, 숨을 쉴 수 있었던 곳이 바로 이곳이었으니까.

하지만 알 수 있어요. 이게 마지막 게임이란 거.
저분들은 더이상 나를 필요로 하지 않으리란 거.

이 정도면 '왜' 에 대한
대답이 되었는지 모르겠네요.

다 보여 줬으니까.
제가 가진 모든 걸 다.
소진해 버렸으니까.

왜 제가 돈에는
관심이 없는지.

그리고 왜 제가, 다시
사회로 나갈 생각이 없는지.

더이상 질문 없으시면…
부탁드려도 될까요?

이 방 카드는 칩까지 박살
내서 드리지 못하지만,

제 개인 재산은 모두 넘겨
드릴게요. 꽤 많아요.

그러니까.
제발.

제발.
구제해 주세요.

구제.
돕는다는 뜻의 구제인지.
박멸한다는 뜻의 구제인지.
혹은 둘 다를 의미한 건지
알 수 없지만.

1층이 원하는 바는 잘 전달됐다.
참가의 사연도, 자살여행의 이유도,
모두 잘 납득했다.

하지만 그게 내 선택에 영향을 끼치진 못할 것이다.
게임 시작 이래, 처음으로 주어진 온전한 선택권,
이 선택의 권리를 오염시키진 못할 것이다.

아니. 그 부탁은
못 들어주겠어.

방아쇠를 당겨 고통을 끊어줄 의리 따윈 없으니까.
그 고통을 내가 대신 짊어질 이유는 더더욱 없으니까.

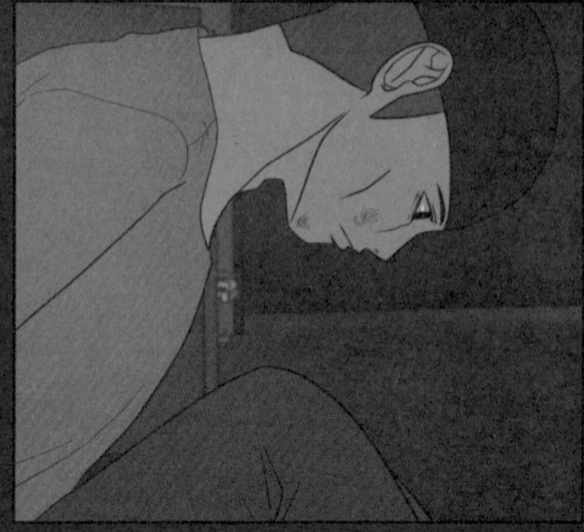

죽고 싶으면 혼자
혀 깨물고 자살이라도 해.

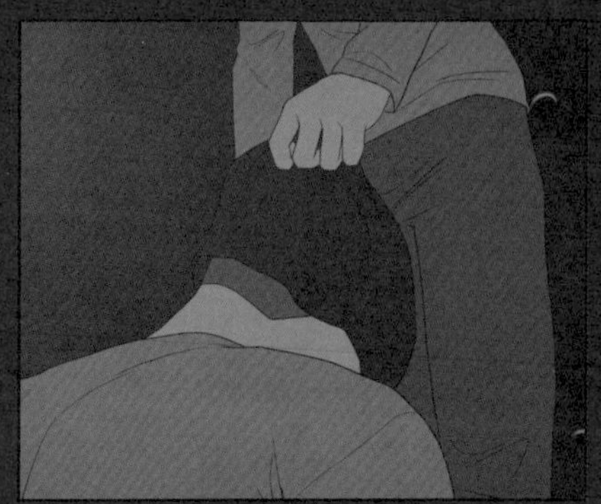

그건 아무도
안 말릴 테니까.

나는, 그래도,
그래도 최소한.

1,422,120,000
1,422,120,000
인간으로
남고 싶으니까.

파이게임
PIE GAME

#74

"파이게임 종료"

게임 시작 100일째

6F
게임은 끝났다.

공식적으로 레이스 종료 체커기가 올라간 건 아니지만
게임의 지속과 중지를 결정할 유일한 권한자인 내가
더는 계속할 의지가 없으니.

더는 아무런 액션도 취하지 않고,
더이상 아무런 쇼도 제공하지 않고,
방치한 채 조용히 고사시킬 계획이니.

그냥, 남은 시간
금연캠프 온 중독자마냥 빌빌대다,
상금이나 챙겨 떠날 작정이니.

하아…라이터나
몇 개 더 사둘걸…

다시 한번 단호히 말하건데,
게임은 끝났다.

어떻게 밥보다
중요한 걸 까먹냐…

하지만 이는 당연히
나 혼자만의 결심.
나머지 6인의 의견을
청취하고 취합한 건 아니다.

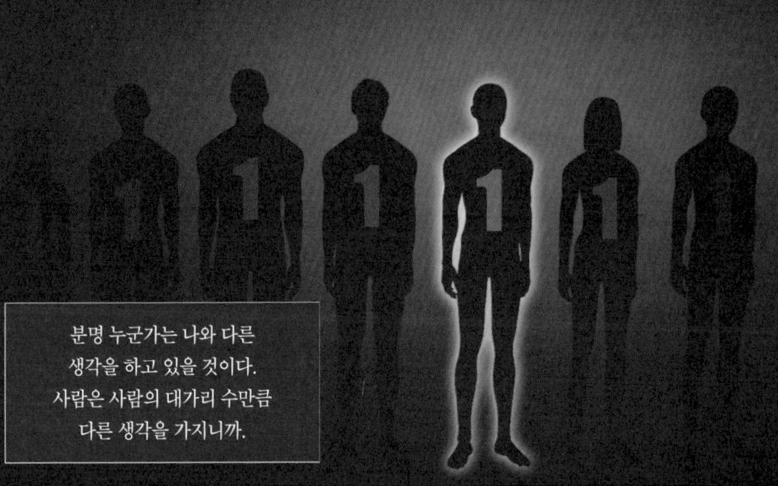
분명 누군가는 나와 다른
생각을 하고 있을 것이다.
사람은 사람의 대가리 수만큼
다른 생각을 가지니까.

제발… 이대로……

그렇기에 이 시점에서 가장 중요한 건
혹시 발생할지 모를 변수의 사전 차단.
견물생심의 여지조차 주지 않는 철저한 관리.

이대로 아무 일 없이…
제발……

가장 번거로운건 참가자들을 먹여 살리는 일.
내 방인 6층 배송구가 박살난 덕에
더는 식음료를 내려보내지 못하게 됐으니.

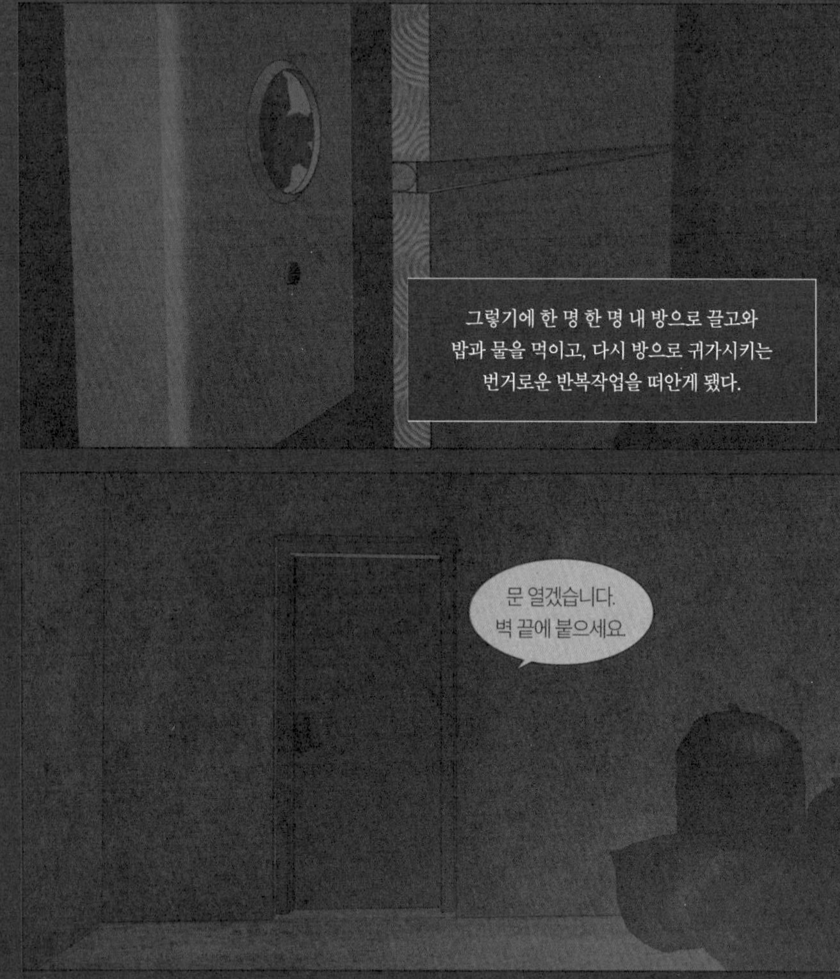
그렇기에 한 명 한 명 내 방으로 끌고와
밥과 물을 먹이고, 다시 방으로 귀가시키는
번거로운 반복작업을 떠안게 됐다.
문 열겠습니다.
벽 끝에 붙으세요.

철컥-

끼이이이-

가시죠.
식사시간입니다.

천천히 걸으세요.
손 내리지 마시고.
이동 시에는 충분한 거리를 둔다.
손을 내리지도
뒤를 돌아보지도 못하게 한다.

입장 후에도 긴장을 늦추지 않는다.
돌발행동은 사전에 차단한다.

식사 시작 하세요.

다시 한번 말하는데,
갑자기 움직이거나 일어서시면
발포할 수밖에 없습니다.

단호하게.
또 엄중하게.

이번엔 공포탄 아니니까
테스트해볼 생각 같은 건 하지
않는 게 좋으실 겁니다.

네네 알겠어요 3층 님.
사람이 갑자기 변했네.
뭐, 나쁜남자
싫진 않지만.
……결국
이렇게 됐네요.
계속 물어봤거든요.
게임 언제 끝낼 거냐고.
얼마나 벌면 그만둘 거냐고.
무서웠으니까.

그렇잖아요?
한순간 삐끗하면 공수가
교대될 수도 있는데.

그럼 그동안 했던 짓
그대로 돌려받을 게 뻔한데,
계속하는 거 바보짓이잖아요.

근데…그사람, 입으로는 곧
끝낸다 하면서도, 눈빛은 전혀 그럴
생각 없어 보이더라구요.

그때부터 이상한 걸 느꼈죠.
보통 사람이 아니라는
생각은 하고 있었지만…

어쩌면 보통을 기준으로
두었을 때, 어떤 면에선 그 아래에 있는
사람이 아닐까? 하는 느낌이.

이번에도
틀리셨어요

그거 아시죠? 연쇄살인마
중에 살해 현장에 꼬박꼬박
메시지 남기는 부류들 있는 거.

그거, 수사관을 조롱하기
위한 것도 아니고 잡히지 않을 확신이
있어서 남기는 것도 아닌 거.

이제는 안다.
1층의 의지대로,
알 수밖에 없었다.

그 메시지는 조롱이나 과시보다는
절규, 혹은 비명에 가까웠다는 걸.

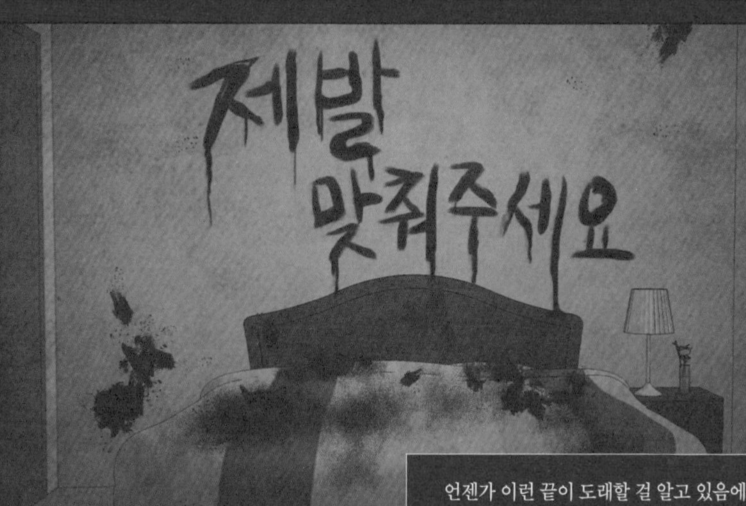

언젠가 이런 끝이 도래할 걸 알고 있음에도
스스로는 멈출 수 없기 때문이었단 걸.

근데……의외긴 하네요.
3층 님이 해낼 줄은.

전에 말한 적 있지만.
미안해요, 저희, 3층 님은 전혀
염두에도 두고 있지 않았었거든요.

리스트에도 올라가 있지 않았던 내가.
어떻게 '감히' 1층에게 맞설 생각을 하고
기어코 성공했냐는 질문.

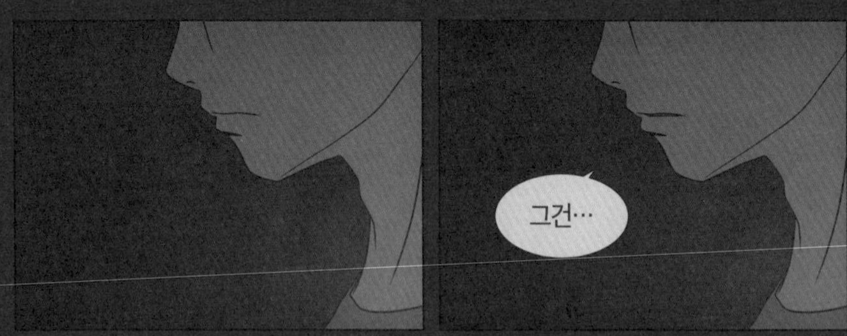
그건…

그 결행의 이유가.
그 질문을 던지는 당신 때문이라는 걸.
질문한 당신의 딸 때문이라는 걸.

그냥.

이렇게 나머지 사람들도 마찬가지 방식으로.
철저히 행동 수칙을 지켜서.

변수는 없다.
그들은 철저한 감금상태.
식사 시간 외에는 방 밖으로 나올 수 없으니.

변수는 없다.
무기는 내가 독점하고 있고
더이상 어떤 물품도 구매할 수 없으니.

혹시, 바꿔주시면 안 돼요?
카드 가지고 계시잖아요. 3층 님은
7층 먹고 6층은 저 주시면 안 돼요?
그럼 상금 좀 떼드릴게요.

네? 둘 다 이익보는 거래잖아요.
아…7층 카드 없다구요?
아…네…그래요……

근데…
진짜 없는 거 맞아요?

변수는 없다.
변수는 언제나 게임을
지속하고 싶은 욕심에서
시발됐지만, 나는 절대
그럴 생각이 없으니.

고마워. 근데 괜찮아.
입맛이 없어서……
오늘은 건너뛸게……

변수는 없다.
더는. 아무런 변수도.

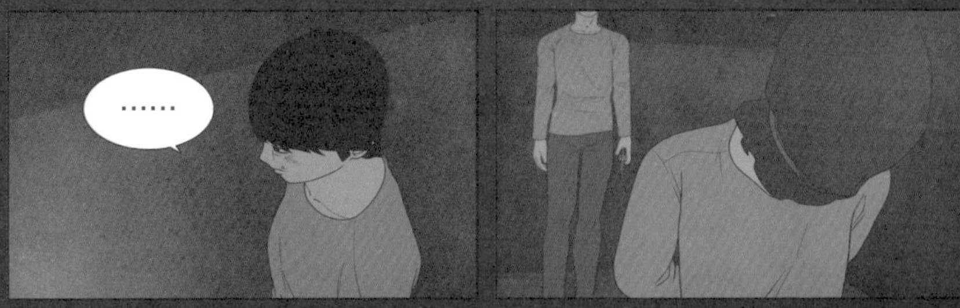

그렇게 생각했다.

'나'는
그렇게 생각했다.

게임시작 101일째.

하아- 하아-

최선을 다해, 온 힘을 다해, 닿는 대로 힘껏,
변수 발생을 틀어막으려 노력했지만.

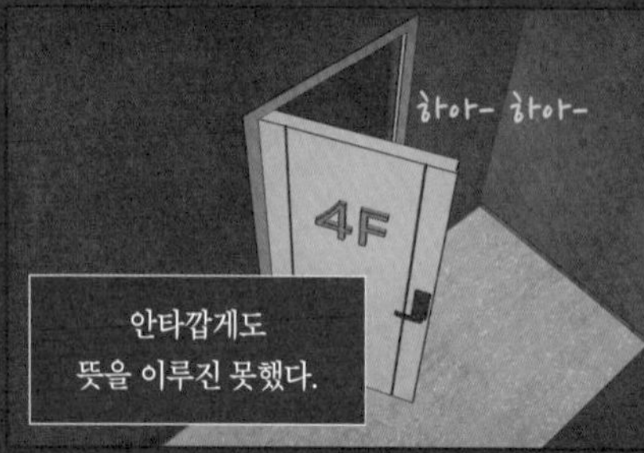
하아- 하아-
4F
안타깝게도
뜻을 이루진 못했다.

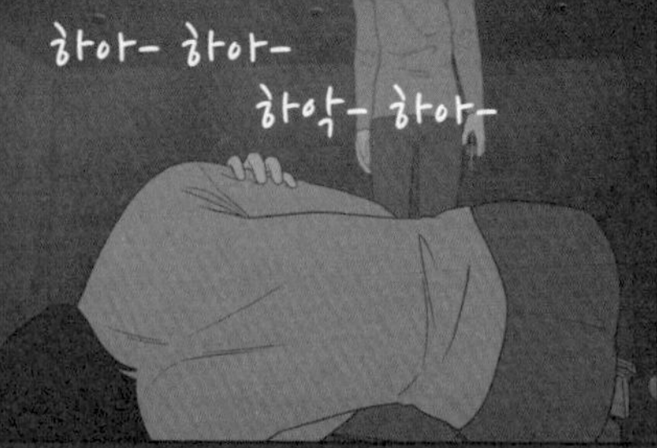
하아- 하아-
하악- 하아-

'변수'란 즉 상정 외의 사건.
단어의 뜻 그대로, 내가 전혀 생각하지도 못했던
곳에서 변수가 튀어나왔다.

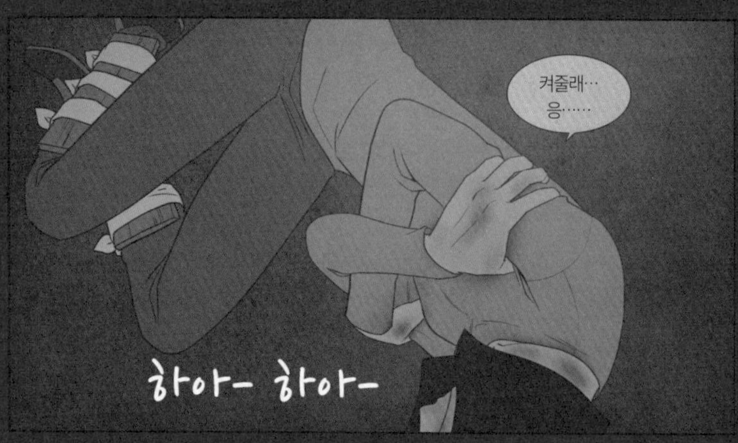
켜줄래…
응……
하아- 하아-

장판 좀… 응…
엄마 너무 추워……

감염 환자 발생.
박한 의료지식을 가진 내가 보기에도
2층의 상태는 너무나 심각해 보였다.
지남력 상실은 전혀 좋은 예후가 아니니.

하아…며칠 전부터
안색이 안 좋더라니…

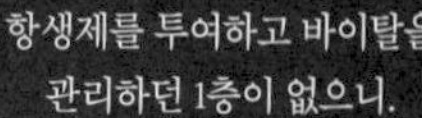
항생제를 투여하고 바이탈을
관리하던 1층이 없으니.
아니 그 전에, 처치에 쓰던
소독약도 항생제도 수액도
더는 못 사게 됐으니.
내가 그렇게 만들었으니.

패혈증 같은 거면…
위험한 거 아닌가……

분명 상정도 상상도 못했던 변수지만
크게 동요하지는 않았다.
컨트롤의 키는 여전히
내가 쥐고 있었으니까.

STAY
STOP

다만 그 컨트롤의 방법이

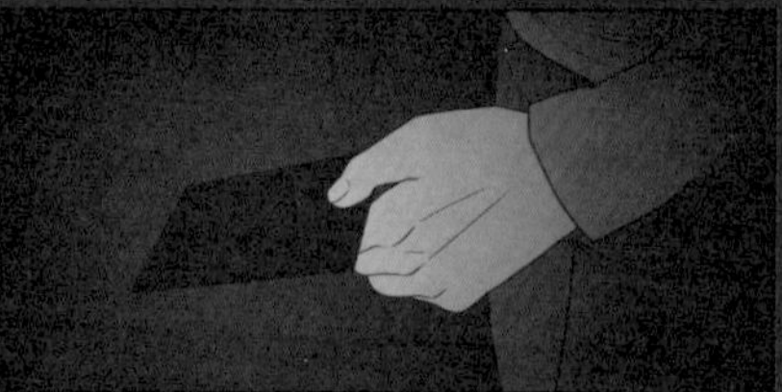
아주 쉬우면서도
아주 어렵다는 게
문제지만.

30일에 내 방
환율을 곱하면……

아주 쉽다. 상금 2억을 포기하면 된다.
아주 어렵다. 상금 2억을 포기하는 건.

여기까지 할까……

하지만. 됐다.
여기까지다. 미련을 버린다.
말끔히 치워내기 위해
힘껏 합리화한다.

매일 참가자들을 이동시키고
먹이고 감시하는 것도 지친다.
신경이 곤두서 잠도 잘 못 잘 지경이다.

게다가, 남은 30일 내 또 어디서
상상조차 못했던 변수가 튀어나올지
모를 일이다.

그러니 이쯤에서 미련없이 끝낸다.
게임 종료를 알리는 체커기는
내가 직접 올리기로 한다.

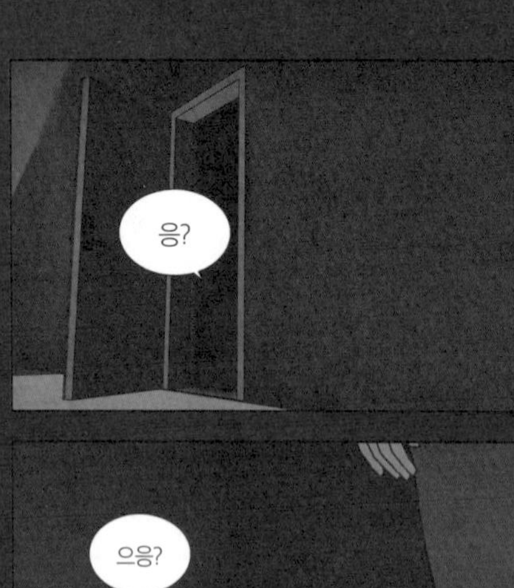
응?

게임 끝내시려구요?
전 좋긴 한데……
근데 갑자기 왜요?

으응?
이번엔 또 다른 사람을 살리기 위해서.
라고 친절히 설명할 수도 있지만
이 또한 굳이 대답하진 않는다.

투욱-

착실히.

잔여시간의
절반의 절반의 절반의 절반의 절반씩
착실히 깎아낸다.

369:36

184:48
92:24
46:12
23:06

이 땀나고 냄새나는 단순반복작업을
돈 한푼 받지 않고, 아니 사실은 그 반대로,
2억이란 거액을 지불해가며 끝마친 결과 얻은 건.

그렇게나 염원하던, 간절히 바라 마지않던,
게임 종료, 그 마지막 카운트다운을
특등석에서 실시간으로 감상할 수 있는 티켓.

돌이켜 보면, 우리 모두가
다 꼭두각시였다.
나도, 다른 참가자도,
예외 없이 1층도.

한때, 심지어 오래, 그가 이 체스판을 지배하는
킹이라 생각했던 적도 있었지만.

그도 결국 이 좁은
판 안에서만 움직일 수 있는
기물에 불과했다.

그도 우리와 마찬가지로
주최 측의 손에 들려 움직이는
하나의 장기말에 불과했다.

2분……

그래도 다행인 건.
너무나 깊고 어둡고 불행한 게임이었지만.

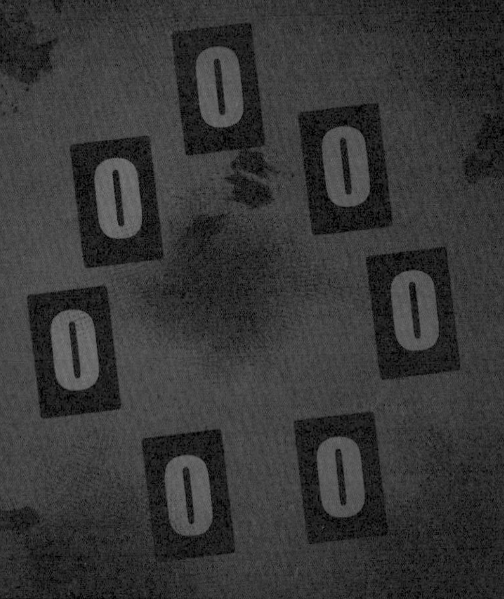
불행 중 다행인건.
누구도 목숨을 잃지 않고
게임이 끝났다는 것.

와!
대다네요!
히힉히히

이 결과는, 저 악랄한 주최 측을 상대로 얻어낸
작지만 값진 전리품.
이 결과는, 그 오랜 패배의 기록서에 방점 찍을 만한
작지만 값진 승전보.

1분……

라고,
들이치는 회한을 애써 억누르며.

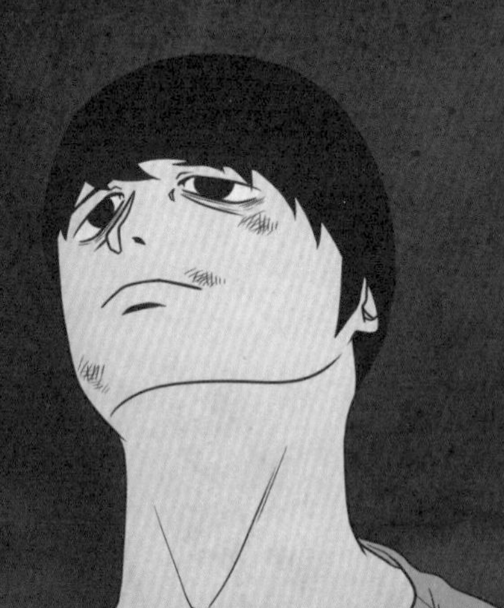
처연한 심경으로.
남은 마지막 1분을 감상했다.

00:01

00:01

00:01

00:00

잔여시간

파이게임 종료.

…라고
'나'는 생각했지만.
'그들'은
마지막 숙제를 줄 생각이었던 것 같다.

파이게임
PIE GAME

#75

"유일한 선택지"

인생은 B와 D사이의 C다.
라는 말, 들어보셨죠?

인생이란, 탄생(Birth)과 죽음(Death) 사이
선택(Choice)의 연속과정이다.

Birth Choice Death

많은 경제학자들이
동의하는 바죠. 경제학이란 바로,
이 'C'를 연구하는 학문임을.

재화, 시간, 에너지 등의
한정자원을 어떻게 분배하고
선택하는 게 효율적인가.

대중들이 '선택'에 다다르는
매커니즘은 어떻게 되는가.

어떤 선택 모델을 개발하고
선도해야 인류 보편의
발전에 기여할수 있는가.

조금 힘주어 말하긴 했는데,
그리 거창한 건 아녜요. 여러분들도
매일 숨쉬듯 하는 게 선택이니까요.

Not a
Gangster
But Cooking
Yangchi

저녁은 돈까스를 먹을까 짜장면을 먹을까?
새 신발을 살까 지금 걸 좀 더 신을까?
하교 후에는 알바를 할까 공부를 할까?

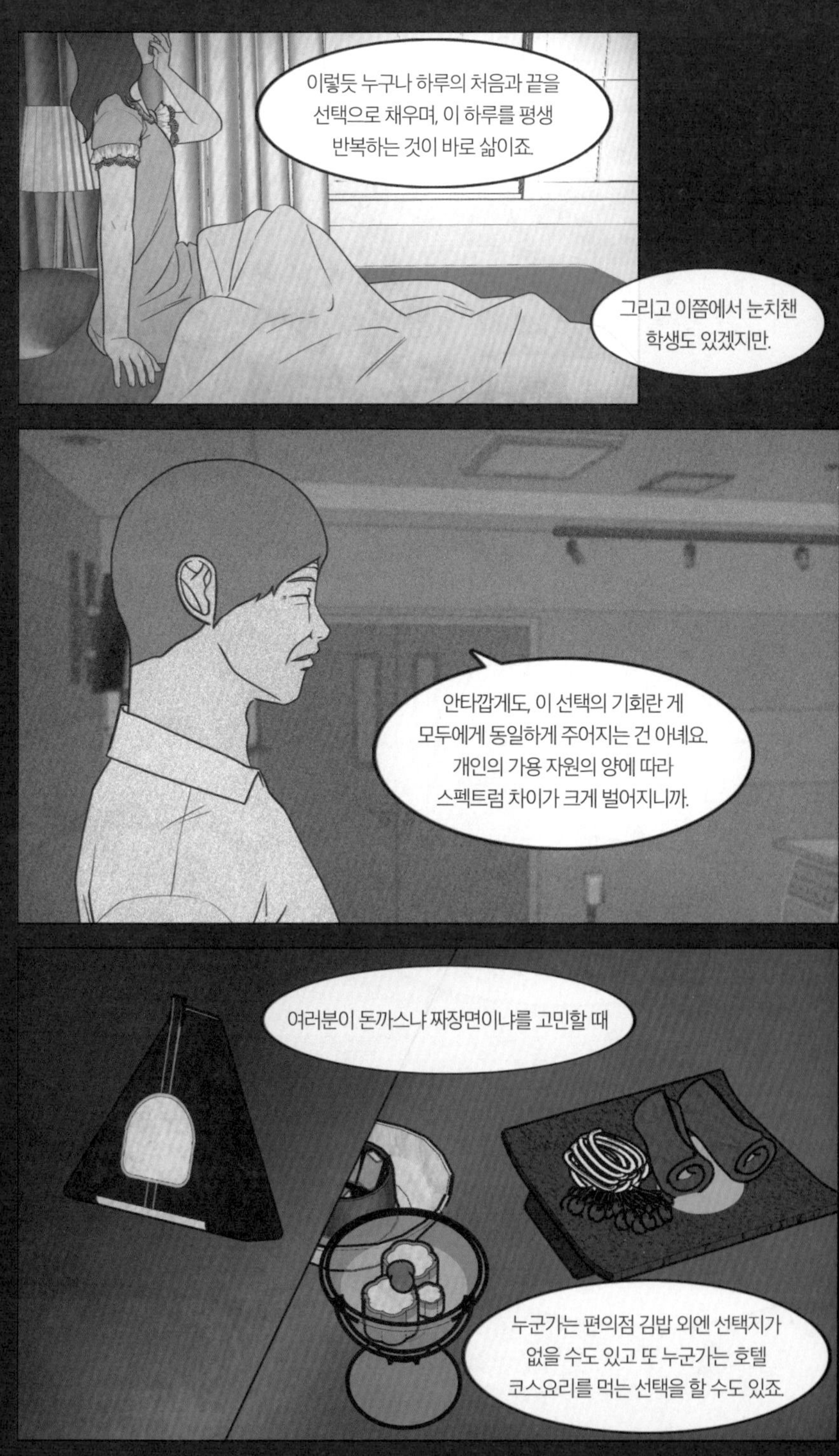
이렇듯 누구나 하루의 처음과 끝을
선택으로 채우며, 이 하루를 평생
반복하는 것이 바로 삶이죠.
그리고 이쯤에서 눈치챈
학생도 있겠지만.
안타깝게도, 이 선택의 기회란 게
모두에게 동일하게 주어지는 건 아녜요.
개인의 가용 자원의 양에 따라
스펙트럼 차이가 크게 벌어지니까.
여러분이 돈까스냐 짜장면이냐를 고민할 때
누군가는 편의점 김밥 외엔 선택지가
없을 수도 있고 또 누군가는 호텔
코스요리를 먹는 선택을 할 수도 있죠.

여러분이 새 신발을 살지 말지 고민할 때

누군가는 새 신을 산다는 선택지
자체가 없을 것이고, 또 누군가는 명품
브랜드 카탈로그를 뒤지고 있겠죠.

GALENCIABA

여러분이 알바와 공부 사이에서 고민할때

등기권리증서

학자금 대출 상환 안내

독촉장

반송불요

누구에겐 알바 외의 선택지가
존재하지 않을 것이고, 또한 누구는 무엇도
고민할 필요 없는 경제적으로 안정된
미래가 이미 보장되어 있겠죠.

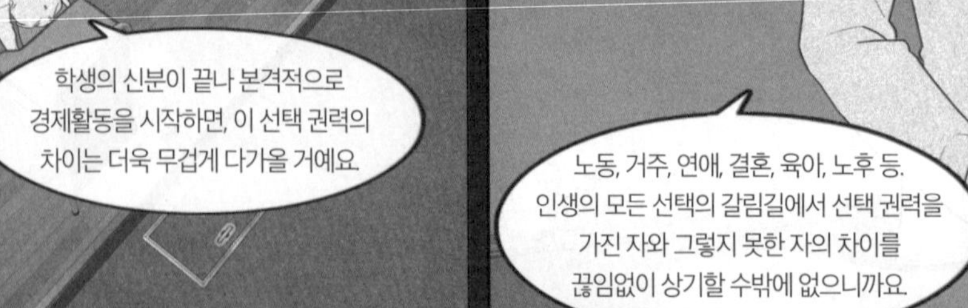

요약하자면 이렇게 되겠네요.
자본주의하에서의 권력은
경제력으로 상징되며
그리고 경제력이 경제권력으로
화할수 있는 이유는 선택 권력의
작용 때문이다. 라고.

그러니까 여러분들은 부디…
열심히 공부해서 더 넓은 선택지를
누리는 사회인이 되길 바라요.
이 수업은 그 방법론을 조금이라도
제시해주기 위해 개설된 거니까요.

마지막 수업이라 생각하니
조금 감정적이 됐네요.
들은 학생도 있겠지만,
이번 학기를 끝으로 저는 강단을
떠나게 됐습니다.
그러니까 저도,
경제적 이유로 학교를 떠나는
'선택'을 하게 된 거죠.

처음엔, 헛것을 본 건가? 라며
내 눈을 의심했다.

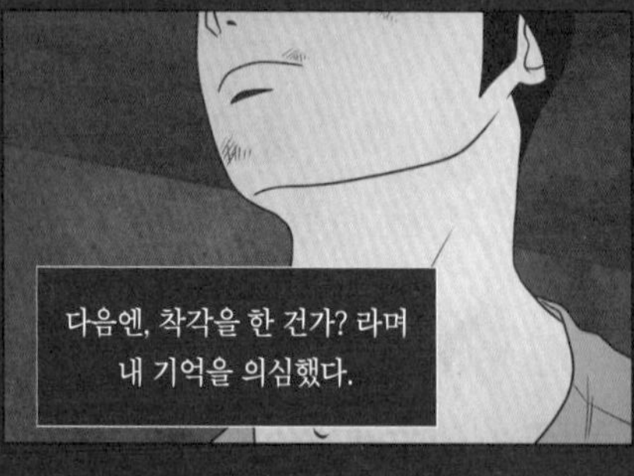

다음엔, 착각을 한 건가? 라며
내 기억을 의심했다.

[본 게임의 종료 룰은 아래와 같습니다.]
– 잔여 시간이 0이 되었을 경우
– 참가자가 사망하였을 경우.

분명 그렇게 적힌 걸
봤고 또 기억했다.
그것이 이 게임,
파이게임의 절대 룰이었다.

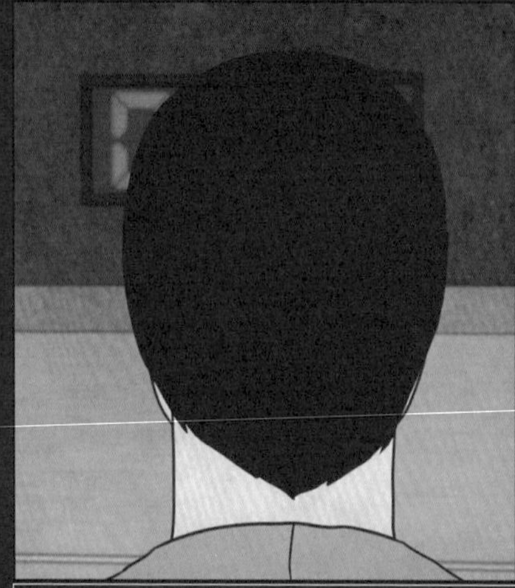

하지만, 그렇게 되지 않았다.
게임은 끝나지 않았다.
전광판 숫자가 0이 되는 걸 봤지만
종료되지 않았다.

오히려, 심지어,
10분의 시간이 더 추가됐다.

어째서……
납득이 가지 않았다.
이제 와서 룰을 어긴다고?
니들 맘대로 하겠다고?
그런 재미없는 짓을 왜……

아냐.
그럴 리는 없어.

그래. 그럴 리는 없다.
그러니 그건 아닐 것이다.

룰이 훼손되는 순간
게임은 무의미해지니까.
재미없어지니까.
그건 우리가 아니라 저들이
가장 기피하는 엔딩일 테니까.

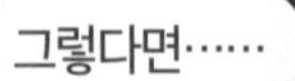

배제하면 남은 가능성은 하나뿐.
게임은 아직 끝나지 않았다는 것.
그러니까,
잔여시간은 0이 아니었다는 것.

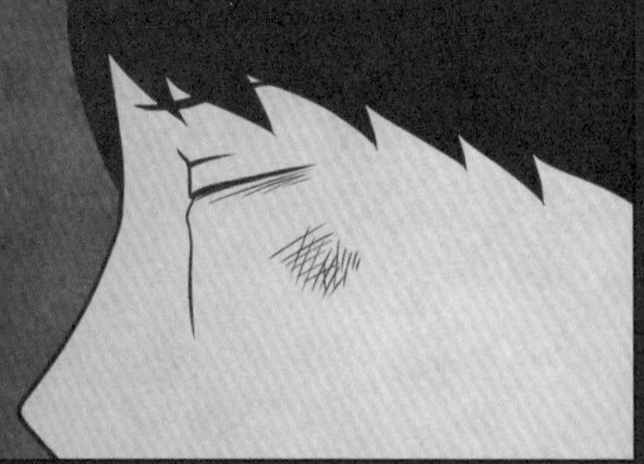

남아 있었구나…

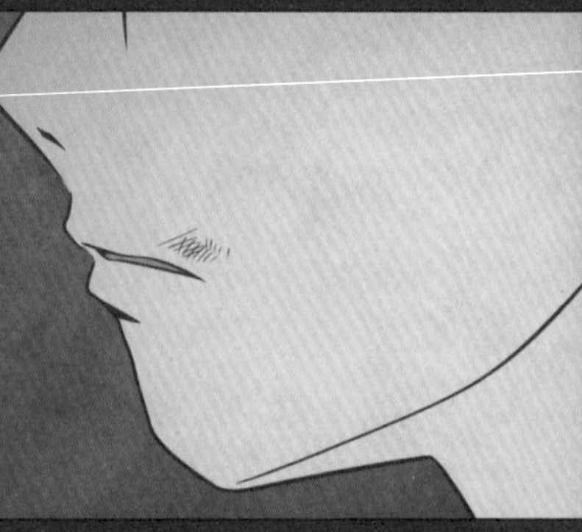

전광판에 표기된 시간은
분명 0 이었지만
전광판으로 알 수 있는
최소 단위는 '분'.

0분 아래가
남아 있었어……

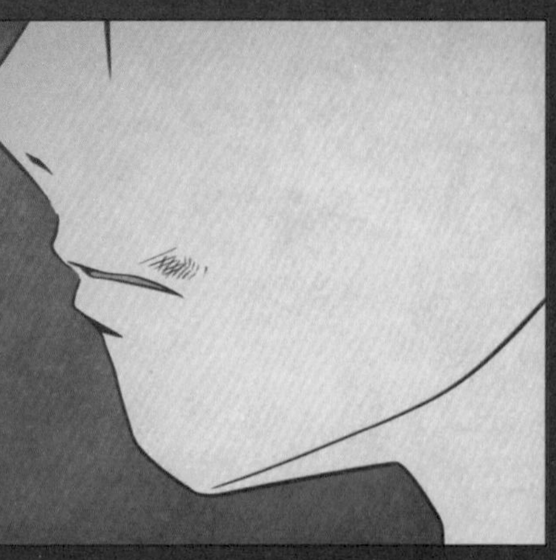

그래. 내가 본 건 0분.
0초가 아닌.
0분.

보이는건 3분이지만 실재는 3분 59초.

보이는건 2분이지만 실재는 2분 59초.

보이는건 1분이지만 실재는 1분 59초.
그러니까.

내가 본 이건.

0분 59초…

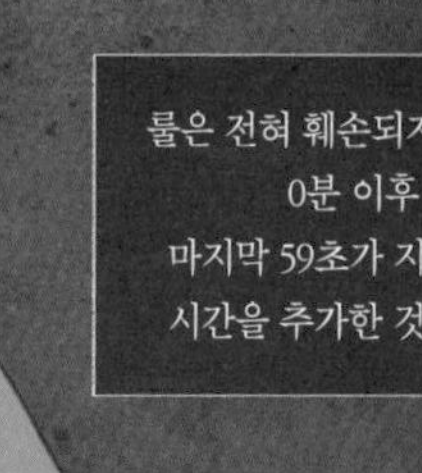

룰은 전혀 훼손되지 않았다.
0분 이후
마지막 59초가 지나기 전
시간을 추가한 것뿐이다.

당연히 룰은 안건드리죠.
별다른 독소조항도 없는데
니들끼리 미쳐 날뛰는게
꿀잼 포인트인데.

이해했다. 납득도 했다.
그렇지만 아직, '왜'라는 의문이 남아 있다.

'왜' 시간을 추가한 거지?
그것도 겨우 10분을? 그냥 깜짝쇼였나?
영업 종료 전 그저 한번 깜짝이야 놀래키고
싶어서 연출한 깜찍한 장난이었나?

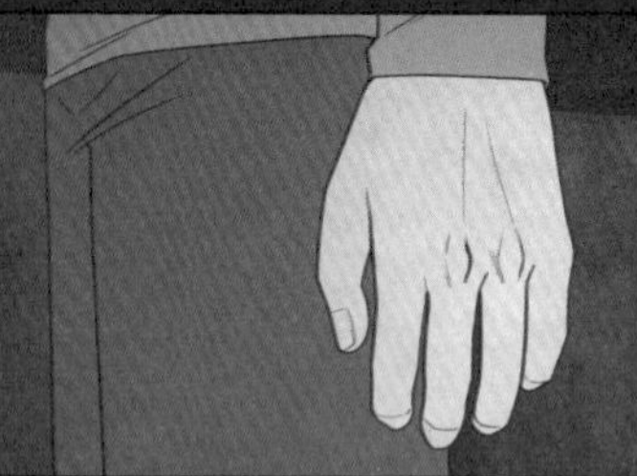

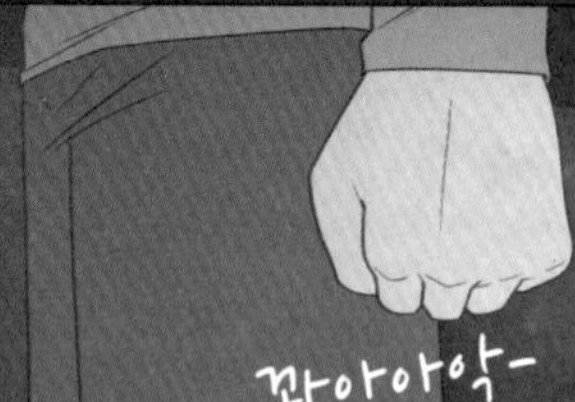

…라는 건 사실은 내 바람.
히히 놀랐지롱! 이제 진짜 끝!
같은 유치하고 천진한 장난이었으면 하는 내 바람.

하지만 이 또한 안다. 이 추가시간에 담긴 메시지는
그런 하찮은 게 아니란 걸.
일회성 깜짝쇼가 아니란 걸.

그 증거로

00:00

다시 잔여시간이 0분.
그러니까 59초가 남게 되자

00:10

여지없이 10분이 추가됐으니까.

저렇게 이유 없이 시간
계속 늘어나면
32:47

우리, 여기서 평생 못
나가는 거 아녜요?

제발……
제발…
제발제발……
한 번만 더 스파크…
딱 한 번만 더……
……
………

때려쳐 시X
더러워서 안 피지.

확인해 봤다.
전 층을, 전 참가자를,
모두. 샅샅.

후우…

지금까지의 케이스로 봤을 때, 미규명의
시간 추가는 대부분 참가자들이 음모를 꾸미고
있을 때 발생했으니까.

하지만 역시 그건 아니었다.
다들 얌전히 방 안에서
죽은 듯 살아만 있을 뿐이었다.

이제 와서, 이 지경이 됐는데,
게임의 계속을 원하는 참가자가
있을 리 없었다.

알겠어…무슨 의민지
잘 알아들었어……
이 개같은 새끼들아……

그러니 저들의 메시지는 명료했다.
게임을 끝내고 싶으면 잔여시간 소진 외
다른 또 하나의 게임종료 조건을 실행하라는 것.

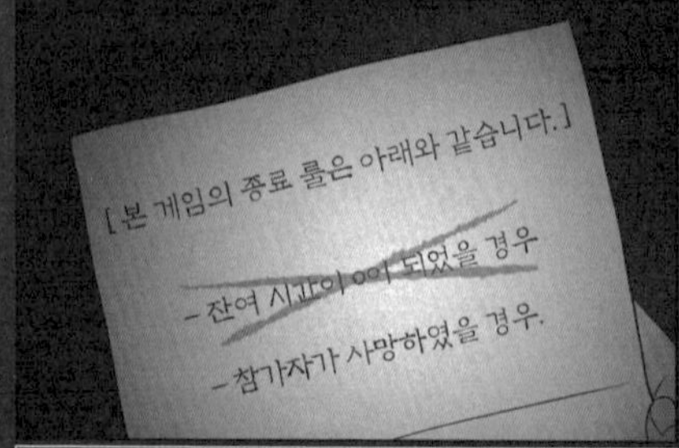

이건 허락하지 않으니

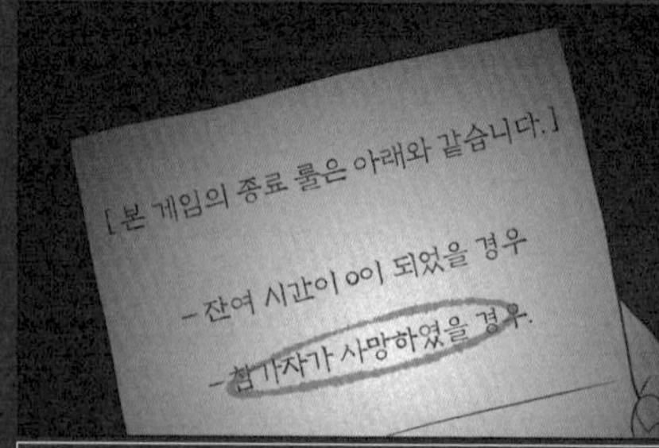

이걸 이용하라는 것.

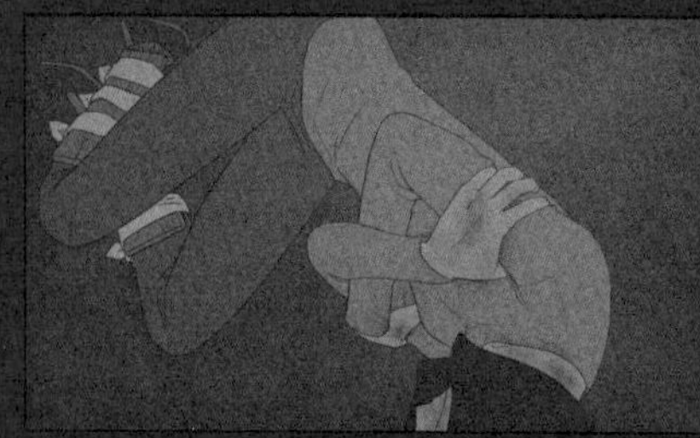

즉, 그 둘 중 한 명이
죽거나 죽이지 않으면 게임을 끝내지 않겠다는
단호한 메시지.

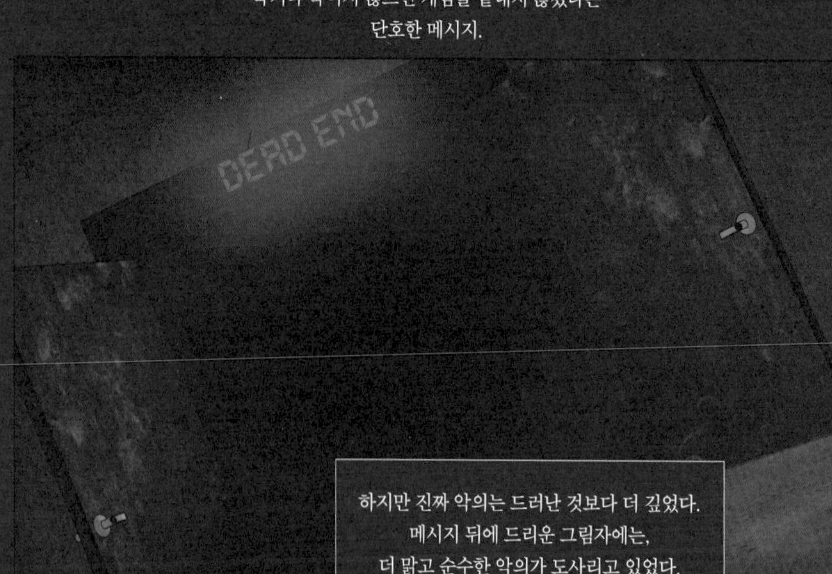

우리에겐 아무런 선택지도 주지 않겠다는.
나는 어떤 선택권도 가지지 못한다는.
해맑은 조소.
도시락, 내 방에
11개 왔는데요?
가진 자의 권력에 굴복하느라.
게임을 계속하지 않겠다면
극단적인 방법을
쓸 수밖에 없습니다.
갖춘 자의 횡포에 굴종하느라.
안심하세요.
죽이지 않으니까.
설계자의 농간에 휘둘리느라.

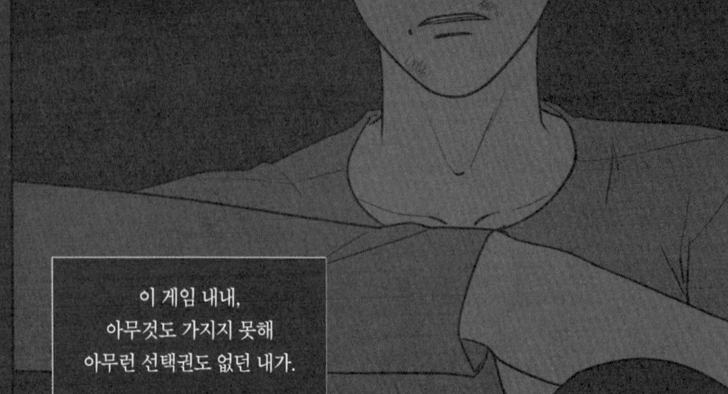
이 게임 내내,
아무것도 가지지 못해
아무런 선택권도 없던 내가.

사람을 살리기 위해

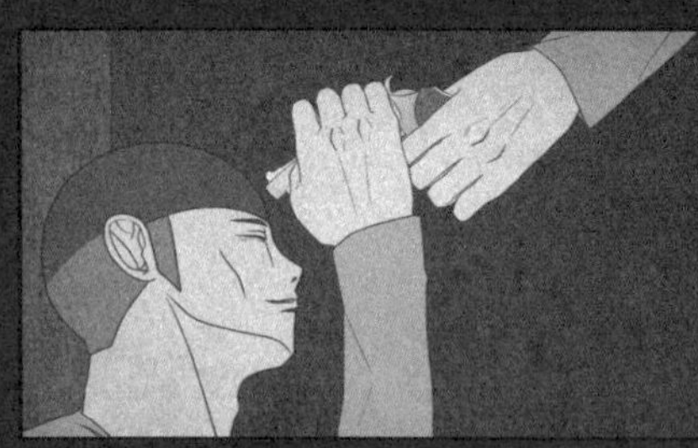

사람을 살리기 위해

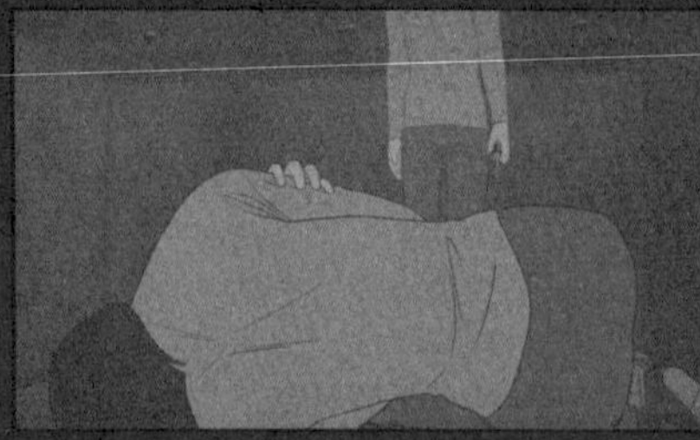

오직
사람을 살리기 위해

관철시키려 했던
오직 저 하나의 선택들이,
가차없이 부정당하고,
무시당하고, 조소당했다.
어어엄청
고민되시겠어요
그나마 정의롭고 인간다웠던
한 아이의 엄마인 2층을,
'간접적으로' 죽일지
사회에 풀어놓으면 또
사고치고 다닐 가능성이 농후한
1층을, '직접적으로' 죽일지
고민되시겠지만 뭐…결정하는
수밖에요? 우리도 결정했거든요. 돈을
드리는 대신 다른 걸 받아가는 걸로.

그리고 이 악의를 오히려 순수하다고 표현한 건,
저들의 선택이 어떤 거창한 철학이나 의지에서
기반된 게 아님을 잘 알기 때문.

저들은 오직
'재미로'
이 결정을 내렸을 것이란 걸 잘 알기 때문.

하. 하하. 하.

나도 모르게
실소가 새어나왔다.

하하하.
아하하하하하……

왜?
왜 저렇게까지 하는 걸까? 저들은?
대체 뭘 보고 싶어서 저러는 걸까? 저들은?

혹시, 저렇게 되는 게 '당연한' 건가?
권력의 정점에 서면, 타인의 기분도 눈치도
살필 필요가 없어지면, 예외 없이 그렇게 되는 건가?
그게 만물의 영장이라는 인간의 본성인가?

만물의 영장…

인간이 세계의 지배자가
될 수 있게 만들어준,
다른 동물에겐 없는
단 하나의 본성은

욕망의 상한선이 없게
설계된 존재라는 것.

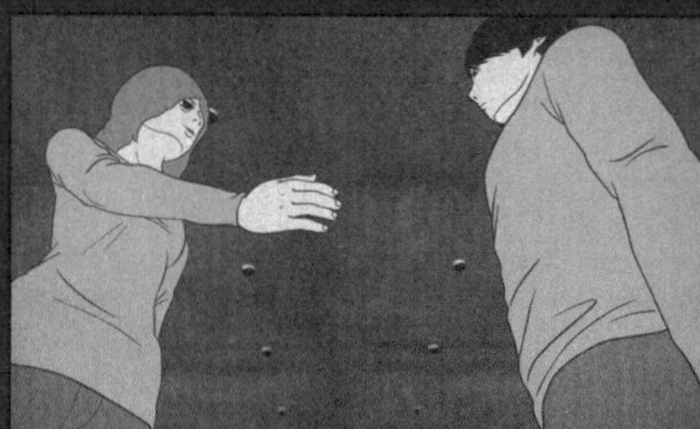

흔히들 그런 말을 한다.

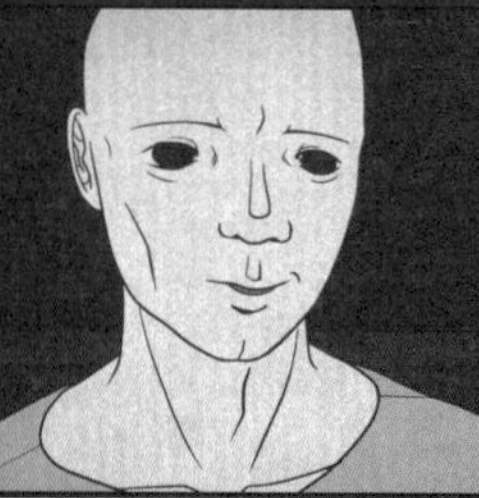

자비와 베풂이야말로 인간이 다른 인간에게
행할 수 있는 최고의 선이라고.

그러니 자비로이 모두 베풀어
무소유를 이뤄낸 사람을
심지어 성인(聖人)이라 우러러보고 존경한다.

그렇다면
애초에

필요 이상의 것을 탐하지 않는 짐승이
인간보다 너 나은 존재가 아닌가?

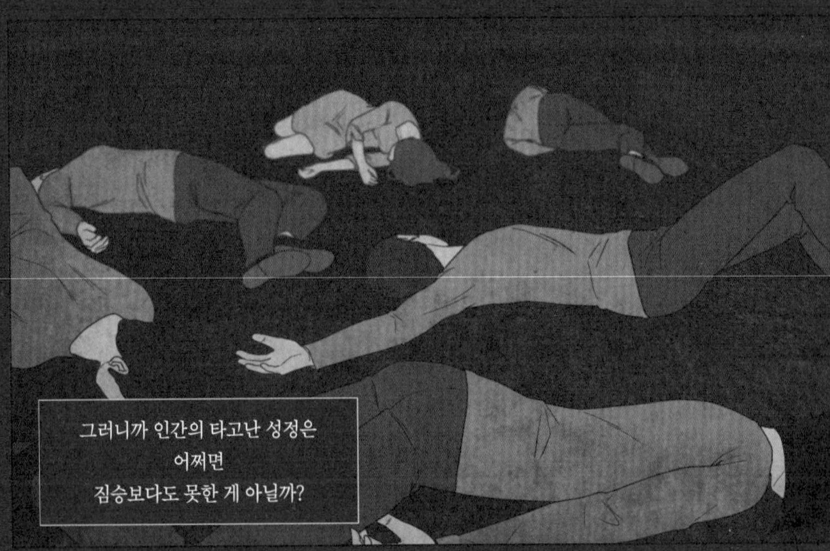
그러니까 인간의 타고난 성정은
어쩌면
짐승보다도 못한 게 아닐까?

이 게임을 기획한 저들과
이 게임에 참가한 우리인 게
아닐까?

게임 시작 101일차.
늦은 오후.

신기하네요. 늘 이런 식으로 끝나는 게.
참 신기해요. 그렇죠? 인간이란 게.

머니게임도 파이게임도, 상식적인 선
까지만 배려하고 타협했으면 쉽게 돌파할 수
있었던 게임인데. 이렇게 까지 극단으로
치달을 필요가 전혀 없는 게임인데.

안 되네요 그렇게는. 당신들은
인간에 대해 너무 잘 알고 있네요.
욕망 앞에서 인간은 짐승보다도
더 짐승같은 존재가 된다는 걸.

그 확신이 있으니 이런
게임을 설계한 거겠지만.

사람이 사람을 기만하고, 의심하고,
배반하고, 증오하고, 심지어 죽고 죽이는 걸 보고
즐길 수 있다는 확신으로 설계했을 테니까.

네. 이해해요. 자극이 필요하겠죠.
삶이 미칠듯이 따분할 테니, 미칠듯이
자극적인 볼거리가.
그렇게 생각하니 참 불쌍한 존재네요
인간이란 건. 못 가져도 불행하고,
다 가져도 또한 불행을 피할 수 없으니.
내기라도 했나요? 3층이 마지막에
어떤 선택을 할지. 1층 죽게 둘지
2층 쏴죽일지. 배팅 걸고 흥미진진하게
감상하는 중인가요?
어떤 엔딩으로 끝날지 너무
보고 싶겠네요. 그렇죠?

미리 죄송하다는 말씀 드릴게요.
잘 생각해보니 저한테도 선택지라
부를 만한 게 남아 있더라구요.

참가자끼리가 아니라.

당신들과 게임을
한다는 선택지가.

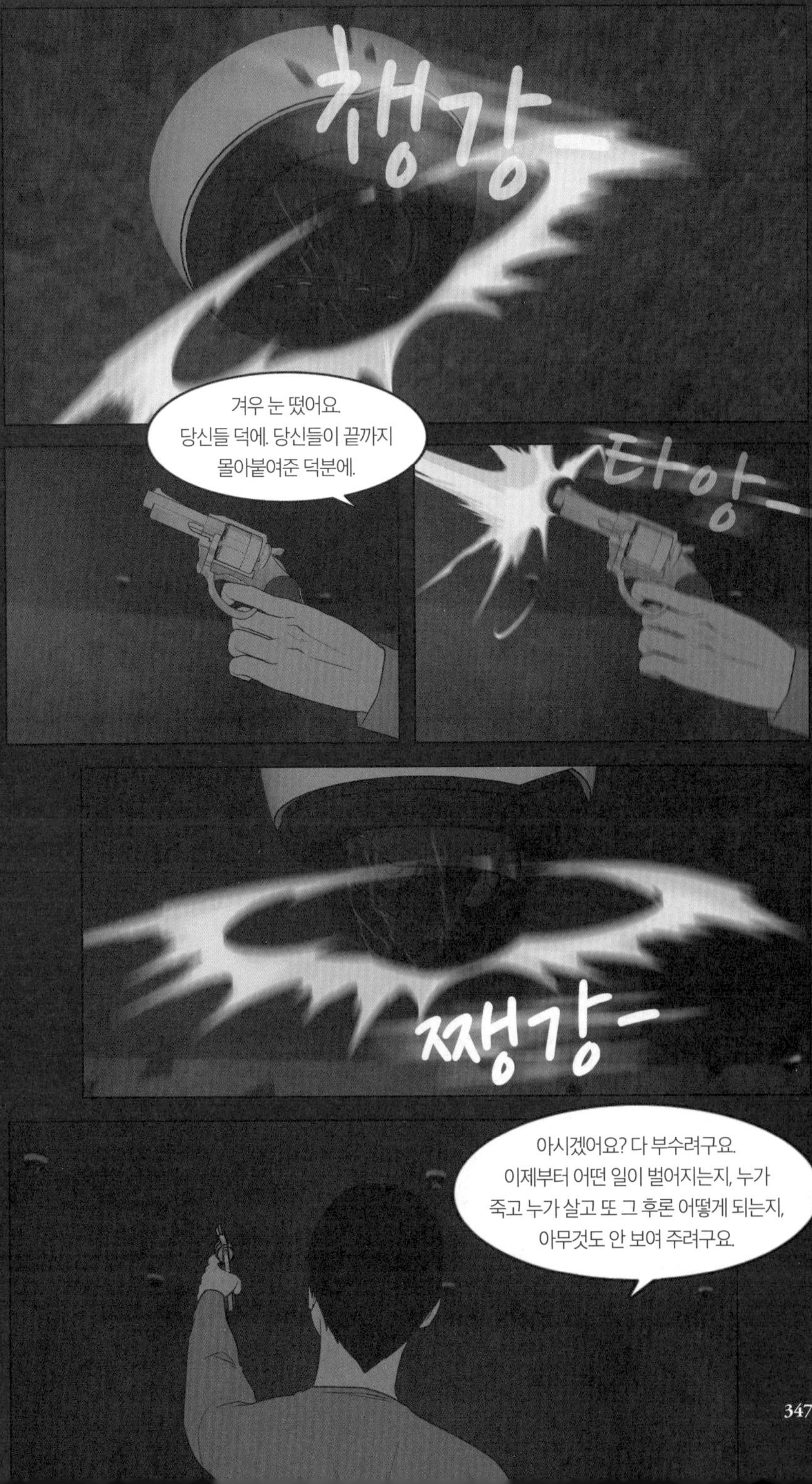

챙강-

겨우 눈 떴어요.
당신들 덕에. 당신들이 끝까지
몰아붙여준 덕분에.

타앙-

쨍강-

아시겠어요? 다 부수려구요.
이제부터 어떤 일이 벌어지는지, 누가
죽고 누가 살고 또 그 후론 어떻게 되는지,
아무것도 안 보여 주려구요.

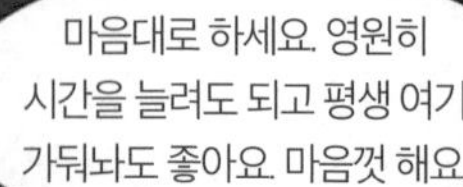
마음대로 하세요. 영원히 시간을 늘려도 되고 평생 여기 가둬놔도 좋아요. 마음껏 해요.
어차피 아무것도 못 볼 테니까.

타앙—

치지지지지—

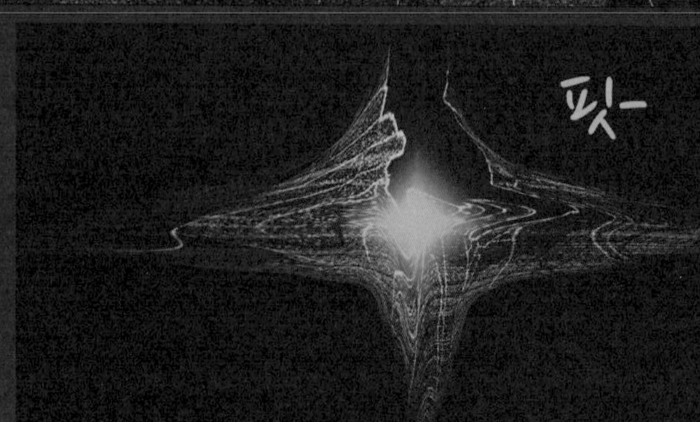
핏—

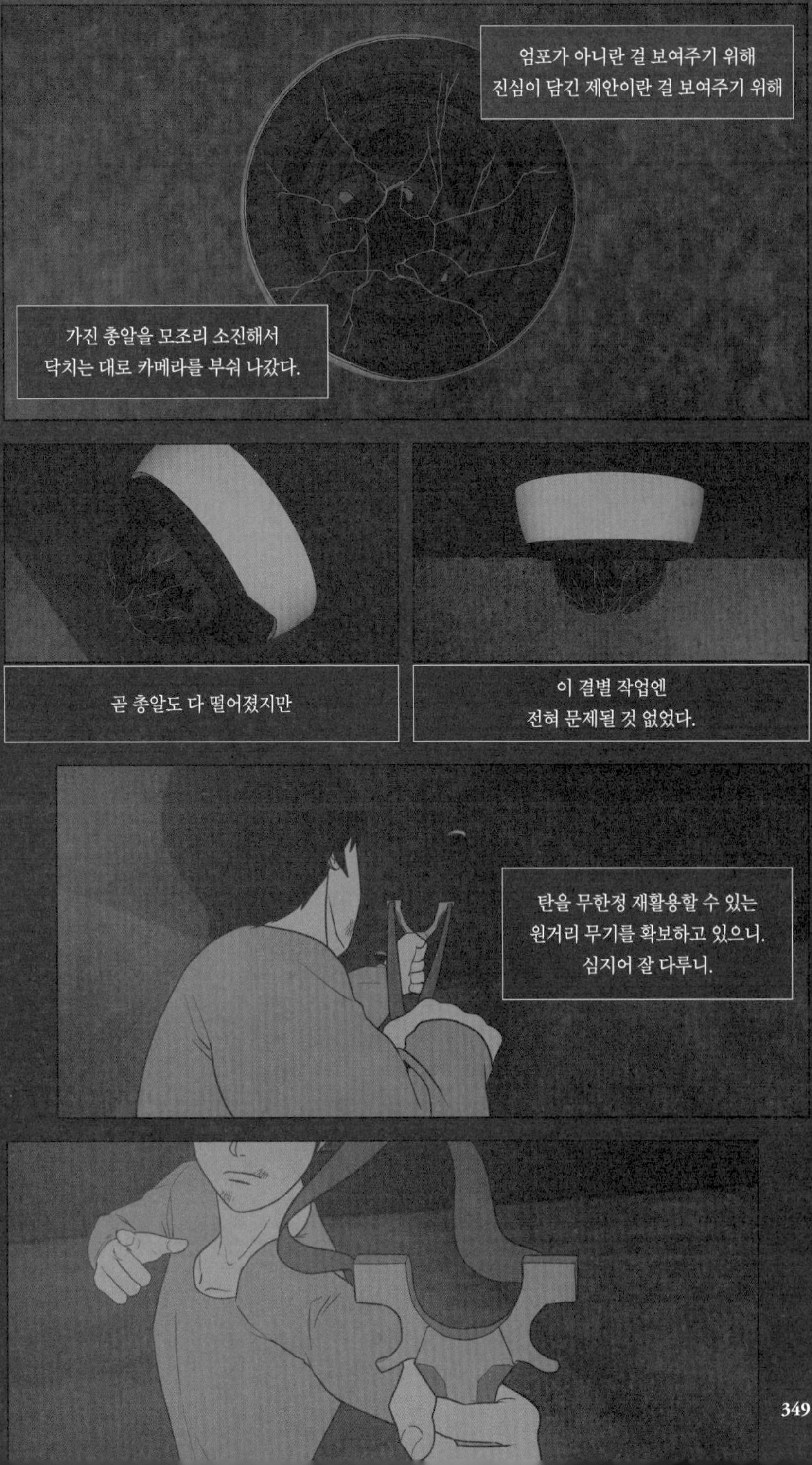

엄포가 아니란 걸 보여주기 위해
진심이 담긴 제안이란 걸 보여주기 위해

가진 총알을 모조리 소진해서
닥치는 대로 카메라를 부숴 나갔다.

곧 총알도 다 떨어졌지만

이 결별 작업엔
전혀 문제될 것 없었다.

탄을 무한정 재활용할 수 있는
원거리 무기를 확보하고 있으니.
심지어 잘 다루니.

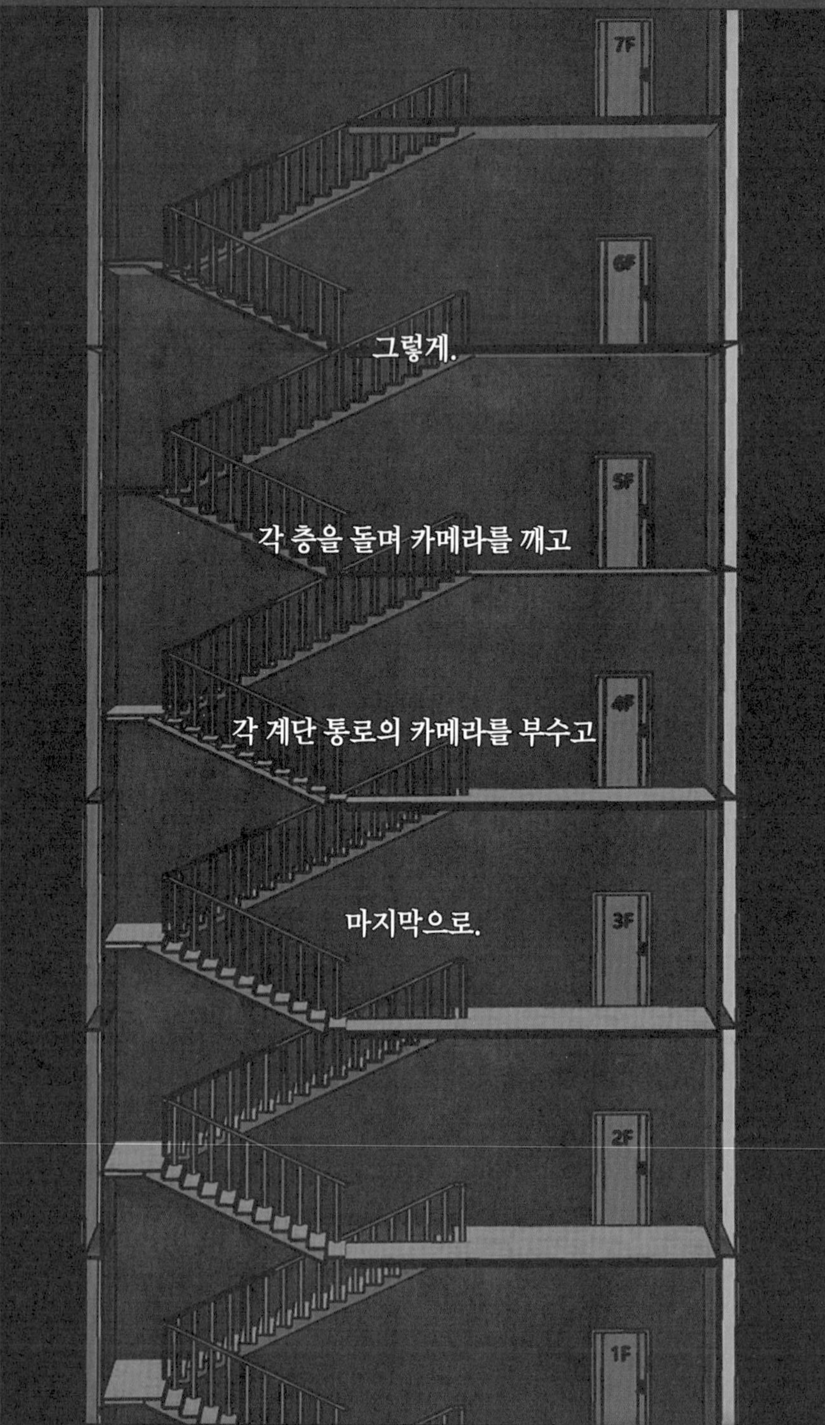
7F
6F
그렇게.
5F
각 층을 돌며 카메라를 깨고
4F
각 계단 통로의 카메라를 부수고
3F
마지막으로.
2F
1F

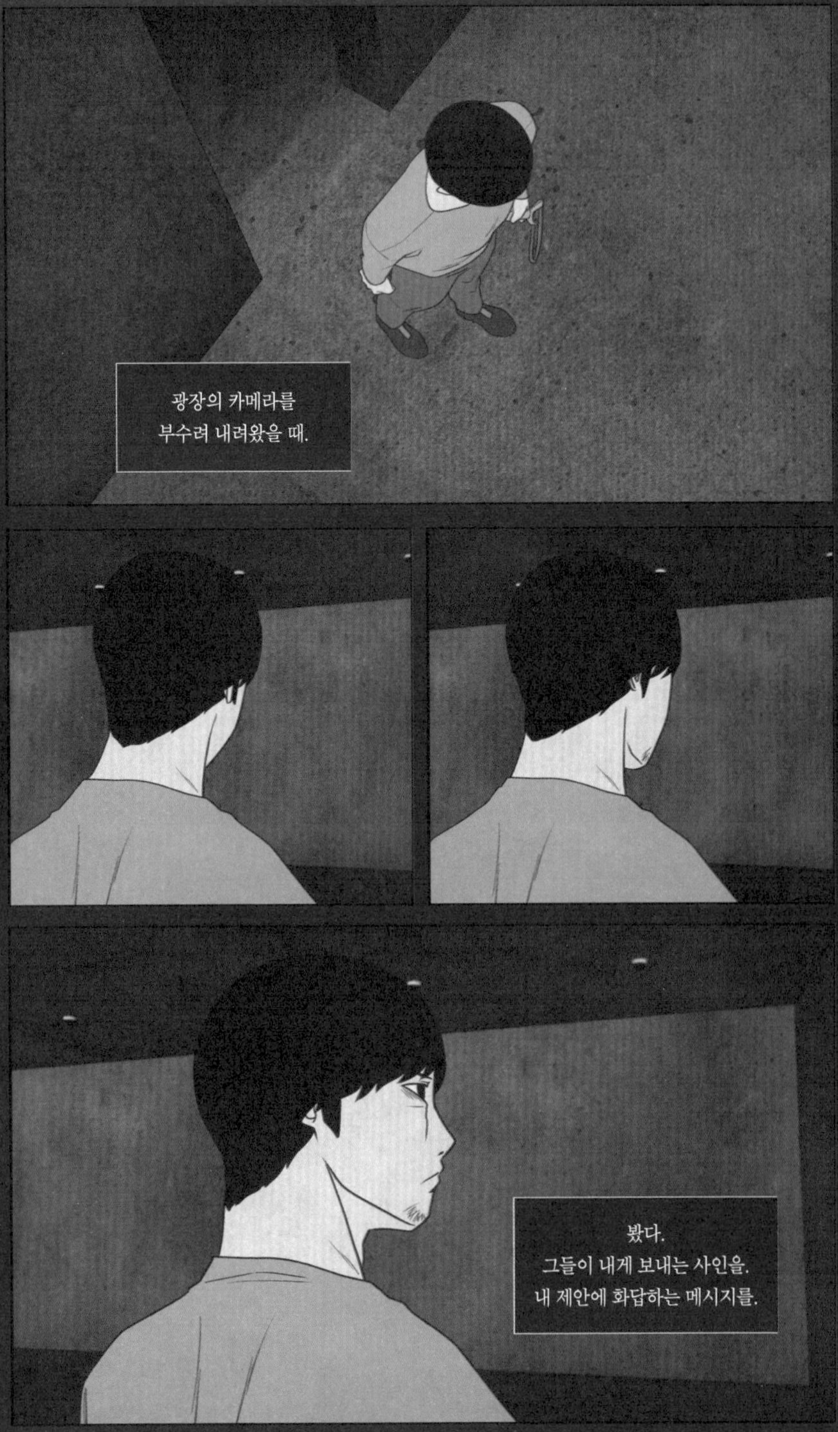

봤다.
그들이 내게 보내는 사인을.
내 제안에 화답하는 메시지를.

내가 전광판을 보자,
그러니까 그들의 입을 바라보자.

시간은 빠른 속도로 1/2씩
거듭 차감되기 시작했다.

얼마 지나지 않아
전광판에 표기된 시간은 다시 0분.

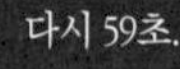

즉
다시 59초.

신경 써 준비한 축하 세레모니를 보자
직감할 수 있었다.
게임은 끝났다는 걸.

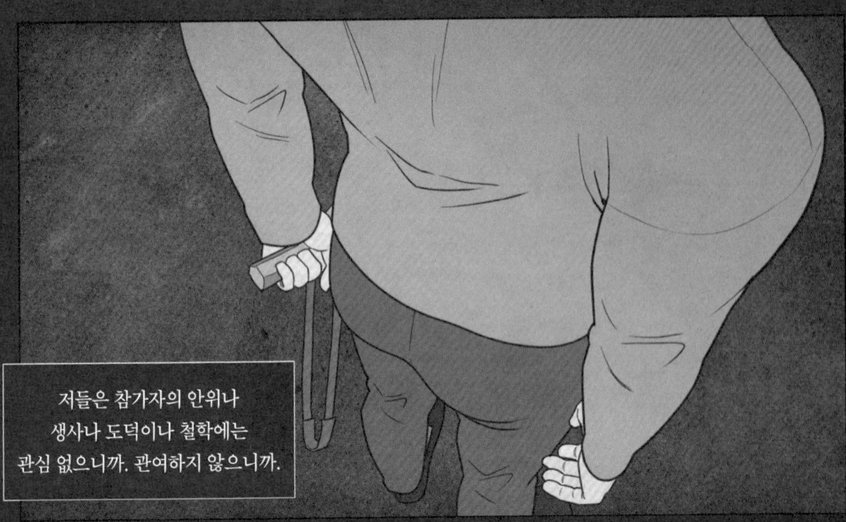
저들은 참가자의 안위나
생사나 도덕이나 철학에는
관심 없으니까. 관여하지 않으니까.

00:00

저들은 그 반대로, 우리의 생사와 안위가 위협받고
도덕이나 철학이 망가지는 것을 보길 원하니까.

00:00

그러니 위를 향한 건 정답이었다.
저들을, 게임에서 배제시키는 게임에 참여시킨 건
정답이었다.

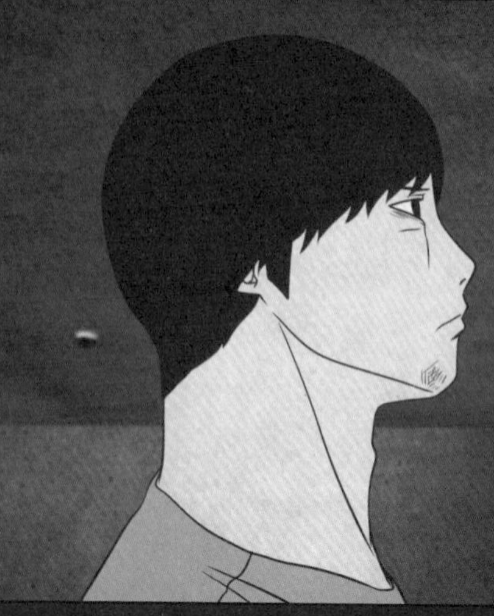
이것이 내 의지로
게임을 끝낼 수 있는
유일한 선택지였다.

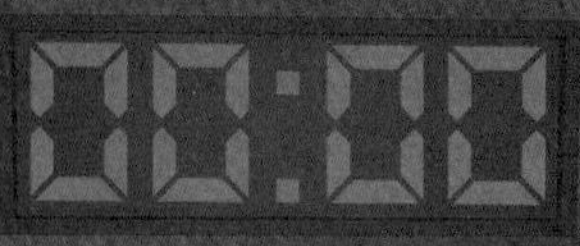
00:00

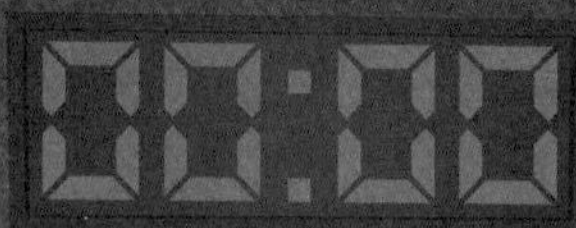
00:00

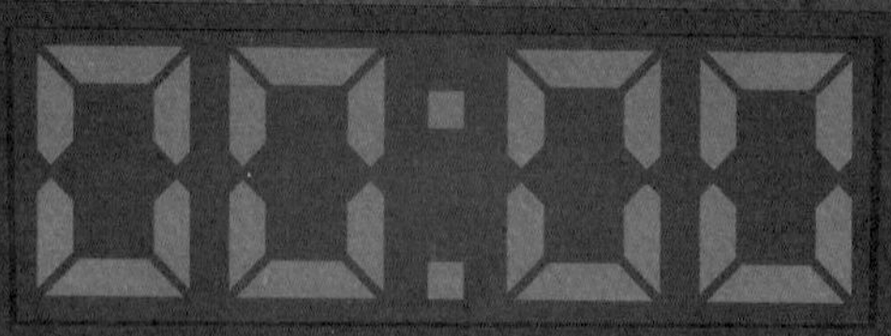
00:00

삐리릭-

이이이이이이-

이렇게
파이게임은 끝났다.

그들 역시
내게 말을 걸어왔는데

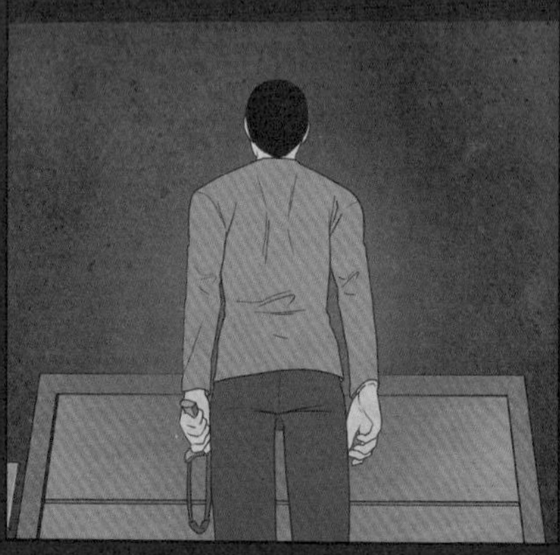

알 수 없다.
저들이 왜 내게 저런 말을 하는지.
내 마지막 선택이 그들을 분노하게 한 건지.
아니면 오히려 흥미를 유발시킨 건지.

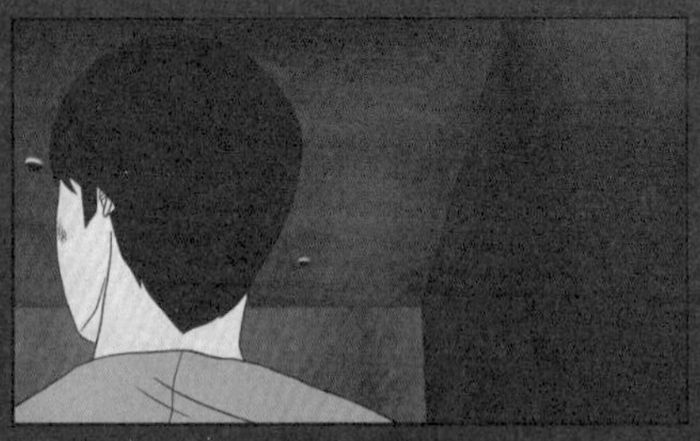

저들이 선택한 그때가 오면
나 또한 선택지를 가지고 있기를
바라는 수밖에.

YOU INVITE US

파이게임 5

초판 1쇄 발행 2024년 9월 27일

글·그림 | 배진수

펴낸이 | 김윤정
펴낸곳 | 글의온도
출판등록 | 2021년 1월 26일(제2021-000050호)
주소 | 서울시 종로구 삼봉로 81, 442호
전화 | 02-739-8950
팩스 | 02-739-8951
메일 | ondopubl@naver.com
인스타그램 | @ondopubl

Based on NAVER WEBTOON "파이게임"
ISBN 979-11-92005-57-7 (04810)
979-11-92005-52-2 세트 (04810)